GEORGE EN DE ONBREEKBARE CODE

LUCY & STEPHEN HAWKING

MET ILLUSTRATIES VAN: DANIËLLE FUTSELAAR

kluitman

GEORGE

De geheime sleutel naar het heelal
De schat in het heelal
De knal in het heelal
George en de onbreekbare code

Door het hele boek heen vind je kaders met achtergrondinformatie en wetenschappelijke stukken door bekende wetenschappers. Achter in dit boek staat vermeld op welke pagina's je die informatie kunt vinden.

De Nederlandse Kinderjury 2018

Nur 283/W031701

Oorspronkelijke titel: *George and the Unbreakable Code*
Oorspronkelijk uitgegeven bij Random House Children's Books, Londen
Nederlandse vertaling: Aimée Warmerdam
Nederlandse vertaling non-fictie teksten: Gerard Kingma

Bij Koninklijke Beschikking
Hofleverancier

kluitman.nl

Voor iedereen die 's nachts naar de hemel heeft gekeken en zich heeft afgevraagd of...

1

Op een andere planeet zou de boomhut een heel goede plek zijn om naar de sterren te kijken. Op een planeet zonder ouders, bijvoorbeeld. Daar zou het de perfecte plek zijn. De boomhut – halverwege de grote appelboom in het midden van een groentebed – was hoog genoeg, stond op de juiste plek en had de goede hoek voor een jongen zoals George, die er het liefst de hele nacht naar de sterren zat te kijken. Maar zijn vader en moeder dachten daar heel anders over. Die hadden het over dingen als opruimklusjes, huiswerk, in een bed slapen, samen eten en tijd doorbrengen met zijn tweelingzusjes, maar geen van deze dingen interesseerde George.

Het enige wat George wilde doen was foto's van Saturnus nemen. Eén klein fotootje maar, van zijn lievelingsplaneet: de enorme bevroren gasreus met zijn prachtige ijsachtige, wazige ringen. In deze tijd van het jaar, als de zon vrij laat onderging, werd Saturnus echter pas rond middernacht zichtbaar, en dat was zo veel later dan zijn bedtijd dat hij zijn ouders niet eens hoefde te vragen of hij tot zo laat in zijn boomhut mocht blijven.

Terwijl hij met zijn benen over de rand bungelde, zuchtte George. Hij probeerde uit te rekenen hoeveel dagen en uren het nog zou duren voordat hij oud genoeg was om vrij te zijn…

'Hé, *what's up?'* Zijn gepeins werd onderbroken door een klein figuurtje dat omhoogklom. Ze droeg een lange slobberige legerbroek, een hoodie en een baseballcap.

'YOLO!' George was in één klap vrolijk. 'Annie?'

Annie en hij waren beste vrienden, en dat was al zo sinds ze met haar vader en moeder naar Foxbridge was verhuisd. Ze woonde naast George, maar dat was niet de enige reden dat ze beste vrienden waren. George vond haar gewoon leuk: Annie, de dochter van een wetenschapper, was grappig en slim en cool en stoer. Geen enkel avontuur was te eng, niet één theorie mocht onbewezen blijven en een aanname moest altijd tegengesproken worden.

'Wat ben je aan het doen?' vroeg ze.

'Niks,' mompelde George. 'Aan het wachten.'

'Waarop?'

'Nergens op. Gewoon, tot er iets gebeurt.' Hij klonk ontzettend sip.

'Ik ook,' zei Annie. 'Denk je dat het universum ons vergeten is, nu we niet meer op avontuur mogen in de ruimte?'

George zuchtte. 'Denk je dat we ooit weer door de ruimte mogen reizen?'

'Nu in elk geval niet. Misschien hebben we al het leuke wel gehad; nu we elf zijn, moeten we de hele tijd heel serieus doen.'

George stond op. Hij voelde de houten planken onder zijn voeten een beetje wiebelen. Hij wist bíjna zeker dat de boomhut veilig was en dat er weinig kans bestond dat ze met z'n tweeën op de harde grond zouden vallen. Hij had de hut samen met zijn vader gemaakt, van oude spullen die ze bij het vuilnis hadden gevonden. Terwijl ze bezig waren om de hut te bouwen, was zijn vader één keer met zijn voet door een rotte plank gezakt, precies op het stuk waar George en Annie nu zaten. Gelukkig was hij er niet helemaal doorheen gezakt en had George hem met man en macht weer omhoog kunnen trekken, terwijl zijn tweelingzusjes, Juno en Hera, het onder hen hadden uitgegild van het lachen.

Het goede van dit mini-ongelukje was dat zijn ouders besloten hadden dat de boomhut te gevaarlijk was voor zijn kleine zusjes, en dat zij niet langs het touw omhoog mochten klimmen. George was daar maar wat blij om, want het betekende dat de boomhut echt zijn eigen plek was, ver weg van de chaos in het huis. En hij had de opdracht gekregen het touw altijd omhoog te trekken, zodat bepaalde kleine kleutertjes niet in de verleiding konden komen om hun lievelingsbroer achterna te klimmen. George lette daar altijd goed op. Hij liet het touw nooit hangen, en dat betekende...

'Hé!' Hij bedacht opeens dat Annie nooit zomaar naar boven had kunnen komen. 'Hoe kom jij nou hier?'

Annie grinnikte. 'Toen ik nog een baby was, ben ik gebeten door een spin,' zei ze heel ernstig. 'En toen heb ik een bijzondere gave gekregen, waar ik pas een tijdje geleden achter ben gekomen.'

George wees naar een touw met knopen, dat hij nu pas aan het uiteinde van de grootste tak zag hangen. Het touw was eromheen geslingerd. 'Heb jij dat gedaan?'

'Ja, dat heb ik gedaan,' zei ze, weer met een normale stem. 'Ik wilde kijken of het me zou lukken.'

'Voor jou had ik de ladder wel laten zakken,' zei George.

'De laatste keer dat ik je dat vroeg liet je me minstens duizendmiljoen wachtwoorden raden,' klaagde ze, 'en daarna moest ik je alsnog de helft van mijn KitKat geven.'

'Dat was geen KitKat!' hielp George haar herinneren. 'Het was een stuk "chocola" ' – hij tekende met zijn vingers aanhalingstekens in de lucht – 'dat je in een laboratorium had gemaakt en in een KitKat-papiertje had gewikkeld om te kijken of ik het verschil zou proeven.'

'Als er op de rug van een muis een oor kan groeien,' wierp Annie tegen, 'waarom zou ik dan geen KitKat kunnen laten groeien? Het moet toch mogelijk zijn om chocolademoleculen te maken die zichzelf vermeerderen?'

Annie was een experimenteel scheikundige in de dop. Ze gebruikte de keuken vaak als haar privélaboratorium, waar haar moeder Susan helemaal gek van werd. Soms haalde haar moeder een pak appelsap uit de koelkast en kwam ze erachter dat er eiwitkristallen in groeiden.

'Trouwens,' zei George, 'jouw chocola smaakte gewoon naar dinosaurusteen...'

'Niet waar!' viel Annie hem in de rede. 'Mijn zelfgekweekte chocola was heerlijk. Ik heb geen idee waar je het over hebt. En wanneer heb jij trouwens een dinosaurusteen geproefd?'

'Teennagel,' maakte George af. 'Echt heel smerig. Alsof hij triljoen jaar had liggen verstenen.'

'Joh!' antwoordde Annie spottend. 'Alleen maar omdat jij zo'n ontzettende *gour-mand* bent.'

'Je weet niet eens wat gourmand betekent,' kaatste George terug.

'Echt wel.'

'Wat dan?' George wist bijna wel zeker dat dit een punt voor hem was.

'Een goer is een soort eend, en die vingen ze vroeger dus met een mand. Een goer-mand.' Het lukte haar nog maar net om de zin af te maken; toen barstte ze in lachen uit, zo hard dat ze van de zitzak rolde.

'Je bent gek.'

'Maar wel een gek met een IQ van 152.' Annie kroop overeind. Ze had een week geleden haar IQ laten testen en iedereen moest weten wat de uitslag was. Plotseling zag ze George' bezittingen die in zijn hut op een rijtje lagen. 'Wat is dit allemaal?'

'Ik heb mijn spullen vast klaargelegd.' George wees naar de apparatuur, die hij uit de kleine handen van zijn tweelingzusjes had gered en naar de hut had gesleept omdat de spullen hier veilig waren. Er was een witte 60-mm telescoop met zwarte randen aan de uiteinden en een camera die hij op de telescoop wilde monteren, zodat hij een foto kon nemen. De telescoop had hij van zijn oma gekregen, maar bizar genoeg had hij de camera bij het vuilnis gevonden. 'Zodat ik foto's van Saturnus kan maken als het donker wordt. Als ik van mijn vervelende vader en moeder tenminste een keer hier mag blijven. Het is mijn werkstuk voor na de meivakantie.'

'Cool!' Annie tuurde door de zoeker van de telescoop. 'Jakkes,' riep ze direct uit. 'Er zit iets plakkerigs op!'

'Wát?' zei George. Hij keek wat beter naar de telescoop, en inderdaad: op de zoeker zat een soort lijmachtig roze plaksel.

'En nou is het genoeg!' ontplofte hij. Hij begon langs het touw naar beneden te klimmen.

'Wat ga je doen?' Annie klauterde achter hem aan. 'Het is geen ramp. We kunnen het toch schoonmaken?'

Maar George liep met grote stappen naar het huis. Zijn gezicht was rood van woede. Hij stormde de keuken in, waar zijn vader een poging deed om Juno en Hera hun fruithapje te voeren.

'En eentje voor papa!' zei Terence, de vader van George, tegen Hera, die haar mond opendeed, de groene brij even in haar mond hield en hem toen midden in haar vaders gezicht spuugde. Hera gilde het uit van plezier en sloeg wild met haar lepel op het blad van haar hoge stoel, waardoor alle andere kruimels en restjes eten als bonen in het rond dansten. Juno, die haar tweelingzusje probeerde na te doen, begon ook met haar lepel te slaan en maakte ondertussen met haar lippen vieze natte scheetgeluiden.

Terence draaide zich naar George en keek hem half wanhopig, half lachend aan, terwijl het groene slijm van zijn baard op zijn zelfgemaakte T-shirt droop.

George ademde diep in en wilde beginnen met zijn tirade over kleine kinderen die van andermans spullen moesten afblijven, maar Annie wurmde zich nog net op tijd langs hem.

'Hola, meneer G!' riep ze vrolijk naar Terence. 'Hoi, meisjes!'

De zusjes sloegen weer met hun lepels op het blad van hun stoel en pruttelden opgewekt naar degene die voor nieuwe afleiding kwam zorgen.

'Ik wilde alleen maar vragen of het goed is dat George mee naar mijn huis gaat,' zei Annie. Ze kriebelde Hera onder haar zachte, plakkerige kinnetje. Het kleine meisje kirde van plezier.

'En mijn telescoop dan?' mopperde George kwaad achter haar rug.

'Dat. Lossen. We. Later. Wel. Op,' antwoordde ze met een strenge, lage stem. 'Jij hebt zó'n geluk dat je zusjes hebt,' lachte ze naar de schattige kleine meisjes. 'Ik ben maar een enig en eenzaam kind...' Ze trok een overdreven verdrietig gezicht.

'Hmpf.' George zou niets liever willen dan in Annies rustige tech-huis wonen, met haar geleerde vader en haar moeder die steeds meer aandacht voor haar werk had. Waar geen peuters waren, geen lawaai, geen biologische groenten en geen troep – behalve misschien als Annie in de keuken een van haar 'interessantere' proeven had uitgevoerd.

'Eh... ja, je mag wel gaan – maar zorg dat je op tijd terug bent om je klusjes te doen,' zei Terence op een toon waaraan je kon horen dat hij probeerde te doen alsof hij alles onder controle had.

'Te gek!' riep Annie enthousiast en ondertussen duwde ze George de deur uit.

George wist dat het geen zin had om tegen Annie in te gaan als ze in zo'n bazige bui was. Dus ging hij met haar mee, en eigenlijk ook zonder tegenzin, want hij voelde er weinig voor om in zijn eigen huis te blijven rondhangen nu hij in zo'n slechte bui was; dan kon je beter bij Annie thuis zijn.

'Dag meneer G en kleine G's!' riep Annie, terwijl ze ervandoor gingen. 'Veel plezier!'

'George, vergeet je niet op je klusjeskaart te kijken welke taken je deze week nog moet doen?' riep Terence de verdwijnende gestalte van zijn oudste kind na. 'Drievijfde van de taart is nog open!'

Maar George was al weg, achter Annie aan, op weg naar de Spannende Wereld van Hiernaast: waar je alle technische snufjes kon vinden, het nieuwste van het nieuwste op wetenschappelijk en elektronisch gebied, en in George' ogen was het er geweldig.

2

Om bij Annies huis te komen, kropen ze door een gat in de schutting die tussen de twee tuinen in stond. Dat gat had Freddie het varken nog gemaakt. (Freddie was een cadeau geweest van George' eigenwijze oma Mabel.) Freddie had de benen genomen en was uit de achtertuin ontsnapt. George had Freddies sporen gevolgd en zo had hij Annie en haar ouders leren kennen: haar vader, de mega-geleerde wetenschapper Erik, en haar moeder, de musicus Susan. En hij had kennisgemaakt met hun supercomputer, Kosmos, die zo machtig en intelligent was dat hij een doorgang naar het heelal kon maken, in elk geval naar elk deel dat bekend was. Je kon door de opening, de portal, stappen (als je tenminste een ruimtepak had) en op onderzoek uitgaan. Sinds die dag had George op een komeet door het zonnestelsel gereisd, hij had op de oppervlakte van Mars gelopen en in een verafgelegen zonnestelsel was hij de confrontatie aangegaan met een kwaadaardige wetenschapper. Je kon wel zeggen dat zijn leven sindsdien niet meer hetzelfde was geweest.

'Hé,' zei Annie onder het rennen. 'Je moet niet zo gemeen tegen je zusjes doen.'

'Wát?' George was met zijn hoofd ergens anders en dacht al niet meer aan de tweeling. 'Waar heb je het over? Ik deed helemaal niet gemeen tegen ze.'

'Nee, omdat ik je heb tegengehouden,' zei Annie boos. 'Maar je was van plan om iets heel ergs te gaan zeggen.'

'Ik was boos,' antwoordde George beledigd. 'Ze mogen niet aan mijn spullen zitten en ze mogen ook niet in de boomhut klimmen!'

‘Je mag blij zijn dat je zusjes hébt,’ zei Annie belerend. ‘Ik heb helemaal niks.’

‘Wel waar,’ riep George uit. ‘Jij hebt van alles! Jij hebt Kosmos, de computer, je hebt min of meer je eigen onderzoekslaboratorium, jij hebt een Xbox, een iPod, een iPad, een i-alles; je hebt die mechanische hond, je hebt een scooter met een echte motor… Ik weet niet wat allemaal, maar je hebt echt heel veel.’

‘Dat is niet hetzelfde als een zusje of een broertje,’ zei Annie zacht.

‘Als je er eentje zou hebben, of zelfs twee…’ zei George aarzelend, ‘dan zou je er wel anders over denken. Over hem. Over haar. Over hen.’

De twee vrienden gingen snel de keuken binnen.

‘Joehoe!’ Annie liet zich over de tegels door de keuken naar de koelkast glijden en greep naar de hendel.

Zelfs de koelkast van Annies familie zag er niet uit als een normale koelkast: hij leek meer op iets wat je in een laboratorium kon vinden: hij was van staal en heel erg zwaar, met diepe laden en verschillende vakken, zodat je dingen apart van elkaar kon bewaren. Het was, uiteraard, een professioneel apparaat, dat net zo weinig met een gewone koelkast te maken had als een ruimteschip met een papieren vliegtuigje. Dat was een van de dingen die George zo leuk vond aan Annies huis: het stond vol rare voorwerpen en eigenaardige uitvindingen die Erik had gekocht of via zijn werk had gekregen. George keek jaloers naar de koelkast, die een vreemd soort blauw licht uitstraalde. De bijzonderste technische uitvinding in zijn eigen huis had waarschijnlijk minder informatieverwerkingscapaciteit dan Annies koelkast.

George dacht daar even over na, toen het tot hem doordrong

dat er stemmen uit de woonkamer kwamen.

'Annie! George!' Annies vader stak zijn hoofd om het hoekje van de deur. Hij had een brede grijns op zijn gezicht en zijn ogen fonkelden achter de dikke glazen van zijn bril. Zijn stropdas zat los en hij had zijn mouwen opgerold. Hij kwam met twee kristallen glazen in zijn handen de keuken binnen.

'Ik kom bijschenken,' legde hij uit, en hij pakte een stoffige oude fles en trok met een harde *plop* de kurk eruit. Hij schonk een plakkerig bruin drankje in de glazen en liep weer terug naar de woonkamer.

'Kom even kennismaken met mijn gast,' zei hij voordat hij de keuken uit was. Op zijn gezicht verschenen steeds meer lachrimpels. 'Hij heeft iets wat jullie waarschijnlijk wel interessant vinden.'

George en Annie vergaten onmiddellijk waar ze het over hadden en liepen achter Erik aan naar de woonkamer, die tot de nok toe gevuld was met boeken. Het was een prachtige kamer vol interessante spullen, zoals Eriks oude koperen telescoop. De nieuwste technische snufjes, die je in de rest van het huis overal zag, ontbraken hier en het was er warm en gezellig in plaats van kil en futuristisch. Op de vormeloze bank, die Erik al sinds zijn studententijd had, zat een hoogbejaarde dame.

'Annie, George,' zei Erik, terwijl hij de oude vrouw haar glas met sherry gaf, 'dit is Beryl Wilde.'

Beryl nam het drankje dankbaar aan en nam direct een slok. 'Hallo!' Ze zwaaide vrolijk naar hen.

'Beryl is een van de beste wiskundigen van deze tijd,' zei Erik ernstig.

Beryl schoot in de lach. 'O, doe niet zo raar!'

'Het is waar,' hield hij vol. 'Zonder Beryls wiskundige talent zouden miljoenen mensen zijn overleden.'

'Wat voor een mensen?' vroeg George.

Annie had haar smartphone al tevoorschijn gehaald en zocht naar Beryls naam op Wikipedia.

'Hoe schrijft u uw achternaam?' vroeg ze.

'Je vindt het toch niet,' zei Beryl, die raadde wat Annie aan het doen was. Haar blauwe ogen schitterden. 'Ik ben volledig afgeschermd door de Wet bescherming persoonsgegevens. En nog steeds, zelfs na al die jaren, ben ik onvindbaar.'

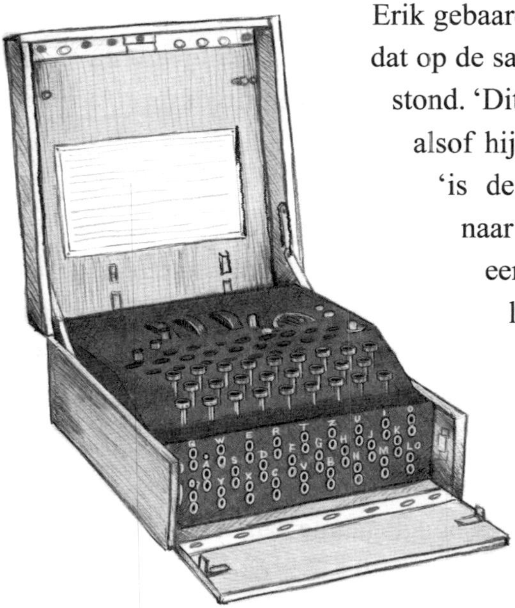

Erik gebaarde naar een voorwerp dat op de salontafel voor de bank stond. 'Dit,' zei hij met een stem alsof hij op het toneel stond, 'is de Enigma.' Hij wees naar het apparaat, dat op een oude typemachine leek. 'Deze is tijdens de Tweede Wereldoorlog gebruikt om berichten te coderen. Dat betekende dat men geheime berichten kon verzenden die onleesbaar waren als ze in verkeerde handen kwamen. Maar Beryl was een van de wiskundigen die de Enigma-code wisten te kraken. Als dat niet was gebeurd, had de oorlog langer geduurd en waren er aan beide kanten nog meer slachtoffers gevallen.'

'Tsss!' zei Annie, terwijl ze opkeek van haar telefoon. 'Dus u kon geheime berichten lezen en wist wat die andere mensen van

Getallenstelsels

Decimaal

Het getallenstelsel dat we dagelijks gebruiken, het decimale stelsel, is gebaseerd op veelvouden van 10. We tellen van 1 tot en met 9, waarna we een nieuwe kolom toevoegen voor de tientallen.

36 = 3 x 10, plus 6 x 1
48 = 4 x 10, plus 8 x 1
148 = 1 x 100, plus 4 x 10, plus 8 x 1
Enzovoort.

Binair

De eerste computersystemen maakten gebruik van het binaire getallenstelsel. 'Binair' betekent dat het stelsel met een factor 2 rekent. De enige getallen in dit stelsel zijn 0 en 1.

10 = 1 x 2, plus 0 x 1 is het getal 2 in het decimale stelsel
11 = 1 x 2, plus 1 x 1, is het getal 3
111 = 1 x 4, plus 1 x 2, plus 1 x 1 is het getal 7

De keuze voor 0 of 1 kan worden toegewezen aan schakelaars in een computercircuit: 0 = 'uit' en 1 = 'aan'. Met opdrachten die in binaire code zijn geschreven, kunnen circuits zichzelf aan- en uitzetten om berekeningen te maken.

Hexadecimaal

Moderne computers zijn veel geavanceerder. Nu wordt computercode vaak in het hexadecimale getalstelsel geschreven, dat op een factor 16 is gebaseerd. Hierin tel je van 0 tot en met 9, maar daarna wordt A gebruikt voor 10, B voor 11 enzovoort, tot F voor 15.

C is dus 12 in het decimale stelsel.
10 is de hexadecimale weergave van het getal 16.
11 = 17
1F = 1 x 16, plus F x 1 (15) = 31
20 = 2 x 16 = 32
F7 = F x 16 (15 x 16 = 240), plus 7 x 1 = 247
100 = 256

Kraak de code

Met 'een code kraken' wordt meestal bedoeld dat je een geheime boodschap ontcijfert, zonder dat je de sleutel hebt waarmee de afzender van de boodschap het bericht heeft versleuteld. De wetenschap die zich bezighoudt met het onderzoek naar de veiligheid van codes wordt 'cryptoanalyse' genoemd.

Voordat er computers waren

Voordat de computer werd uitgevonden, werden boodschappen versleuteld met lettersystemen of met getallen die letters voorstelden. Je kunt bijvoorbeeld elke letter van een boodschap vervangen door een andere letter. Een eenvoudige methode is dat je de A vervangt door de E, de B door de F enzovoort. Je kunt ook het hele alfabet op een bepaalde manier door elkaar husselen.
Om deze code te kraken, kun je tellen hoe vaak elke letter in de tekst voorkomt (dat heet 'frequentieanalyse'). Dan kun je raden welke letter door welke andere letter werd vervangen. De letter 'e' komt bijvoorbeeld in heel veel woorden voor. Als in de versleutelde boodschap de 's' heel vaak voorkomt, kan dat betekenen: 's' = 'e'. Dat kan al genoeg zijn om de rest van de vervangen letters te raden, wanneer de oorspronkelijke boodschap een logische tekst is.
Bij een complexere manier van versleutelen (oftewel 'encryptie') kun je voor elke letter van de boodschap het alfabet op een andere manier door elkaar husselen. Je kunt uit ontzettend veel combinaties kiezen: omdat het alfabet 26 letters bevat, kun je voor de eerste positie uit 26 letters kiezen, daarna 25 voor de tweede, 24 voor de derde, en zo verder.

KRAAK DE CODE
LSBBL EF DPEF
(+ 1 letter)
GEORGE
JHRUJH
(+ 2 letters)
ANNIE
ZMMHD
(- 1 letter)

Moderne decryptie

Bij moderne vormen van codes kraken (oftewel 'decryptie') met de computer ga je niet uit van letters, maar van bits (enen en nullen). Encryptie en decryptie maken gebruik van een geheime sleutel, die uit een lange reeks bits bestaat. Tegenwoordig gaat men ervan uit dat een sleutel van 256 bits lang genoeg is om te voorkomen dat een kraker de code met behulp van een supercomputer puur op rekenkracht kan kraken (dat wil zeggen, door simpelweg elke mogelijke combinatie te proberen).

plan waren, zonder dat zij dat wisten? Net als wanneer iemand nu mijn e-mails zou lezen...? Behalve dan,' voegde ze er snel aan toe, 'dat ik met niemand oorlog heb, alleen met Karla Puntneus, die iedereen aan het lachen maakte toen ik iets verkeerd had gespeld op het smartboard...'

'Precies.' Beryl knikte. 'We konden hun berichten onderscheppen en de inhoud decoderen, zodat we wisten wat ze wilden gaan doen. Daardoor waren wij in het voordeel.'

'Wauw!' zei Annie. 'Wat knap van u!' Ze keek weer op haar telefoon.

'Is dat een échte Enigma-machine?' George keek ernaar met grote hebberige ogen. Hij kon bijna niet geloven dat Annies huis weer een waanzinnige gadget rijker was. Voor de zoveelste keer bedacht hij dat hij veel liever in dit huis geboren had willen zijn dan in zijn eigen huis.

'Zeker,' zei Beryl en ze lachte naar hem. 'En ik geef hem aan Erik. Het is een cadeau.'

Eriks mond viel open. Het was duidelijk niet in hem opgekomen dat ze dit van plan was geweest. 'Dat kun je niet doen!' riep hij uit.

'Dat kan ik wel.' Beryl was vastberaden. 'Hij is voor de faculteit wiskunde van de universiteit waar jij werkt. Jij bent precies de juiste persoon, met je onderzoek naar de kwantumcomputers. Ik kan me geen betere plek voor de Enigma voorstellen.'

'Wat is een kwantumcomputer?' vroeg George. Hij had er nog nooit van gehoord en het klonk spannend. Hij bedacht dat Erik al een tijdje behoorlijk geheimzinnig deed over zijn werk en als George de grote wetenschapper ernaar vroeg, kreeg hij alleen maar vage antwoorden.

Maar vanavond was Erik veel spraakzamer dan anders.

Enigma

Geheimen uit de oorlog

In de Tweede Wereldoorlog (1940-1945) werden machines gebruikt om belangrijke boodschappen te versleutelen, zoals de Enigma in Duitsland en de Typex in Groot-Brittannië.
De Enigma werd bediend door met de toetsen aan de voorkant van de machine een boodschap te typen. De machine maakte daar een versleuteld bericht van, waarbij bij elke gecodeerde letter een lampje ging branden. De geheime boodschap werd opgeschreven, in morsecode omgezet en via de radio verzonden.

Drie draaischijven

De Enigma bevatte drie rotors of draaischijven met een complexe bedrading. Je kon de rotors uit de machine halen en in een andere volgorde weer terugplaatsen en draaien, waarbij elk van de drie rotors in 26 posities kon worden gezet. Er waren dus zes verschillende rotorcombinaties mogelijk (3 x 2 x 1) en vervolgens 26 x 26 x 26 posities voor elke letter. Om het nog ingewikkelder te maken: je kon tien korte draden inpluggen op een schakelbord aan de voorkant van de machine. Elk van deze posities leverde weer een geheel nieuwe set van 26 x 26 x 26 tekens waarmee een boodschap kon worden samengesteld.
De ontvanger van de boodschap had precies zo'n Enigma-machine, die op exact dezelfde manier werd ingesteld. Daarop werd dan de versleutelde boodschap ingetypt. De oorspronkelijke boodschap verscheen wanneer je noteerde welke lampjes er gingen branden. De afspraak was dat degene die de Enigma bediende elke dag te horen kreeg welke rotor hij op welke positie moest plaatsen en hoe hij de draden in het schakelbord moest inpluggen.

'Het is het begin van een grote verandering,' zei hij tegen George. 'In de informatica hebben we de digitale revolutie gehad en nu staan we aan het begin van de kwantumrevolutie. Als we een kwantumcomputer zouden kunnen maken – en hem onder controle kunnen houden, wat op dit moment erg moeilijk lijkt te zijn –,

Enigma gekraakt

Dit encryptiesysteem was afhankelijk van een geheime afspraak tussen de zender en de ontvanger over de instelling van de machine, die dagelijks moest worden veranderd. Het probleem was de veilige uitwisseling van informatie tussen het grote aantal bedieners van de machine. Als een van hen een fout maakte, kon hij belangrijke informatie prijsgeven. Boodschappen op papier konden worden gestolen of onderschept.
Door een combinatie van Duitse blunders, complexe wiskunde en briljante invallen slaagden codebrekers (eerst in Polen, later in Bletchley Park in Engeland) erin de instellingen van de Enigma's te achterhalen, waardoor ze Duitse boodschappen konden ontcijferen. Daarbij was een belangrijke rol weggelegd voor de *bombe,* een machine die door het wiskundig genie Alan Turing was ontwikkeld. Een ander belangrijk instrument dat in Bletchley Park werd ontwikkeld was de *Colossus,* de eerste elektronische, programmeerbare rekenmachine. Deze werd niet gebruikt om Enigma-codes te kraken, maar boodschappen van een andere Duitse encryptiemachine, de *Lorenz.*

dan zouden we dingen kunnen doen die we ons met de computertechnologie van nu niet eens kunnen voorstellen.'

'Zoals wat?' vroeg George.

'Met een kwantumcomputer zouden we elke code kunnen kraken die er bestaat – er is niet één veiligheidssysteem dat dat zou

De universele machine van Turing

Een denkbeeldig instrument

In 1936 betekende het Engelse woord *computer* 'een persoon die berekeningen uitvoert'.
De turingmachine, die door de briljante Britse wiskundige Alan Turing werd bedacht, was bedoeld als een eenvoudige, denkbeeldige machine die alles zou kunnen nadoen wat de menselijke rekenaar doet wanneer hij aan het rekenen is.
Het was dus geen echte machine, maar eerder een wiskundig model dat meer inzicht zou moeten bieden in wat rekenen eigenlijk inhoudt en wat je ermee kunt bereiken. In werkelijkheid kan de machine niet bestaan. Hij zou bijvoorbeeld een oneindig groot geheugen moeten hebben en oneindig lang moeten kunnen rekenen. In het echt kan dat dus niet.

Een reeks nullen...

Wat de machine moet doen, wordt vastgelegd in een eindige lijst gecodeerde instructies. Je kunt je bijvoorbeeld een lang lint voorstellen waar een hele lange reeks nullen op is geschreven (zo lang als het lint zelf). Het lint loopt zowel naar de ene als naar de andere kant eindeloos door: het is een oneindig lang lint. Dat stelt het geheugen van de rekenmachine voor. Tussen de nullen door is een eindig aantal enen opgenomen. Die enen stellen data voor, oftewel de gegevens die in de machine worden ingevoerd. Boven dit lint wordt een lees- en schrijfkop geplaatst, de processor. Die kan alleen het teken lezen dat zich op dat moment recht onder de processor bevindt. De processor kan dat teken onveranderd laten of vervangen door een 0 of een 1.
De machine heeft ook een klok die regelmatig tikt. Bij elke tik leest de processor het teken dat op dat moment zichtbaar is. De processor voert dan één van twee acties uit, afhankelijk van wat hij net heeft gelezen en van de toestand van de processor. Hij kan:

- het symbool onder de processor veranderen door het te markeren als een 0 of een 1, waarna de processor verdergaat naar de volgende positie naar links of naar rechts op het lint. De processor kan van toestand veranderen en op de volgende tik wachten,
- of hij kan hetzelfde nog eens doen en dan stoppen.

Wat de machine eigenlijk doet, is afhankelijk van de regels (het programma) die we de processor geven en van de tekens die de processor op het lint aantreft. Laten we een voorbeeld geven. Stel, de machine start in 'toestand 0'. Op het lint is een lange reeks nullen geschreven. Ergens rechts daarvan is een aantal nullen vervangen door enen. Deze enen vormen een patroon; dat patroon is het binaire getal dat we de aan processor voeren als *input.*

Een goede regel om mee te beginnen is: als de toestand 0 is en de processor leest een 0, blijf dan in toestand 0, schrijf een 0 op en verplaats de processor één positie naar rechts.

Dus als de processor eerst een 0 ziet, terwijl 'toestand 0' actief is, blijft de processor in toestand 0. Op het lint staat al een 0, dus de processor hoeft die niet te veranderen. Hij kan nu één positie naar rechts gaan. Als op die positie naar rechts ook een 0 staat, gebeurt hetzelfde nog eens. De processor blijft in toestand 0, verandert het teken op het lint niet en gaat nog eens één positie naar rechts.

Dat gebeurt bij elke tik van de klok, totdat de processor de eerste reeks enen op het lint tegenkomt. Nu heeft de machine een regel nodig die hem vertelt wat hij moet doen als hij een 1 leest in toestand 0. De eenvoudigste regel is: blijf in toestand 0, schrijf een 1 op, ga één positie naar rechts en stop dan. Dan verschijnt er links van de processor een 1. Dat is het resultaat van de berekening.

Deze eenvoudige berekening kun je beschrijven als: 'Noteer 1 als de input geldig is', waarbij met 'geldig' wordt bedoeld: 'bevat ten minste één 1.' Als er rechts van de processor geen enen staan wanneer de machine wordt gestart, zou hij eenvoudigweg altijd naar rechts blijven bewegen, op zoek naar een 1. Hij zou voor eeuwig doorgaan! Dat kan inderdaad gebeuren met een echte computer. Een programma kan in een eeuwige lus terechtkomen, totdat de computer crasht.

Die mogelijkheid is jammer genoeg een fundamentele eigenschap, zowel van de turingmachine als van een echte computer. We kunnen meteen voorkomen dat dit gebeurt door als regel in te stellen dat een 'geldige input' altijd ten minste één 1 bevat. Dan kan deze eerste regel nooit eindeloos worden toegepast.

De universele machine van Turing

- VERVOLG -

Elke mogelijke berekening

Als je de machine genoeg tijd zou geven en als je zo veel enen als je nodig hebt op het lint zou kunnen schrijven, dan zou je elke mechanische bewerking met gehele getallen kunnen uitvoeren die je kunt bedenken. Daarvoor moet je de input rechts van de processor in de turingmachine invoeren, de klok starten en wachten tot hij stopt. Dan kun je het resultaat links van de processor aflezen. Dit omvat elke rekenkundige bewerking die een mens met pen en papier zou kunnen uitvoeren. Alan Turing deed het volgende voorstel: wat je met een turingmachine kunt berekenen, is de definitie van wat daadwerkelijk 'berekenbaar' is. Als de turingmachine het niet kan berekenen, kan het helemaal niet worden berekend. Het wonderbaarlijke is: bijna tachtig jaar nadat Turing zijn theorie had ontwikkeld, wordt dit nog altijd als een goede definitie beschouwd. Elk bekend ontwerp van een digitale rekenmachine kan alleen berekenen wat een turingmachine zou kunnen berekenen.

Turing leverde ook het wiskundige bewijs dat zelfs een turingmachine niet elk probleem kan oplossen. Met andere woorden, sommige wiskundige problemen kunnen niet worden berekend. Wiskundigen worden voorlopig dus niet door computers vervangen!

kunnen tegenhouden!' zei Erik enthousiast. 'We zouden geweldige dingen kunnen doen op het gebied van automatische gegevensverwerking, geneeskunde, natuurkunde, techniek en wiskunde. Het is de volgende grote stap.'

'Maar wat heeft dat met de Enigma-machine te maken?' vroeg George.

'Enigma,' antwoordde Beryl, 'is de voorloper van alle bijzondere technologische uitvindingen die erna kwamen. En de Enigma bestond echt en is echt gebruikt, terwijl je dat van de kwantumcomputer nog niet kunt zeggen.'

'Ja... hahaha!' zei Erik. 'Ik hou me nu vooral bezig met het opsporen van kwantumfouten...'

'Je vader,' zei Beryl, terwijl ze naar Annie knikte, 'is waarschijnlijk de enige op de wereld die met de kwantumcomputer zou kunnen werken, als er tenminste een kwantumcomputer zou zijn.'

Erik keek heel blij. 'Door kwantumfouten op te sporen zorgen we ervoor dat we op een dag een kwantumcomputer hebben die op de een of andere manier beheersbaar blijft. En dat is nu in elk geval niet zo! Dat probleem hadden ze met Enigma niet.'

'Mogen we Enigma gebruiken? Mogen Annie en ik geheime brieven aan elkaar sturen?' vroeg George zich hardop af.

'Enigma kan geen berichten versturen.' Beryl nam het laatste slokje sherry. 'Hij codeert en decodeert berichten, maar je moet een andere manier vinden om ze te verzenden. Degenen die hem gebruikten, verzonden hun berichten in morse via de radio. Tegenwoordig hebben we de technologie om het allebei te doen: om berichten te coderen en via kabels of radiogolven te versturen – over de hele wereld, miljarden per seconde, en dan worden ze door andere computers weer gedecodeerd. Elke e-mail, elke zoekopdracht op internet en elk commando op de computer is een gecodeerd bericht, en ook al is het de bedoeling dat sommige codes door iedereen begrepen worden – omdat het anders een behoorlijk zootje zou zijn op internet – wil je als je online een paar sokken koopt wel dat je creditcardnummer gecodeerd wordt, zodat er niemand anders bij je geld kan. Stel je eens voor hoeveel computers over de hele wereld van alles regelen: elektriciteit, transport, de verdediging van het land – om maar eens een paar dingen te noemen. Die gebruiken allemaal coderingen om te voorkomen dat de verkeerde mensen een spaak in het wiel

Wat is computercode?

Codes voor geheimen

Al sinds de oudheid worden codes gebruikt om boodschappen te versleutelen – met andere woorden, om gewone tekst te veranderen in een bericht dat alleen te begrijpen is door iemand die weet hoe de code moet worden ontcijferd. Op die manier kun je bijvoorbeeld in oorlogstijd geheime berichten naar je bondgenoten sturen.

Tegenwoordig maken we gebruik van precies hetzelfde idee wanneer we iets kopen via een webwinkel. We moeten er zeker van zijn dat criminelen internet niet kunnen misbruiken om onze bankgegevens te achterhalen en zodoende ons geld te stelen. Digitale systemen zorgen er niet alleen voor dat belangrijke informatie (zoals bankgegevens) voor anderen verborgen blijft, maar ook dat eenvoudig kan worden gecontroleerd of iemand het bericht heeft veranderd of dat het door een oplichter is verzonden.

Zulke systemen werken met bits in plaats van letters. Ze zijn gebaseerd op codes die snel door computers kunnen worden verwerkt, maar die vrijwel onmogelijk kunnen worden gekraakt door iemand die niet over de geheime sleutel beschikt. Cybercriminelen blijven het natuurlijk wel steeds proberen. Als ze inderdaad een nieuwe methode vinden om de code te ontcijferen, moet er weer een nieuwe geheimtaal worden uitgevonden.

Computertalen

Voor een wiskundige is codering een proces waarmee een verzameling symbolen wordt omgezet in een andere verzameling symbolen, door bepaalde regels te volgen.

De codering van instructies en gegevens vormt de basis voor de werking van elk type computer. Hoe moet je de instructies zodanig omzetten naar enen en nullen dat de computerprocessor ze kan begrijpen? De regels die dat proces beschrijven, vormen samen de machinetaal van de computer.

Elke verzameling regels wordt een algoritme genoemd. Iemand met pen en papier en heel veel geduld zou de codering kunnen uitvoeren, maar met een computer gaat dat natuurlijk veel sneller.

Programmeurs schrijven hun programma's in leesbare computertalen, zoals C of Fortran. Deze beide talen maken gebruik van Engelse woorden en tekens in plaats van enen en nullen. Door de jaren heen zijn er allerlei verschillende programmeertalen ontwikkeld die programmeurs in staat stellen tegen hun computer te 'praten'. Vaak bedoelen we met 'computercode' een programma dat in een van die talen is geschreven.

'Compilers' zijn een soort vertaalprogramma's, waarmee de in computertaal geschreven code wordt omgezet in programma's die de computer kan begrijpen. Die code wordt dan rechtstreeks naar de processor gestuurd. Zulke instructies aan de processor zijn tegenwoordig meestal op het hexadecimale stelsel gebaseerd, een getallensysteem dat met veelvouden van 16 werkt.

Als je zo'n code wilt kraken, moet je een manier vinden om het programma te laten vastlopen of iets onverwachts te laten doen. Zulke tactieken worden gebruikt door misdadigers die in computersystemen proberen in te breken om allerlei criminele activiteiten uit te voeren (zoals je bankgegevens achterhalen om je geld te kunnen stelen).

Algoritmen

- Een algoritme is een stapsgewijs proces, waarin aan de hand van duidelijke regels wordt beschreven hoe een verzameling symbolen stap voor stap in een andere verzameling symbolen moet worden omgezet. Op school leer je bijvoorbeeld hoe je grote getallen vermenigvuldigt of staartdelingen maakt in een aantal stappen. Die stappen zijn algoritmes. Elk probleem wordt op precies dezelfde manier aangepakt. Bij elke stap schrijf je de getallen op papier en voeg je zo vaak als dat nodig is nieuwe regels toe, totdat het antwoord verschijnt.
- Algoritmes werden al in de oudheid gebruikt. Euclides beschreef een algoritme om de grootste gemene deler van twee getallen te vinden. Dat was in 300 v.Chr., hoewel het algoritme zelf waarschijnlijk al langer bekend was.
- Het woord 'algoritme' is afgeleid van de naam van een Perzische wiskundige uit de negende eeuw, Al-Chwarizmi, die wiskundige algoritmes beschreef. Hij heeft een grote bijdrage geleverd aan de ontwikkeling van de algebra.
- In de twintigste eeuw hebben wiskundigen geprobeerd precies vast te stellen wat een algoritme in wiskundig opzicht is, maar al hun voorstellen kwamen neer op 'wat je met een turingmachine kunt berekenen'. Er bestaat nog steeds geen computer die meer kan dan dat!
- Elk computerprogramma komt uiteindelijk neer op een algoritme dat tijdens elke processorcyclus patronen van bits in het computergeheugen kan veranderen.

steken. Als je die codes zou kunnen kraken, dan heb je de wereld in je greep.'

'Breng ze niet op verkeerde ideeën,' zei Erik met een zogenaamd strenge stem. 'Ik wil straks geen uitleveringsverzoek krijgen omdat die twee in een supergeheim programma van een of ander land hebben zitten wroeten en de mensen de stuipen op het lijf hebben gejaagd.'

'O, dat zou leuk zijn!' riep Beryl. 'Ik hoop maar dat het ze lukt!'

George keek naar Annie. Beryl had vast een heleboel mooie verhalen te vertellen, bedacht hij.

'Nou, aan jou heb ik wat,' zei Erik tegen Beryl, maar hij keek absoluut niet boos. 'Nou, hup jullie, maak dat je wegkomt, voordat Beryl jullie opgeeft voor de jeugdafdeling van de geheime dienst.'

'O, papa!' kreunde Annie. Ze was ondertussen zo nieuwsgierig geworden dat ze zelfs haar telefoon had opgeborgen. 'Ik wil bij de geheime dienst! Het is wat ik het aller-allerliefste wil! Mogen we niet blijven?'

'Hou op met je "O, papa"! Maak je uit de voeten en ga iets anders doen. Ik wil niet dat de veiligheidsdienst hier straks op de stoep staat. Ik ben geen James Bond. Ik ben hoogleraar natuurkunde, en dat is iets heel anders.'

'Moet je zien!' zei George, die uit het raam keek. 'Het is al donker. Laten we teruggaan naar de boomhut en proberen of we een foto van Saturnus kunnen nemen.'

'Dat lijkt me een uitstekend idee,' zei Erik. 'Zelfs jullie tweeën kunnen moeilijk in de problemen komen als jullie een foto gaan nemen van een verre planeet.'

Beryl giechelde. 'Maar probeer het alsjeblieft wel,' zei ze en ze gaf Annie en George een knipoog. 'Het leven is veel leuker als je af en toe in de problemen komt. Dat maakt het juist interessant.'

'Kom op, jongens!' zei Erik streng, en dit keer meende hij het echt.

3

Annie en George verlieten braaf de woonkamer, maar zodra ze in de keuken waren begonnen ze te rennen.

'Wie het laatste bij de boomhut is, is een...' riepen ze tegelijkertijd.

'Kromme banaan!' gilde Annie.

'Een rot ei!' schreeuwde George. En ze stormden de tuin in en probeerden elkaar opzij te duwen om als eerste door het gat in de schutting te kunnen springen.

Ze kwamen tegelijkertijd bij de boom aan en terwijl Annie de ladder vastgreep, begon George in het touw te klimmen alsof hij in het tuig van een groot schip klom. En op precies hetzelfde moment klommen ze op de verhoging en riepen: 'Ik heb gewonnen!' De boomhut schommelde heen en weer als een schip in de storm, en uit angst dat ze over de rand in de donkere tuin zouden vallen, grepen ze elkaar vast.

'Wauw!' zei Annie, terwijl het platform langzaam ophield met deinen.

'Oeps!' zei George schuldbewust. 'Toen we weggingen zijn we vergeten de ladder op te trekken.'

'Is je telescoop nog in orde?' vroeg Annie.

George hoopte het maar. Hij haalde een kleine zaklamp uit zijn zak. De telescoop lag nog veilig op zijn plek, met de camera ernaast, klaar voor het geweldige moment waarop hij de nachthemel mocht vastleggen. George pakte een zakdoek en wreef voorzichtig het plakkerige spul van de zoeker.

'Hoe is het de tweeling nou gelukt om hier te komen?' vroeg

Annie. 'Kunnen ze op een touwladder klimmen?'

'Ze kunnen overal komen,' zei George fronsend. 'Niks is veilig voor ze.'

'Ah... ze zijn zo lief...' Annie glimlachte. 'Eigenlijk hou je heel veel van ze.'

George gaf geen antwoord. Hij probeerde de telescoop scherp te stellen op Saturnus, zodat hij de perfecte foto kon maken van de indrukwekkende planeet met de ringen. Even keek hij met zijn blote oog door de donkere nacht naar de sterren en bedacht wat een geweldig gezicht het toch was. Hij was volkomen gefascineerd door de ruimte, door wat daar in de verte was, voorbij de dampkring van de Aarde. De ruimte... George vond het woord alleen al mooi. Het uitgestrekte firmament van het universum, zo onvoorstelbaar groot en vol bizarre, fascinerende natuurverschijnselen: planeten, zwarte gaten, neutronensterren... en zo kon je nog wel een tijdje doorgaan. Het universum, dacht hij, is waanzinnig! En ik wil alles begrijpen. Ik wil voorbij de grens gaan van wat mensen weten en begrijpen, tot ik alles over ons ongelooflijke kosmische huis weet wat er te weten valt...

'Ga je die foto nog nemen?' Annies stem onderbrak zijn afdwalende gedachten.

'Ik zal het proberen,' antwoordde hij. 'Hopelijk is er niet te veel lichtvervuiling.' Zelfs een klein universiteitsstadje als Foxbridge straalde zo veel licht uit dat de hemel aan de horizon oranje was in plaats van helemaal zwart. Maar hij drukte op het knopje van zijn camera; door de telescoop ving de camera meer licht op dan het menselijk oog, waardoor hij het beeld van een planeet kon vastleggen die mijlenver bij de Aarde vandaan stond.

‘Kijken!’ zei Annie en ze greep de camera. ‘Laat eens zien wat een mooie foto je hebt genomen…’

Ze drukte op het knopje om in het geheugen van de camera naar de laatste foto te kijken. ‘O!’ zei ze verbaasd.

‘Wat is er?’ vroeg George. ‘Is-ie niet gelukt?’

‘Nou, hij heeft wel een foto genomen,’ zei Annie. ‘ Maar…’

George nam de camera over en tuurde naar de foto die net van de hemel boven Foxbridge was gemaakt. ‘Dat is Saturnus niet,’ zei hij. ‘Dat lijkt wel een, eh… Ik weet niet waar het op lijkt…’

Annie maakte zijn zin af. ‘Het lijkt op een of ander ruimteschip, maar dan wel op een ruimteschip dat ik nog nooit heb gezien.’ Ze keek door de telescoop naar de sterrenhemel. ‘Maar daar zie ik helemaal niks.’

‘Ik ook niet.’ George nam de telescoop van haar over en keek ook omhoog. ‘Wat het ook was, het is weer weg.’

‘Dat is heel raar,’ zei Annie. ‘Op de foto lijkt het net een zwevende ruimtedonut, maar als je met de telescoop naar boven

kijkt, is er niks te zien. Behalve sterren en zo – maar die waren er al.'

'Echt heel raar,' vond ook George en hij gebruikte de zoomknop om de foto op het schermpje te vergroten. Op de zijkant van het vreemde object kon hij een paar vage letters onderscheiden. 'Er staat "iam" op.'

'Iam?' zei Annie. 'Wat betekent dat? International American Mission?'

'Geen idee,' zei George. 'Ik heb er nog nooit van gehoord.' Als een echte ruimtefan hield hij alles bij wat er in de lage baan om de Aarde gebeurde. Hij wist precies welke ruimtemissies er op dit moment werden uitgevoerd en dit object had daar niks mee te maken. 'Misschien is het een geheim ruimteschip?'

'Of het zijn buitenaardse wezens,' zei Annie opgewonden.

'Waarschijnlijk is het een of andere weersatelliet,' zei George, die wat nuchterder was.

'Daar is hij een beetje te groot voor. Zo veel weet ik er nog wel van! Volgens mij is het een ufo.'

'Maar waarom zou er hier een ufo opduiken?' vroeg George zich af. 'Wat heeft een ufo nou in Foxbridge te zoeken?'

Zodra hij het had gezegd, wist hij het antwoord. En zelfs in het schemerlicht zag hij dat Annie opeens heel bang keek. Hij wist dat ze als de dood was dat er iets ergs met haar vader zou gebeuren. Erik was zo'n belangrijke wetenschapper, die aan zulke supergeheime projecten werkte, dat hij al eerder doelwit was geweest van mensen die wilden dat hij stopte met zijn werk of die erachter wilden komen wat hij aan het doen was.

'Ik weet zeker dat dit niks met Erik te maken heeft.' George wilde Annie geruststellen, maar tegelijkertijd kreeg hij een onderbuikgevoel dat er misschien toch iets ging gebeuren.

'Waarschijnlijk is het gewoon een onderzoeksruimteschip dat metingen doet in de atmosfeer. Het ziet er zo misschien uit als een ufo, maar ik durf te wedden dat het er van dichtbij heel normaal uitziet.' Terwijl hij dat zei, hoopte hij ergens dat het niet waar was, dat het helemaal niet iets normaals was.

'Ja... dat zal wel,' zei Annie. Ze klonk niet overtuigd, maar keek toch iets opgewekter. Ze wreef met haar ene sneaker langs de andere. 'Denk je dat papa veilig is?'

'Ja, natuurlijk,' zei George stellig, ook al wist hij helemaal niet of dat waar was. 'Hij is de belangrijkste wetenschapper van het land. Er zijn vast mensen die op hem letten. Maak je maar geen zorgen om je vader! Volgens mij gebeurt er in Foxbridge in de voorjaarsvakantie helemaal niks. Alleen maar gezeur van ouders over huiswerk en dat soort dingen. Dat is alles.'

'Ik hoop dat je gelijk hebt,' zei Annie zacht en ze tuurde naar boven, op zoek naar iets wat erop kon wijzen dat de ufo terugkwam. Ze klonk lang niet zo stoer als anders.

George hield zijn handen als een toeter bij zijn mond en zei: 'Hier Aarde voor Annie! Heb je nog chocola? Ik bedoel: dinosaurusteennagels? Ik heb honger!'

Annie schoot in de lach. 'Praat niet zo gek,' zei ze, maar ze lachte tenminste.

4

De volgende dag was het alweer een stralend heldere vakantiedag. George vroeg zich nog steeds af hoe het kon dat de tweeling in zijn boomhut was geweest en tijdens het ontbijt hoorde hij zijn vader uit. Die draaide er eerst omheen, maar na een tijdje gaf hij toe dat de kleine meisjes net zolang hadden gezeurd tot hij ze uiteindelijk mee naar boven had genomen, zodat ze konden zien waar hun broer zo veel tijd doorbracht.

'Maar je had beloofd dat ze er nooit zouden komen!' riep George uit en hij voelde zich erg in de steek gelaten.

'Dat zal ook niet meer gebeuren. Nooit meer,' beloofde Terence. 'Het was maar voor één keertje. Echt waar.'

George mopperde alweer. Het was alsof de regels voor zijn zusjes altijd veranderd konden worden, terwijl ze voor hem geen millimeter mochten verschuiven. Maar toen herinnerde hij zich dat Annie tegen hem had gezegd dat hij niet gemeen mocht doen, en doordat hij aan Annie dacht, dacht hij aan de foto van de ufo… en daardoor bedacht hij dat hij zo snel mogelijk zijn klusjes wilde doen, zodat hij naar de boomhut kon gaan om te kijken of Annie er was, zodat hij haar kon vragen of Erik haar gisteravond nadat ze naar huis was gegaan nog iets zinnigs had verteld. En dus zette hij zich over zijn boosheid heen en begon aan zijn taakjes: de kippen eten geven, eieren rapen, het groenafval naar de composthoop in de tuin brengen en Daisy, zijn moeder, helpen om het deeg voor hun brood te kneden dat had liggen rijzen… Hij moest zo veel doen dat hij pas na het middageten naar de tuin kon rennen, in de touwladder kon klimmen en weer in zijn boomhut kon gaan zitten.

Hij zat er nog geen nanoseconde of hij hoorde een schuifelend geluid en iemand die op de vlonder sprong, waardoor de boom gevaarlijk heen en weer zwaaide. George vroeg zich af of hij de touwen waarmee alles vastzat opnieuw moest controleren, maar dat vergat hij direct, want hij werd aangesproken door een figuur met een lange regenjas, een ouderwetse gleufhoed en een zonnebril op.

'De weerman zegt dat het vannacht een heldere nacht wordt,' fluisterde de figuur geheimzinnig.

'Ehm... O ja?' vroeg George, die al doorhad dat Annie zichzelf had omgetoverd tot een spion uit de tijd van de Enigma-machine. Ze klonk als een van die spionnen uit de Tweede Wereldoorlog die een gecodeerde taal gebruikten om berichten aan elkaar door te geven, zodat de vijand niet zou begrijpen wat ze bedoelden als hun gesprekken werden afgeluisterd.

'Een wolk voor het glazen oog brengt sneeuw in de ochtend,' ging ze verder.

'De grote kaas staat op zichzelf,' antwoordde George, die met haar mee wilde doen.

'Rond middernacht plukken we de aardbeien.' Annie deed

haar jas uit en haar hoed af, maar hield haar zonnebril op; dat vond ze kennelijk stoer staan.

'Wacht even...' George stak zijn hand in de lucht, met zijn handpalm naar haar toe. 'Het bericht moet wel echt iets betekenen als je weet hoe je het moet decoderen – je kunt niet zomaar wat uitkramen!'

'Jeez! Soms neem jij alles zo ontzettend serieus!' riep Annie uit, terwijl ze op de zitzak neerplofte. 'Heb ik je al verteld hoe hoog mijn IQ is?'

'Nog maar een paar miljoen keer,' antwoordde George. Hij wilde zijn eigen IQ ook heel graag laten testen, maar toen hij het zijn ouders had gevraagd, hadden ze gezegd dat ze het niet eens waren met dat soort testen.

'Wat zei je vader van de foto?' vroeg George. Hij had geen zin om over Annies superintelligentie te praten en wilde het over iets boeienders hebben. Annie had de camera de vorige avond mee naar huis genomen. 'En Beryl – was zij er nog? En zei zij er nog iets over?'

'Ik heb de foto laten zien,' zei Annie, 'maar ze herkenden het beeld geen van tweeën. Ze zeiden dat het waarschijnlijk een of andere buitenlandse satelliet was. Ze vonden hem ook wel een beetje groot en wisten geen van beiden waar "iam" voor stond.'

'Dus ze konden je niks zinnigs vertellen?' George was teleurgesteld. Hij verlangde erg naar een goede aanleiding om weer op reis te gaan. Misschien dat ze Kosmos dan weer konden opstarten, Eriks waanzinnige computer, en zijn portal naar het heelal gebruiken om doorheen te stappen en ergens in het heelal te belanden. Het was niet iets wat je gewoon maar kon doen omdat je er zin in had – je moest een goede reden hebben om een ruimtevaartmissie uit te voeren, en op het moment kon hij geen goede reden bedenken om een kosmische reis te ondernemen. De enige reden was dat hij het heel graag wilde, maar George vermoedde dat dat niet genoeg was.

'Nee, ze moesten alleen maar lachen,' zei Annie. 'Ze zeiden steeds: "Schenk nog eens in, dan kunnen we een toost uitbrengen op de ufo." Ze namen het helemaal niet serieus.'

'Wat moeten we nu doen?' George had het gevoel dat ze op een dood spoor zaten.

'Kweenie,' zei Annie. 'Ik heb de foto op Instagram gezet om te kijken of iemand hem herkende, maar er kwamen alleen maar een heleboel stomme reacties van mensen die zeiden dat we moesten oppassen, omdat de Thorgs op weg waren om ons te vernietigen.'

'O ja, de Thorgs!' zei George, die rustig probeerde te blijven. 'Mijn favoriete aliens!' De gedachte maakte hem kwaad. 'Maar serieus, was het nou echt een goed idee om hem op internet te zetten? Als het een of andere geheime, duistere missie is, zullen ze het niet leuk vinden dat jij een foto van hun ruimteschip hebt gepost.'

'Oeps!' Annie keek bezorgd. 'Daar heb ik niet aan gedacht. Ik heb hem ook getweet.'

'Oké, dat is niet zo erg,' zei George geruststellend. 'Ik weet namelijk dat jij helemaal geen volgers hebt.'

'Ooit wel,' zei Annie beledigd. 'Op een dag heb ik miljoenen volgers, als het er geen miljarden zullen zijn...' Ze wachtte even en lachte verwaand naar hem. 'Als mijn blog eenmaal in de lucht is, wordt alles anders.'

'Je blog?' vroeg George verbaasd. Hij wist niks van Annies blog.

'Het is supercool,' zei ze enthousiast. 'Ik moet onderwerpen bedenken voor een blog – het is voor mijn wetenschapsproject op school. Maar ik denk eigenlijk niet dat het een blog wordt. Ik wil een vlog maken, en die dan op YouTube zetten.'

'Hoe gaat-ie heten?' vroeg George.

'Eh… dat weet ik nog niet,' zei Annie. 'Daar ben ik nog niet uit. Onze leraar zei dat het "De chemie van *iets*" moet zijn, maar wat dat "iets" dan is, moeten we zelf beslissen.'

'De chemie van chocola?' stelde George voor. 'Dat is voor jou niet moeilijk.'

'Ik wílde het ook over de chemie van chocola doen, maar toen kwam Karla Puntneus en die pikte mijn idee!' zei Annie kwaad. 'Dus nu moet ik met iets supercools komen, zodat ze begrijpt dat ze mij wel kan na-apen, maar dat ik toch altijd iets beters verzin, en dat ze nooit zo intelligent zal zijn als ik.'

'De chemie van lijm misschien?' zei George lachend.

'Mmm. Beter van niet,' zuchtte Annie. 'Papa en mama waren niet heel blij toen ik ze met mijn zelfgemaakte polymeer aan de keukentafel had geplakt. Ik denk niet dat ik thuis nog iets met lijm kan doen. De chemie van…'

'Heb je je vader gevraagd?' George keek ondertussen door zijn telescoop naar de hemel en de skyline van Foxbridge.

'Ja,' antwoordde ze. 'Hij werd helemaal enthousiast en zei gelijk: "Ik heb toen ik op school zat heel wat prijzen voor scheikunde gewonnen, wist je dat?", en ik zei zoiets van: "Echt waar, pap? Het interesseert echt helemaal niemand iets dat jij prijzen hebt gewonnen! Had jij wetenschap en techniek als vak? Nee, natuurlijk niet, want jij stamt uit de middeleeuwen, toen je nog met een ganzenveer op perkament schreef…" '

'Annie!' viel George haar in de rede. 'Kijk dan!'

'Wát?' Ze sprong in één keer uit de zitzak en probeerde over

George' schouder door de zoeker te kijken. Maar ze had niet eens een telescoop nodig. Je hoefde geen lens te hebben om te zien wat er in de straten van Foxbridge gebeurde.

Een menigte stroomde door de straten naar het centrum van het stadje – sommige te voet, andere mensen waren op fietsen of scooters. Auto's zaten vast in de massa en konden niet meer voor- of achteruit. De mensen kwamen van alle kanten en gingen allemaal richting het grote plein.

'Donderse Thorgs!' zei George verbijsterd. In het stadje waar ze woonden was het meestal rustig en stil; in het centrum zag je vooral toeristen en studenten. Zoiets als dit had hij nog nooit gezien.

'Is er soms een boyband?' vroeg Annie, die van opwinding op en neer sprong. 'Dat moet het zijn! Misschien is het een onaangekondigd bezoek van UnDetection! Dat is mijn lievelingsband! Ze zijn op tournee en op Twitter zeiden ze dat we moesten opletten, omdat niemand wist waar hun volgende stop zou zijn... Kom op, George, laten we gaan!'

'Ik weet niet of dat wel zo leuk is,' zei George twijfelend. Hij zag dat mensen die tegen de stroom in probeerden te lopen gewoon werden omgedraaid en door de kracht van de massa werden meegenomen.

'Het wordt geweldig!' Annie klom al langs de ladder naar beneden. George besefte dat hij haar niet alleen kon laten gaan, dus volgde hij haar langs het touw naar beneden, door het gat in de schutting, haar huis in via de keukendeur en via de voordeur weer naar buiten.

Annie rende naar het eind van hun straat, die uitkwam op de hoofdstraat, die direct naar het centrum van Foxbridge leidde.

'En als je moeder ons zoekt?' riep George, terwijl hij achter haar aan rende. Bij de hoek had hij haar bijna ingehaald, en toen verdween ze in de snelstromende mensenmassa.

'Toen ze wegging, zei ze dat ik naar jouw huis moest gaan – ik sms haar wel... Denk je dat ze gaan zingen?' riep ze terug, terwijl ze door de stroom werden meegevoerd door de straten.

'Ik wist niet dat ze dat konden,' mompelde George, die meer van Fall Out Boy en de Arctic Monkeys hield dan van de popmuziek waar Annie zo dol op was.

Het lukte hem om haar arm vast te grijpen en hij klemde zijn hand om haar pols alsof het een handboei was. Hij mocht haar niet kwijtraken in deze mensenmenigte. 'Kijk uit dat je niet struikelt!' riep hij haar toe. 'Dan lopen ze over je heen!' Er werd aan alle kanten getrokken en geduwd, en ze konden niet anders dan met de mensen meegaan, naar het centrum van de stad.

'Ik wil zijn haar zien!' riep Annie over haar schouder naar George. 'Zijn waanzinnige haar!' Boven haar bed had ze een enorme poster opgehangen van de leadzanger van UnDetection en George wist dat ze soms, als ze dacht dat niemand haar zag, zijn sluike lokken op de foto even aanraakte. 'Misschien ziet hij me wel!'

George snoof minachtend. In deze deinende mensenmassa die hen met zich meesleurde, zou je toch niks kunnen zien. Bovendien kon het hem helemaal niets schelen of hij UnDetection wel of niet zou zien, en hij hoefde ze al helemaal niet te horen zingen, maar hij zou Annie in deze chaos niet alleen laten.

Terwijl de stroom hen naar voren duwde, naar het marktplein, waar mooie oude huizen omheen stonden met torentjes, waterspuwers en grote stenen pilaren, begon de sfeer te veranderen. Tot nu toe waren de mensen vrolijk geweest, alsof ze met z'n allen op avontuur gingen, maar opeens veranderde dat en werd er steeds harder geduwd en getrokken.

'Wauw, dit is niet leuk meer!' waarschuwde George, die zijn vriendin nog steeds probeerde vast te houden. Maar Annie was er zo vol van dat ze haar lievelingsband zou gaan zien dat ze niet eens had gemerkt dat de stemming was omgeslagen.

Er klonk geschreeuw, en het was alsof de mensen allemaal tegelijkertijd naar één punt in het centrum van Foxbridge wilden gaan. Maar ze waren met z'n honderden, misschien wel met z'n duizenden, en de chaos brak uit. Helemaal aan de rand van de menigte stonden politieagenten, die op hun fluitjes bliezen en riepen dat iedereen rustig moest blijven, maar niemand lette op hen.

'Zo kan ik de band helemaal niet zien!' riep Annie in paniek toen ze merkte dat zij veel kleiner waren dan de meeste mensen.

George sprong een paar keer omhoog om over de hoofden heen naar voren te kijken. 'Volgens mij is er helemaal geen band,' zei hij. Er was geen podium en er waren geen muzikanten die hun instrumenten klaarzetten.

'Maar...' Annie werd overstemd door het geluid van een helikopter die zo laag overvloog dat ze het metaal van zijn buik konden zien. De rotorbladen klapwiekten bezeten in het rond, als de vleugels van een wesp die in een jampot gevangenzit. Het geluid was oorverdovend. Annie praatte verder: George zag haar lippen bewegen, maar kon niet verstaan wat ze zei.

'Ik kan je niet verstaan!' schreeuwde hij terug.

De helikopter bleef laag boven het stadje hangen, waar de nu boze menigte tegen de muren van de oude huizen in de hoofdstraat werd gedrukt. George keek omhoog en zag dat er opeens een heleboel rechthoekige stukjes papier door de lucht dwarrelden: blauwe, bruine, paarse en roze. Maar ze kwamen zo te zien

niet uit de helikopter; ze werden vanaf de grond omhooggeblazen en tolden rond door de luchtstromingen die veroorzaakt werden door de wieken van de helikopter.

Plotseling drong het tot George door wat die stukjes papier waren. 'Het is geld!' schreeuwde hij zo hard als hij kon naar Annie. 'BANKBILJETTEN – OVERAL. DIE MENSEN ZIJN HIER VANWEGE HET...'

De helikopterpiloot besefte kennelijk dat zijn aanwezigheid de situatie alleen maar erger maakte en vloog in één keer weg, terwijl George nog steeds op z'n allerhardst aan het schreeuwen was.

'GELD!' brulde hij in de stilte.

'GELD!' schreeuwde ook een jongeman die kennelijk dacht dat George een spreekkoor inzette.

Andere mensen begonnen mee te doen, tot de hele menigte schreeuwde: 'GELD! GELD!' en iedereen omhoogsprong om zo veel mogelijk briefjes uit de lucht te grijpen. Er braken gevechten uit tussen degenen die het gelukt was om iets te pakken te krijgen en degenen die het niet was gelukt.

Een man greep George bij zijn T-shirt. 'Geef me je geld!' zei hij kwaad.

'Ik heb helemaal niets!' zei George en doodsbang liet hij zijn lege handen zien.

De man liet hem onmiddellijk los en liep door om de volgende te bedreigen, en gelukkig was dat niet Annie.

'We moeten hier zo snel mogelijk weg,' siste George in Annies oor.

Ze draaide zich om en knikte. Haar gezicht was wit van schrik. 'Hoe?' zei haar mond zonder dat er geluid uit kwam.

'Kom mee!' zei George. Hij zigzagde tussen de mensen door. Het was niet makkelijk, maar ze wisten uit de menigte te ontsnappen zonder dat iemand hen tegenhield.

Zodra ze weer in Annies huis waren, plunderden ze de koelkast, waarbij ze er goed op letten dat ze echt eten en drinken pakten, en niet de spullen die deel uitmaakten van Eriks en Annies experimenten.

'Oef!' Annie klokte koud sinaasappelsap naar binnen en George nam een grote hap van een pannenkoek. Ze trilde nog steeds na die verbazingwekkende tocht door de stad.

'Mmm, dit is lekker!' zei George, die sneller was bijgekomen van de schrik dan zij en die bovendien altijd wel honger had. 'Heb jij die gemaakt?'

'Nee,' zei Annie.

'Ah, vandaar dat-ie zo lekker is,' zei George. Annie gooide een theedoek zijn kant op.

'Dat was belachelijk!' zei ze na een tijdje. 'En ik heb UnDetection niet eens gezien!'

'Ik denk niet dat zij er waren,' antwoordde George. 'Volgens mij zijn al die mensen naar het centrum gegaan omdat ze iets over dat geld hadden gehoord.'

'Tsss!' zei Annie, terwijl ze op haar telefoon naar Twitter keek. 'Je hebt helemaal gelijk! Er staat hier dat een paar geldautomaten in Foxbridge op hol zijn geslagen en al het geld eruit gooiden... Hoe kan dat nou?'

'Vreemd,' zei George met zijn mond vol. 'Misschien was het een soort computerstoring? Misschien was het zo'n automaat waar je geld kunt storten en spuugde die automaat alles weer uit?'

'We hadden wat geld moeten pakken, weet je dat,' zei Annie met spijt in haar stem. Nu ze weer wat rustiger was, begreep ze wat er was gebeurd. 'Dan had ik kaartjes kunnen kopen voor het concert van UnDetection.'

Voordat George kon reageren, ging de deurbel. Annie liep naar de voordeur.

'Mag je opendoen als je ouders er niet zijn?' vroeg George, terwijl hij achter haar aan liep.

'Ik kijk alleen even wie het is.' Annie deed de klep van de brievenbus omhoog en riep: 'Wie is daar?'

'Pakketservice!' zei een opgewekte stem. 'Voor professor Bellis! Van De Toekomst is NU Stichting!'

'Ooo, wat spannend!' Annie zwaaide de voordeur open. 'Ik teken wel!'

Ze krabbelde haar naam op het formulier en verwachtte kennelijk dat ze een pakketje zou krijgen, maar tot haar verbazing liep de man terug naar de felrode bestelbus met de woorden op de zijkant: DE TOEKOMST IS HIER! De man opende de twee achterdeuren en haalde een smalle, rechthoekige doos uit de bus, zo hoog als een volwassen man. Het lukte de chauffeur om de doos op zijn kant door de deuropening te krijgen en hij legde hem in de gang op de grond. Lachend en gedag zwaaiend liep hij terug naar de bestelbus; er kwam een stoot rook uit de uitlaat en toen was hij verdwenen.

Annie deed de voordeur dicht en George en zij staarden verdwaasd naar de lange doos.

'Ik dacht dat het gewoon iets voor ons huislaboratorium zou zijn.' Annie keek verbijsterd. 'Ik heb geen idee wat dit kan zijn.

Zullen we het openmaken?'

'Ik weet het niet,' zei George twijfelend. 'Wat vind jij?'

'Eh...' Annie probeerde een beslissing te nemen, maar op dat moment nam de doos een beslissing voor hen. Terwijl ze stonden te kijken, begon de doos te trillen.

'Hij beweegt!' gilde Annie.

Het was alsof de doos overeind probeerde te komen.

George stond met open mond te kijken. 'Er kwam... geluid uit...' zei hij langzaam.

En inderdaad: opnieuw klonk er geklop uit de doos, die zo lang en breed was dat er iemand in paste.

'Laat me eruit!' klonk het nauwelijks hoorbaar.

'HELP!' schreeuwde Annie. 'Er zit iemand in!'

'Nee!' zei George, die het niet kon geloven. 'Er kan niemand in zitten. Je kunt geen mensen per post versturen!'

'Maar er zit wel iemand in!' Annie verstopte zich achter George' rug.

Ze hoorden het geluid van plakband dat werd losgetrokken en toen zwaaiden de flappen van de doos open.

Terwijl de twee vrienden doodsbang toekeken, kwam er eerst één lang been tevoorschijn en toen nog een. Annie kneep haar ogen stijf dicht, maar George was zo nieuwsgierig dat hij bleef kijken, terwijl er iemand uit de kartonnen doos kwam. Hij had een ruitjespak aan en George zag dat hij een bos donkerbruin haar had en een bril met heel dikke glazen. Zijn hoofd hing naar beneden, dus George kon zijn gezicht niet goed zien, maar desondanks wist hij op wie deze man heel erg leek...

'Annie,' zei hij. 'Volgens mij moet je ook even kijken.'

'Is het een vampier?' fluisterde ze in George' oor, terwijl ze haar ogen nog steeds dicht had.

‘Nog vreemder,’ antwoordde George.

‘Vreemder dan een vampier? Hoeveel vreemder dan een vampier?’

‘Eh… je vader? Hij is veel vreemder dan een vampier, want hij komt uit een doos die met de post is gebracht.’

‘Mijn vader?’ zei Annie. ‘In een doos?’

‘Als een robot,’ voegde George eraan toe.

‘Mijn vader, als een robot in een doos?’ Zelfs het hoge IQ van Annie had moeite om het te begrijpen.

De man tilde zijn hoofd op, en het was alsof hij daardoor ook tot leven kwam. Zoals George al dacht, had de man hetzelfde gezicht als Erik, alleen was het nieuwer en gladder dan het gezicht van de echte Erik, dat er altijd een beetje vermoeid uitzag. Dit gezicht had helderrode ogen, terwijl de echte Erik blauwe ogen had. Maar net als de menselijke Erik had ook deze nieuwe robot-Erik een bril met zulke dikke glazen dat zijn ogen vergroot werden; ze leken enorm.

‘Oef!’ Annie had haar ogen opengedaan. ‘Wat is dit?’

De androïde besloot zelf antwoord te geven. ‘ATVQ één-nul, XXX,’ riep hij op volle sterkte uit. ‘Verticale lijn! Verticale lijn!’

George had nog nooit oog in oog gestaan met een robot die zo levensecht was – sterker nog: voor zover hij zich kon herinneren had hij nog nooit een androïde gezien, in elk geval niet eentje die gemaakt was om op een mens te lijken. Hij bleef ernaar staan staren en het was misschien wel het fascinerendste wat hij ooit had gezien.

‘Wat zegt hij?’ fluisterde Annie.

‘Geen idee,’ zei George. ‘Het is jouw robotvader, niet de mijne. Kijk uit! Hij komt naar ons toe!’

De robot zette een paar harkerige stappen hun kant op en begon ondertussen tegen zichzelf te praten.

'Willekeurige excitaties van poëzie voordat M-theorie tijd ontwikkelt,' zei hij.

De twee vrienden deinsden achteruit, maar de androïde dubbelganger van Erik bleef hun kant op komen.

'Intrigerende verscheidenheid aan cellen getoond in opvlamming van telescopisch kosmisch toeval,' ging hij verder, terwijl hij naar voren bewoog en George en Annie achteruit de gang in liepen.

'Volgens mij heeft hij een wetenschappelijk woordenboek ingeslikt,' mopperde Annie.

'Zonnescheerders tarten heldere astatiumvoorspellingen.'

'Misschien heeft hij je vaders woordenboek, maar weet hij niet hoe hij het moet gebruiken?' zei George. Hoe interessant hij de robot ook vond, hij besefte dat ze geen idee hadden hoe ze hem moest besturen. In theorie kon de robot op dit moment van alles uithalen.

'Wat moeten we doen?' fluisterde Annie. 'Nog even en we worden in de hoek geduwd door een nepvader-robot!'

Ze liepen achteruit de speelkamer in, maar terwijl ze de androïde probeerden te ontlopen, kwamen ze steeds dichter bij de televisie, en zonder het door te hebben trapte George op de spelcomputer. De televisie ging aan en tegelijkertijd startte de game die George en Annie de laatste keer hadden gespeeld. Het was een dansspelletje, en natuurlijk had Annie met honderdduizend punten verschil gewonnen. Opeens schalde er een popliedje door de kamer. De robot knipperde een paar keer met zijn ogen en terwijl George en Annie verbijsterd toekeken, begon hij de dansers op televisie na te doen.

‘Hij moet op de een of andere manier automatisch met de Xbox verbonden zijn,’ bedacht Annie.

‘Wauw!’ zei George. ‘Als je wilde weten hoe het eruitziet als je vader danst, dan weet je het nu!’

‘Nee! Ik kan het niet aanzien,’ zei Annie. Ze deinsde terug, maar nu niet omdat ze bang was, maar omdat ze zich schaamde.

De volgende ramp lag echter alweer op de loer. Toen het liedje afgelopen was, ging de robot op zoek naar iets nieuws om zich te vermaken. Hij keek om zich heen en zijn oog viel op

Annies oude teddybeer, die lekker tegen de zachte leuning van de stoel zat. Alleen zijn eigen schakelingen wisten waarschijnlijk waarom, maar de robot pakte de beer op en begon ermee te dansen.

Maar zijn passen waren heel ongecontroleerd en het leek alsof hij in plaats van met de oude, opgelapte beer te dansen hem uit elkaar zou trekken.

Annie zag het gevaar direct, en ze mocht dan misschien te oud zijn voor een knuffelbeer, dat betekende nog niet dat ze zonder iets te doen zou toekijken hoe een of andere androïde indringer haar lievelingsknuffel kapot zou maken.

'Dat is *míjn* beer!' Ze gaf een duw tegen de robot, die achterover viel en op de leunstoel landde, terwijl Annie de beer te pakken probeerde te krijgen.

George rende eropaf en wilde Annie net van de robot af trekken, toen hij achter zich een bekende stem hoorde.

'Wat is hier allemaal aan de hand?'

MIJN ROBOT, JOUW ROBOTS

Over robots schrijven is minstens zo leuk als een robot bouwen. Als kind tekende ik altijd robots. Ik schreef erover en ik bouwde zelfs robots van karton en touwtjes. Nu maak ik echte robots, en het is nog altijd even leuk.
Schrijvers, wetenschappers en ingenieurs gebruiken hun fantasie en bedenken steeds nieuwe manieren om iets voor elkaar te krijgen. Wanneer het om robots gaat, is alles mogelijk. Nou ja, bijna alles. Wanneer je een echte robot wilt bouwen, kom je allerlei problemen tegen. Maar het zijn altijd interessante problemen, die de moeite waard zijn om op te

lossen. In dit stukje vertel ik je iets over de geschiedenis van robots, hoe ze tegenwoordig worden gebruikt en hoe we ze in de toekomst misschien kunnen gebruiken.

De droom om een machine te bouwen die op een mens lijkt, is al heel oud. Al in 250 v.Chr. hadden de oude Grieken een mechanische bediende gebouwd. Hij kon automatisch wijn in een beker schenken en hij kon er zo nodig water bij doen. Zijn uitvinder, Philon van Byzantium (die ook wel Philon Mechanicus wordt genoemd), bedacht allerlei verbluffende mechanische constructies, zoals een zingende vogel die door water werd aangedreven. Zijn bediende-*automaton* was zijn populairste uitvinding. Een automaton (meervoud: automata) is een mechanische constructie die op een levend wezen lijkt.

In de achttiende eeuw waren automata waanzinnig populair. Uitvinders gebruikten de nieuwste uurwerktechnologie uit die tijd om prachtige machines te maken die op levende poppen leken. Ze konden instrumenten bespelen, goocheltrucs uitvoeren en zelfs schrijven of tekeningen maken. De uitvinders maakten rondreizen langs de Europese vorstenhuizen en verdienden goed aan tentoonstellingen. Dit was het tijdperk van de uurwerkrobot. In die tijd vond het publiek het geweldig, maar tegenwoordig maken ze een wat griezelige indruk. Ze lijken te leven, maar toch zijn ze levenloos; als je ze met een sleuteltje opwindt, komen ze piepend en krakend in beweging en kijken ze je aan met hun lege poppengezicht.

Maar de toon was gezet voor de toekomst. De Zwitserse klokkenmaker Henri Maillardet maakte automata die konden tekenen en schrijven. Ze maakten tekeningen en gedichten in opdracht; tegenwoordig noemen robotbouwers dat 'programmeerbaar'. De automaton kon verschillende tekeningen maken, afhankelijk van de kaart die je in de automaton stopte. De meeste moderne robots werken op een vergelijkbare manier: ze hebben een lichaam, ze kunnen tot op zekere hoogte kiezen hoe ze bewegen, ze hebben een lijstje met taken die ze kunnen uitvoeren en ze hebben een voedingsbron nodig.

Maar niet alle robots die nu worden gebruikt lijken op mensen. Robots worden in allerlei soorten, maten en vormen gemaakt, afhankelijk van de taak die ze uitvoeren. In een moderne autofabriek pakken robots onderdelen op, die ze vervolgens aan elkaar lassen. Zelfs computers worden in elkaar gezet door robots die de kleinste onderdeeltjes heel nauwkeurig kunnen plaatsen. Zulke robots worden nooit moe en ze vinden hun werk niet saai. Ze worden niet meer door een uurwerk aangedreven, maar door elektriciteit. Ze kunnen steeds weer dezelfde taak uitvoeren en hoeven helemaal niets anders te doen. Ze hoeven de wereld om zich heen niet te begrijpen.

Op een boerderij worden robots gebruikt om koeien te melken. Die robots moeten wel wat slimmer zijn, omdat koeien niet altijd op hetzelfde moment op precies dezelfde plaats staan. De boerderijrobot moet dus zijn omgeving verkennen en beslissingen kunnen nemen. Wanneer een koe naar binnen wandelt, moet de robot kunnen vaststellen waar de uiers zijn en dan de melkbekers zorgvuldig aanbrengen, zodat de koe zonder stress kan worden gemolken. De robot moet een foto kunnen interpreteren die hij met de ingebouwde camera maakt en dan de beste manier bedenken om de melkbekers voorzichtig en veilig aan te brengen. Als dat misgaat, wordt de koe chagrijnig.

Kijken en bewegen lijken eenvoudige taken, maar machines hebben er een hele kluif aan. De helft van je hersenen (inclusief het deel aan de achterkant dat de *visuele cortex* wordt genoemd) is continu aan het werk om de wereld om je heen waar te nemen en te begrijpen. Een groot gebied in het midden van je hersenen, de *motor cortex* oftewel de motorische schors, bepaalt hoe je je spieren moet bewegen om te doen wat je wilt doen met je lichaam. Het menselijk brein maakt de hele dag door miljarden berekeningen tegelijk. Wat voor ons eenvoudig lijkt, moet voor een robot in duidelijke instructies worden beschreven met duizenden regels computercode. Omdat we nog niet eens precies begrijpen hoe menselijke hersenen al die berekeningen kunnen uitvoeren, valt het niet mee om een machine opdracht te geven dat na te doen. Gelukkig is ons beperkte begrip groot genoeg om een robot te kunnen bouwen die op de boerderij doet wat hij moet doen zonder de koeien paniek te bezorgen.

Je kunt overal ideeën opdoen voor nieuwe robots. Er zijn bijvoorbeeld wetenschappers die bestuderen hoe intelligent insecten zijn, omdat insectenhersenen veel minder complex zijn dan menselijke hersenen. Hun brein heeft veel minder onderling verbonden netwerken van zenuwcellen en neuronen, maar toch zijn insecten behoorlijk slim.
Ze moeten zien te overleven in een wereld vol gevaren, zoals mensen met vliegenmeppers. Robotbouwers leren daarvan: er wordt gewerkt aan robotsystemen die een auto automatisch kunnen laten uitwijken om een botsing te voorkomen. Om dat voor elkaar te krijgen, wordt onderzoek gedaan naar het insectenbrein.
Maar als je dan toch een aanrijding krijgt? Wie is er dan verantwoordelijk? De chauffeur, de autofabrikant of de vlieg?

Wat vind jij? Wanneer intelligente robots een steeds grotere rol gaan spelen in de wereld om ons heen, dringt dat soort vragen zich ook vaker op.
Het valt misschien niet mee om robots in onze wereld te verwelkomen. Hoe we daarop reageren, wordt ook bepaald

door de maatschappij waarin we leven. In het Westen worden robots vaak als sinistere wezens beschouwd die eropuit zijn om de wereld te veroveren; zo worden ze vaak afgeschilderd in films en tv-series. In het Verre Oosten spelen ze daarentegen vaak een heldenrol in verhalen.

Wetenschappers hebben ook iets ontdekt wat ze de 'griezelvallei' noemen. Daarmee bedoelen ze de mate waarin mensen zich ongemakkelijk voelen met een robot in de buurt. Robots die eruitzien als robots, zijn minder angstwekkend dan robots die eruitzien als mensen, maar dan net niet helemaal. Net als die griezelige levende poppen uit het tijdperk van de automata: als iets er een beetje vreemd uitziet, voel je je daarbij niet op je gemak.

Met moderne elektronica en computertechnologie kunnen we steeds beter nabootsen hoe de neuronen in onze hersenen werken en hoe we onze ledematen bewegen. We kunnen steeds levensechtere robots bouwen, maar ze zijn nog lang niet perfect. Mensachtige robots, ook wel 'androïden' genoemd, hebben nu zoemende motortjes in plaats van krakende tandwielen. Ze zijn voorzien van complexe computerprogramma's die nabootsen hoe de neuronen in onze hersenen samenwerken, op allerlei verschillende manieren. Toch kunnen androïden nog niet moeiteloos traplopen, een bal vangen of met zekerheid onderscheid maken tussen zijde en schuurpapier. Ze kunnen niet met zekerheid gezichten of gezichtsuitdrukkingen herkennen of een stem herkennen in een lawaaierige omgeving, zoals wij dat kunnen. Ze kunnen niet echt praten, op ons reageren of onze wereld begrijpen zoals we dat van een ander mens verwachten. Ergens klopt er iets niet aan hen; daarom vinden we het moeilijk om androïden te vertrouwen.

Robots hoeven de moed nog niet op te geven. We hebben

nog een truc in de goocheldoos van onze hersenen die we kunnen gebruiken. In de jaren veertig van de vorige eeuw voerden de wetenschappers Heider en Simmel een experiment uit dat een klassieker is geworden. Ze lieten proefpersonen naar willekeurige bewegende vormen op een tv-scherm kijken. Daarna mochten ze beschrijven wat ze hadden gezien. Veel deelnemers kwamen met spannende verhalen aanzetten over vierkanten die verliefd werden op cirkels, of kleine driehoeken die door grote driehoeken werden achtervolgd. Ons brein is een ontzettend slimme leermachine. Een van de manieren waarop we iets leren, is door verhalen te verzinnen die ons helpen dingen te onthouden en de wereld om ons heen te begrijpen. Wanneer we een robot zien, vullen onze hersenen de gaten die de moderne technologie nog niet kan vullen. We denken daarom dat robots een persoonlijkheid hebben en intelligenter lijken dan ze eigenlijk zijn. Robotbouwers voegen vaak kenmerken toe om deze verhalen echter te laten lijken, zodat we robots eerder accepteren.

Een groot probleem met robots is bijvoorbeeld hoe je ze van stroom moet voorzien. Wanneer de accu van een robot leeg is, stopt hij. Robots kunnen niet altijd overal met een snoer op een stopcontact worden aangesloten. Om dit probleem te ondervangen, stelden de bouwers voor om de stroomvoorziening op te nemen in het verhaal dat we over de robot bedenken. Een mooi voorbeeld daarvan is een robot in de vorm van een babyzeehond, die de bewoners van een bejaardentehuis wat afleiding bezorgde. Hij moest met een fopspeen worden gevoed om niet te verhongeren. In de fopspeen was een oplader verborgen. Zo werd de stroomvoorziening onderdeel van het verhaal van de zeehond.

In een van mijn projecten gebruikte ik een dinosaurusrobot die ging 'slapen' wanneer zijn batterijen leeg waren.

Hij verhuisde zichzelf dan naar je smartphone, waarna je met een virtuele versie van de dinosaurus verder kon spelen. Intussen werd de echte dinosaurusrobot opgeladen. Daarna ging de mobiele versie van de dinosaurus slapen en werd de robot weer wakker. Hij wist dan precies welke avonturen je met de dinosaurus op de smartphone had beleefd. Misschien kun je zelf een verhaal voor een robot bedenken?

Hoelang zal het duren totdat we robots als politici hebben? Robots kunnen immers beslissingen nemen op basis van alle beschikbare feiten, en je kunt ze niet omkopen. Wanneer besturen robots onze vliegtuigen, treinen en auto's, of staan ze als leraar voor de klas? Gaan ze ons thuis of op het werk helpen met allerlei klusjes, gaan ze ons opereren? Zullen ze in een gewapend conflict zelf kunnen beslissen waar ze op schieten? Veel van dergelijke robots bestaan al in een of andere vorm, maar op dit moment worden ze nog altijd bestuurd door een mens. Moet dat ook altijd zo blijven? Mensen maken vaak fouten. Zouden robots het niet beter doen?

Door nieuwe ontwikkelingen in de nanotechnologie kunnen we microrobots maken die in ons lichaam kunnen worden geïnjecteerd om ons te genezen of zelfs te verbeteren door ons lichaam aan te sluiten op technologie buiten het lichaam. Op die manier zou een nieuw soort mens ontstaan: transhumanisten, oftewel hybride robotmensen. Is dat een nachtmerrie, of juist een kans om invaliden een beter leven te bieden en nieuwe, spannende mogelijkheden te creëren voor de mensheid? Wie weet? Misschien ben jij degene die later zulke robots gaat bouwen.

Bij mij begon het met boeken lezen, ideeën bedenken en over robots dromen. Toen ik een jaar of zeven was, bouwde ik mijn robot 'Billy' van dozen en touwtjes (ik heb hem nog steeds) en liet ik mijn fantasie de vrije loop. Nu ben ik vijftig en heb ik het geluk gehad dat ik kon meewerken aan het bouwen van robots die kunnen dansen, kinderen schaken kunnen leren, ouderen in en om het huis kunnen helpen en met mensen op kantoor kunnen samenwerken. Geen van mijn robots wilde de wereld veroveren!

Ik heb met ontzettend veel boeiende, creatieve wetenschappers kunnen samenwerken om de dromen uit mijn jeugd te laten uitkomen. De kartonnen dozen en touwtjes zijn vervangen door wiskunde, elektronica en computers, maar het zijn allemaal trotse afstammelingen van Billy.
Het zijn mijn robots, en ik vind het nog altijd leuk om eraan te werken.
Hoe gaan jóúw robots eruitzien?

Peter

5

'Echte papa!' riep Annie.

'In plaats van...?' vroeg Erik.

'Nep-papa!' zei ze aarzelend en ze wees naar de androïde, die nu in een gekke houding schuin op de leunstoel zat, met zijn benen wijd en Annies beer nog in zijn handen. De lichtjes in zijn ogen waren uitgegaan, wat kennelijk betekende dat hij zichzelf had uitgeschakeld.

'Mijn gepersonaliseerde robot!' zei Erik. 'Hij is aangekomen!'

'Je wát?'

'Het is mijn help-bot – of Ebot, wat je wilt,' zei Erik tegen Annie en hij liep naar de robot, die doodstil in de stoel bleef zitten. 'Ik heb hem een eeuwigheid geleden besteld. Dat ben ik, in robot-uitvoering. Hij heeft al mijn biometrische kenmerken, dus in bepaalde omstandigheden kan het best lastig zijn om het verschil tussen ons te zien. Wanneer is hij aangekomen?'

'Nu net,' zei George. 'We kwamen terug van het marktplein –'

'Wat deden jullie daar?' Erik liet zijn robot even met rust en keek streng over zijn schouder. 'Waarom zijn jullie naar het centrum gegaan? Waarom waren jullie niet gewoon veilig thuis?'

'Vanuit mijn boomhut zagen we een heleboel mensen lopen,' biechtte George op. 'We wilden alleen maar kijken wat er aan de hand was. We wisten niet dat het zo erg zou zijn.'

Annie glimlachte naar hem, dankbaar omdat hij niet vertelde dat zij zo graag had willen gaan om haar lievelingsband te zien.

Eriks ogen werden groot. 'Maar dit was de gevaarlijkste middag uit de hele geschiedenis van Foxbridge!' zei hij. 'Ongelooflijk dat jullie je midden in die meute bevonden. Toen ik van mijn werk kwam, moest ik een heel stuk omrijden omdat het centrum nog steeds afgesloten is – al die mensen die vechten en herrie schoppen vanwege dat geld dat uit de pinautomaten kwam. Is alles goed met jullie?'

George en Annie knikten.

'Maar het is niet alleen in Foxbridge!' zei Annie, die weer op haar telefoon keek. 'Het gebeurt overal. In de hele wereld!'

'Ik weet het,' zei Erik ernstig. 'Kijk maar eens.' Hij haalde een iPad uit zijn tas en liet hun een filmpje zien van samenscholende mensen. Op de achtergrond was de Eiffeltoren duidelijk te zien. Boven de hoofden dwarrelden stukjes blauw, groen en bruin papier, en de relschoppers sprongen in de lucht en probeerden ze te pakken.

'En in New York...' Hij liet hun nog een filmpje zien: gele taxi's stonden luid toeterend in brede straten tussen hoge wolkenkrabbers, en ook daar speelde zich dezelfde scène af, alleen waren de stukjes papier hier groen. Door de straten renden uitzinnige mensen die de bankbiljetten probeerden te vangen die door de wind omhoog werden geblazen.

Erik tikte op het scherm en George en Annie zagen een andere stad, die tussen een wit strand en groene bergen lag. Op de hoogste berg stond een groot beeld van een man die zijn armen in de lucht hield. 'Rio,' zei Erik tegen hen, 'Zuid-Amerika. Maar let op...' Dit keer zagen ze hoe het allemaal was begonnen. Ze zagen hoe een pinautomaat in een gewone straat in Rio geld begon uit te spugen – briefjes die er achter elkaar uit kwamen. Op het filmpje was een man te zien die eerst van verbazing bijna achteroverviel, terwijl het geld maar bleef komen. Toen keek hij argwanend om zich heen en begon zijn zakken vol te proppen.

Maar al snel verschenen er steeds meer mensen, die elkaar opzijduwden omdat ze het geld wilden pakken. Het beeld verschoof en George en Annie zagen dat heel veel pinautomaten in de overvolle stad op dezelfde onverklaarbare manier briefjes uitspuugden... Eerst zonder dat het iemand opviel, tot een voorbijganger het in de gaten kreeg, en dan, een paar minuten later, brak er een gevecht uit.

'Overal op de wereld gebeurt hetzelfde,' wist Erik. 'Hier heb je Beijing.' Ze zagen in de lucht boven de Verboden Stad rode yuan-briefjes dwarrelen, eurobiljetten op de stenen van het Sint-Pietersplein in Rome, paarse Turkse lira-briefjes op de Grote Bazaar in Istanbul, waar honderden hebberige handen naar graaiden, en roepies die als een zwerm insecten door de smalle straatjes van New Delhi wervelden.

'Overal ligt geld op straat,' ging Erik verder. 'Er schijnt een soort wereldwijde computerstoring te zijn in het systeem van de banken, waardoor alle pinautomaten geld geven.'

'Wauw, maar dat is ontzettend gaaf!' riep Annie uit. 'Ik durf te wedden dat heel veel mensen niet eens genoeg geld hebben om eten te kopen, of schoenen voor hun kinderen. Maar de banken hebben biljoenen, en dat geld ligt gewoon in hun kluizen terwijl mensen hongerlijden. Nu hebben ze hun schatten met iedereen gedeeld. Dat is toch goed? Zo zou het toch altijd moeten zijn?' vroeg ze aan George en Erik.

George dacht na. Hij was opgegroeid zonder al die dingen die Annie en andere kinderen heel normaal vonden: nieuwe kleren, computers, skivakanties, etentjes in restaurants. Zijn ouders konden dat allemaal niet betalen. Aan één kant zou hij het geweldig vinden als hij geld zou krijgen en zou kunnen kopen wat hij maar wilde, maar aan de andere kant wist hij niet of hij dit zo'n goed idee vond. Het leek erop dat iemand ergens een extreme beslissing had genomen over hoe mensen hun leven moesten leven, zonder hun te vragen of ze dit echt wilden. Want van wie was het geld eigenlijk dat de banken nu weggaven? Misschien was het van een klein groepje rijken... maar het kon ook het spaargeld zijn van oude mensen of van arme mensen die nu helemaal niks meer hadden. Was dat wel eerlijk?

Erik onderbrak George' gedachten. 'Ik vind ook dat het geld eerlijker over de wereld verdeeld moet worden,' zei hij. 'Op dit moment zijn er miljonairs die meer geld uitgeven aan lekkere dingen dan andere mensen in hun hele leven verdienen. Ik weet alleen niet of dat wat er vandaag is gebeurd de manier is om dat op te lossen.'

'Maar hoe kan dit?' vroeg George zich verbaasd af. 'Hoe kunnen al die geldautomaten op hetzelfde moment van slag zijn geraakt?'

'Ik heb geen idee. Volgens mij weet niemand dat. Maar één ding staat vast: ik zal erachter moeten komen. Want het ziet ernaar uit dat het een computerprobleem is en aangezien ik de "Senior Advisor Information Technology" ben, zal iemand van de regering mij vragen om dit probleem op te lossen.' Hij keek naar zijn robot en zuchtte. 'Voorlopig zal ik geen tijd hebben om mijn Ebot goed af te stellen, en dat is jammer. Waar is de doos waar hij in zat? Als het goed is, zijn er nog een paar onderdelen afgeleverd.'

Annie sprong op en rende naar de gang. Ze hoorden haar in de grote kartonnen doos rommelen en toen ze terugkwam had ze een glanzende zwarte tas bij zich, die ze aan haar vader gaf.

'O, fantastisch!' Erik haalde er een bril uit met paarse glazen en een vreemd apparaatje aan de zijkant. Hij zette hem op en

Hacken

Een hacker is iemand die zwakke plekken in de software of instellingen van een computer opspoort om in te breken in een computersysteem.

- 'Witte hoeden-hackers' kunnen dit met toestemming van de eigenaar van het computersysteem doen om de beveiliging te testen.
- Maar er zijn meer 'zwarte hoeden-hackers' – inbrekers die kattenkwaad willen uithalen of criminele bedoelingen hebben. Als jouw computer op dit moment op internet is aangesloten, is het goed mogelijk dat er ergens een 'zwarte hoed' actief is die probeert in te breken.

Een leger van bots

Een hacker kan software gebruiken of ontwikkelen om automatisch een groot aantal internetadressen tegelijk aan te vallen. Zo'n aanval kan zelfs vanaf een computer bij jou in de straat komen, die zonder dat de eigenaar het weet door de hacker wordt bestuurd en die deel uitmaakt van een 'botnet'. De hacker die dit leger van gekaapte computers bestuurt, kan zich in een ander land bevinden. Het is heel moeilijk om hem op te sporen.

Malware

Een bijlage bij een e-mailbericht of een link via sociale media, zoals een Facebook-pagina, kan ook malware bevatten.
Dat is kwaadaardige software die door de hacker op jouw computer wordt losgelaten.
Malware is bijvoorbeeld:

- Een computervirus dat zichzelf in bestanden nestelt en dat andere computers probeert te besmetten. Vroege virussen konden bijvoorbeeld elke foto waar je naar keek verwijderen of tekstregels vervangen door onzintekst. Stel je voor dat je al je huiswerk zou kwijtraken door een virus!
- Een programma dat jouw toetsaanslagen registreert en naar de hacker stuurt. Op die manier hoopt hij wachtwoorden en creditcard-gegevens te onderscheppen om online allerlei spullen te kopen.
- Een programma dat een directe verbinding met de computer van de hacker maakt, waarna de hacker jouw computer op afstand kan bedienen. Dan maakt je computer deel uit van een botnet.

Waarom hacken hackers?

Het is illegaal, maar hackers hacken…

- Voor de uitdaging of de kick.
- Omdat ze een organisatie waarmee ze het niet eens zijn aan de schandpaal willen nagelen door hun gegevens te stelen en openbaar te maken of hun website te saboteren. Het is bijvoorbeeld mogelijk om alle computers die de hacker in een botnet bestuurt opdracht te geven om tegelijk op dezelfde website in te loggen, zodat de website crasht. Dat wordt een *Distributed Denial of Service*-aanval genoemd, oftewel een DDoS-aanval.
- Omdat het criminelen zijn, die simpelweg op je geld uit zijn. Ze proberen je zover te krijgen dat je je wachtwoorden en andere geheime gegevens prijsgeeft. Dan kunnen ze spullen kopen met jouw geld of ze kunnen jouw bankrekening plunderen. Ze kunnen ook jouw identiteit aannemen om hun eigen identiteit te verbergen tijdens hun criminele activiteiten. Ze kunnen jouw computer bovendien in hun botnet gebruiken om iemand anders aan te vallen.

Hoe gaan hackers te werk?

1. Fysieke aanval

De computer zelf kan worden gestolen. Dan moet je ervan uitgaan dat de dief toegang krijgt tot alle bestanden die erop staan, zelfs als je een sterk wachtwoord hebt ingesteld. Alle gegevens op de harde schijf kunnen in handen van de hacker vallen. Hij kan jouw muziek afspelen, naar jouw foto's kijken en jouw e-mailberichten naar je vrienden lezen.

Geef hackers geen kans!

Als je een laptop hebt, wees dan heel voorzichtig met gegevens die je niet kwijt wilt of waarvan je niet wilt dat anderen ze zien. Een laptop kan gemakkelijk worden gestolen. Zorg ervoor dat je thuis een back-up hebt.

2. Aanval met software

Als je computer op internet is aangesloten, kan een hacker misbruik maken van zwakke plekken of weeffouten in software om op afstand toegang te krijgen tot jouw computer. Zulke zwakke plekken kunnen de hacker in staat stellen om programma's op jouw computer te installeren zonder dat hij jou ertoe hoeft over te halen je gegevens prijs te geven. Als hackers dergelijke gaten in de beveiliging vinden voordat de makers van de software het doorhebben, kunnen ze daar misbruik van maken voordat iemand er iets aan kan doen. Zulke aanvallen

De eerste computers

Het mechanisme van Antikythera

Deel van zo'n mechanisme dat in 1900 in een scheepswrak werd gevonden

Rekenmachine van Babbage

Deel van de machine die door zijn zoon werd gebouwd

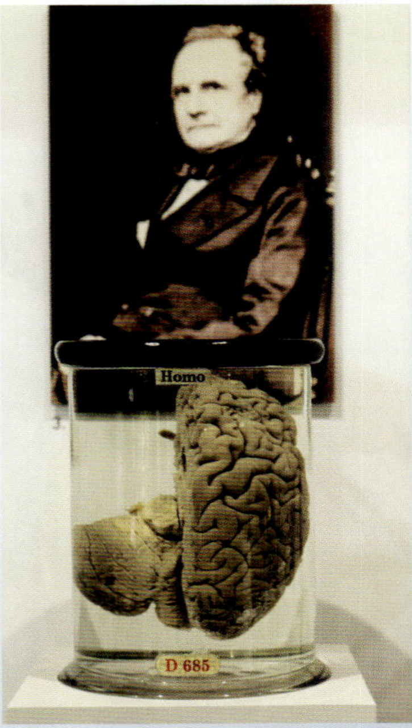

De hersenen van Babbage, die je in het Science Museum in Engeland kunt bekijken

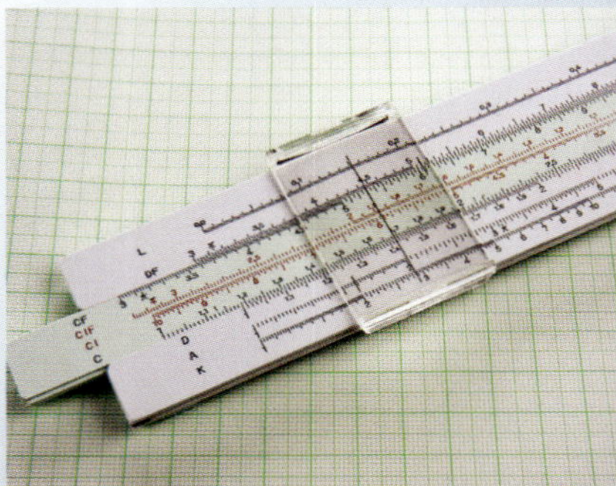

Een rekenliniaal

De Enigma-machine

© Mark Higgins / Shutterstock

Turing

© Pictorial Press Ltd / Alamy

De Colossus
(in Bletchley Park)

© Pictorial Press Ltd / Alamy

Het bedieningspaneel van de ENIAC

U. S. Army Photo

Venusianer at the German language Wikipedia

Vroege computers: de Zuse Z3

Vacuümbuizen

Onbekend

© CTC

Stephen Hawking (Cosmos PI) en collega's, *van links naar rechts: Andy Barrington (SGI), John Scarborough (SGI), Simon Appleby (SGI), Paul Shellard (COSMOS@DiRAC Director) en Andrey Kaliazin (COSMOS System Manager)*

Met dank aan The Advertising Archives

Jerry Mason / Science Photo Library

© Thomas J. Peterson / Alamy

Ouderwetse computers

© Chukcha / Shutterstock

Moderne computers

LittleStocker / Shutterstock

Robots

Vroege automata

De eend-automaton

De windmolen-automaton, met soldaten

Automaton
van Henri Maillardet

Industriële robots

Rainer Plendl / Shutterstock

Robots in een autofabriek

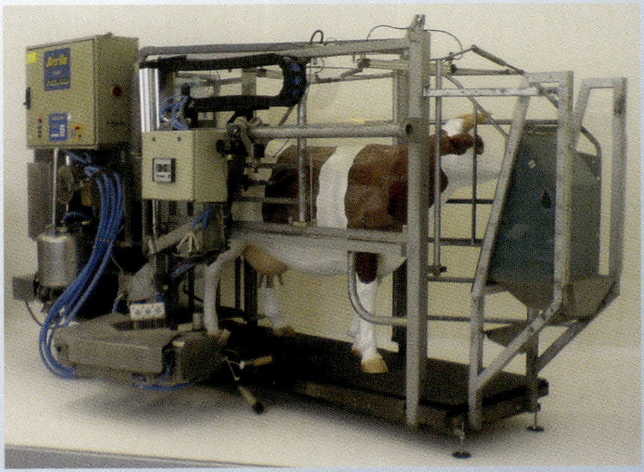

Mattes

Een melkrobot

Androïden

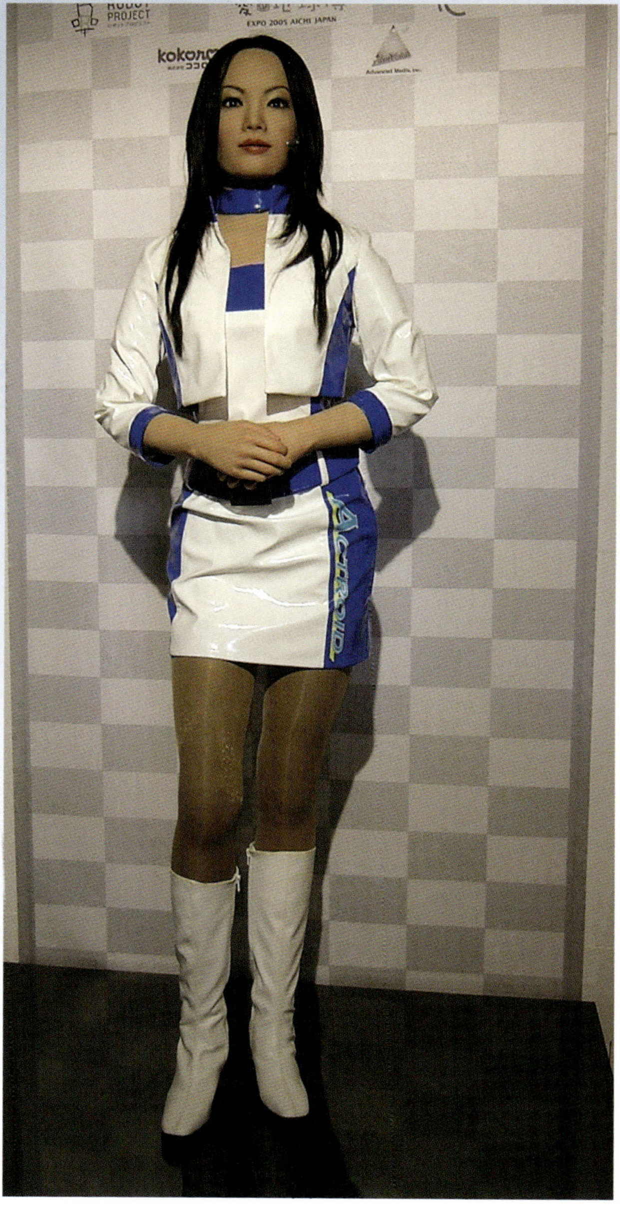

Gnsin

Japanse androïde

Moderne robots

AFP/Getty Images

Robotzeehond

137666102 (Shutterstock)

Robot die bommen onschadelijk maakt

DARPA

Big Dog, een robot op vier poten

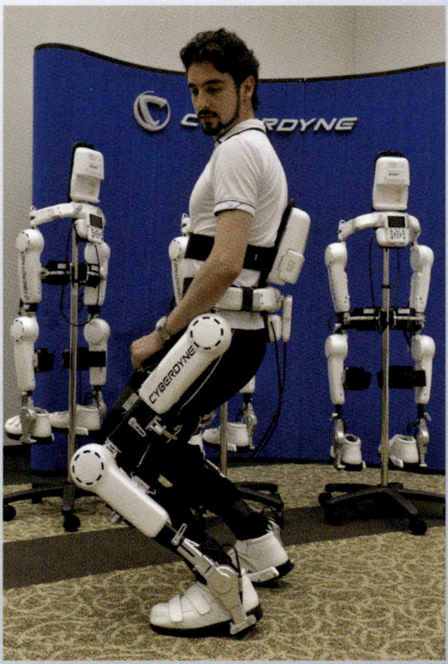

AFP/Getty Images

Medische robot

Robots in de ruimte

UIG via Getty Images

De Curiosity Rover van de NASA

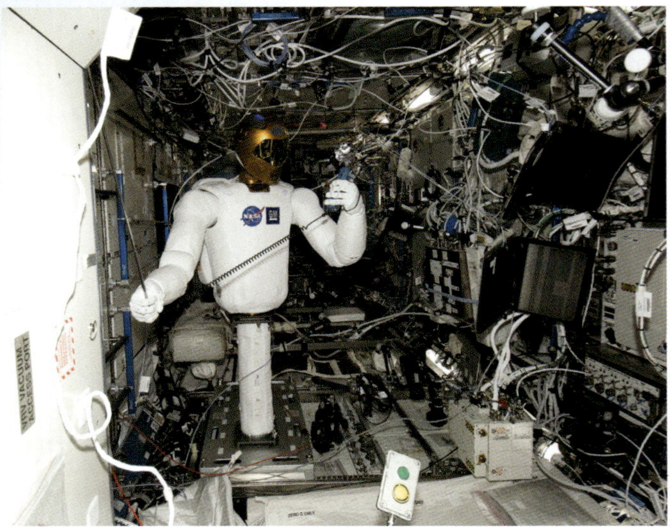

NASA

Robonaut op het Internationaal ruimtestation (ISS)

worden *zero day exploits* genoemd, omdat ze worden uitgevoerd op de eerste dag dat de zwakke plek wordt ontdekt.

Geef hackers geen kans!

De softwareproducent stelt updates beschikbaar om gaten in de beveiliging te dichten. Tegenwoordig waarschuwt je computer je meestal wel wanneer er updates beschikbaar zijn. Die moet je eigenlijk altijd installeren. Als de computer van je ouders of verzorgers is, vraag ze dan om de updates te installeren of jou daarmee te helpen. Anders lopen de computer en alle persoonlijke gegevens die erop staan gevaar. Zorg ervoor dat elke computer die op internet is aangesloten door een firewall wordt beschermd. Een firewall is een barrière die ongewenste verbindingen met andere computers kan tegenhouden.

3. Aanval via de gebruiker

Een hacker kan de gebruiker van een computer ertoe verleiden om het werk voor hem te doen. Je kunt bijvoorbeeld een e-mailbericht krijgen waarin je wordt gevraagd een bijlage te openen of een link aan te klikken. Dat kan bijvoorbeeld een link zijn naar een namaakversie van een van je favoriete websites. Maar e-mail is erg onveilig. Iedereen kan jou een bericht sturen waarin hij beweert iemand anders te zijn, met een link die echt lijkt. Een onverwacht bericht kan dus afkomstig zijn van een hacker en de bijlage kan schadelijke malware bevatten.

Geef hackers geen kans!

Open nooit een vreemde bijlage als je niet weet waar die vandaan komt, ook al lijkt het een heel leuk bericht van iemand die je kent. Zouden je vrienden jou echt een link sturen zonder er een berichtje bij te schrijven? Wees ook op je hoede voor namaakwebsites en voer nooit je gebruikersnaam en wachtwoord in op een website, tenzij je heel zeker weet dat die echt is. Klik nooit op een link die zomaar uit het niets lijkt te verschijnen, want die kan je doorsturen naar schadelijke software die door de browser wordt geactiveerd. Pas goed op.

Maak het de hacker niet gemakkelijk! Wachtwoorden zijn erg belangrijk. Zwakke wachtwoorden (die uit minder dan tien tekens bestaan of voor de hand liggende tekens bevatten, zoals een deel van je naam, of waarin geen leestekens zijn opgenomen), kunnen met de huidige computers gemakkelijk worden gevonden. Kies altijd een sterk wachtwoord. Gebruik bijvoorbeeld nooit 'wachtwoord' en gebruik niet hetzelfde wachtwoord voor al je favoriete websites.

bewoog zijn wenkbrauwen op en neer. Op hetzelfde moment kwam de robot in de stoel weer tot leven.

'Een *remote-access*-bril, waarmee je hem op afstand kunt besturen. Ik heb hem speciaal besteld,' zei Erik blij. 'Als ik hem opzet, kan ik hem opdrachten geven en door de ogen van de robot kijken!' Hij keek weer in de tas en haalde er twee handschoenen uit. 'Haptische technologie,' mompelde hij, terwijl hij de handschoenen aantrok. Hij zwaaide met zijn hand en Ebot begon op precies dezelfde manier te zwaaien.

Op dat moment ging Eriks mobieltje. Hij stak zijn hand in zijn zak om het te pakken, en Ebot deed zijn bewegingen exact zo na; ook hij stak zijn hand in zijn zak en haalde er een – onzichtbaar – mobieltje uit en bracht het naar zijn oor. Terwijl Erik begon te praten – 'Ja... Echt? O nee! Ik kom er nu aan' – deed Ebot al zijn bewegingen na.

Erik hing op en draaide zich naar Annie en George. 'Oké jongens,' zei hij, 'ik geef jullie de leiding over Ebot. Hier hebben jullie de bril' – hij gaf hem aan Annie – 'en de handschoenen.' Hij gaf de handschoenen aan George. 'Ik moet ervandoor.'

Hij had al die afwezige blik in zijn ogen die daar altijd in verscheen als zijn geniale brein aan de slag moest omdat er iets aan de hand was.

'Wat is er gebeurd?' Annie sprong op en neer met de bril op. 'O, dit is echt weird,' zei ze. 'Ik zie mezelf, maar dan zoals Ebot me ziet! Dit is raar... Het is alsof ik naar mezelf kijk op televisie, of zoiets. Dit is zó cool!'

George had snel de handschoenen aangetrokken en liet Ebot eerst zijn ene hand omhoogdoen en toen de andere. Het was geweldig om een apparaat te hebben dat precies deed wat hij wilde! Het was makkelijker om mee om te gaan dan met mensen;

die deden altijd maar vreemde dingen op momenten dat je het helemaal niet verwachtte.

'Ik ben gevraagd om naar een vergadering te komen met de premier,' zei Erik, terwijl hij zijn spullen bij elkaar zocht.

'De premier?' piepte Annie. 'Hoezo dat?'

'Ze hoopt dat ik haar kan uitleggen hoe al die geldautomaten op hetzelfde moment geld konden weggeven,' zei Erik. 'Ze is bang dat het een cyberaanval is. We moeten uitzoeken wat er met de financiële systemen is gebeurd, zodat het niet nog een keer kan gebeuren.'

'Is het een cyberterrorist?' vroeg George. 'Zoals Beryl gisteravond zei: misschien heeft iemand ontdekt hoe je de geheime berichten kunt lezen en die informatie gebruikt...?'

'Dat zou kunnen.' Erik knikte. 'Maar het is heel vreemd. Hoe kunnen al die verschillende banken in al die verschillende landen op hetzelfde moment aangevallen worden? Het is heel moeilijk om dat te doen en ik had niet verwacht dat iemand over zo'n krachtig computernetwerk beschikte. Hoe dan ook, ik moet nu gaan. De premier wil me in levenden lijve ontmoeten en de zaken niet via internet of de telefoon bespreken. Geen gekke dingen doen!' En nadat hij dat had gezegd, maakte hij zich uit de voeten.

George, Annie en Ebot zwaaiden met z'n drieën naar zijn rug. Er viel een stilte, maar die duurde niet lang.

'Nou, wat zullen we nu doen?' vroeg Annie. 'We hebben een robo-vader die op ons let, dus kunnen we wel naar Foxbridge gaan om te kijken wat er allemaal gebeurt!'

'Maar hij is toch geen echte volwassene?' zei George twijfelend. 'En als we hem in die menigte kwijtraken, zal je vader niet blij zijn.'

'Mijn vader komt er nooit achter! Wij hebben de remote-access-bril, dus hij kan niet met Ebots ogen kijken waar we naartoe gaan.'

'Hmmm...' George krabde aan zijn kin, en Ebot deed precies hetzelfde.

Maar op dat moment drong er een nieuw geluid tot hen door: stampende dikke voetjes die door de gang renden, begeleid door hoge schreeuwende stemmetjes. Even later kwamen er twee groezelige meisjes de speelkamer binnenrennen. Zodra ze hun grote broer zagen, kraaiden Juno en Hera het uit van plezier en ze stormden op hem af om hem plakkerige knuffels en natte zoenen te geven. George probeerde hen tegen te houden, terwijl Ebot hem nadeed.

'Getver,' mompelde hij en hij veegde het kwijl van zijn wang.

Annie keek verbaasd toe. 'Hoe zijn zij nou binnengekomen?' vroeg ze.

'Ik zei het je toch?' zei George, die zich had overgegeven en zich achterover in de leunstoel had laten vallen. Zijn zusjes klommen boven op hem en sloegen hun armen om hem heen. Ebot deed zijn bewegingen na, maar omdat hij niemand had om mee te knuffelen en er geen stoel was waar hij op kon gaan zitten, zag het er heel vreemd uit. 'Ze komen overal!'

Annies moeder stak haar hoofd om het hoekje van de deur. 'Hallo, allemaal!' zei ze vrolijk. 'Mijn hemel, wat doet die robot nou? Wat staat hij raar.'

'Vraag maar niet, mam,' zei Annie. Susan was niet zo'n fan van wetenschap en techniek; soms was het alsof haar leven erdoor werd beheerst en dat was niet wat ze had verwacht toen ze Erik had leren kennen, terwijl hij nog studeerde.

'Wat lief van je dat je je zusjes hebt meegenomen, George,' zei ze. 'Maar denk je niet dat het al aan de late kant is? Ze zijn nog zo klein. Misschien moet je ze maar naar huis brengen… En, Annie, moet jij niet verder met je werkstuk?'

George deed zijn best om zijn teleurstelling te verbergen. Hij had zich er ontzettend op verheugd om uit te zoeken hoe ze Ebot moesten besturen – en hij wilde ook nog met Annie praten over wat er vandaag in Foxbridge was gebeurd. Dankzij zijn zusjes kon hij dat nu wel vergeten. Hij stond op, met op elke arm een zusje dat wild met haar mollige beentjes trappelde, terwijl Ebot hem weer precies nadeed.

'Allemachtig!' zei Susan, die nu pas goed naar Ebot keek. 'Die robot lijkt wel heel erg op je vader.'

'Dat weten we,' zuchtte Annie. 'Maar echt, mam, vraag me niet om het allemaal uit te leggen.'

'Nou zeg, het is toch niet mijn schuld dat ik hier in huis altijd de laatste ben die iets te weten komt?' zei ze verontwaardigd. 'Niemand vertelt mij hier ooit wat!'

'Kom op, George,' zei Annie. 'Laten we die kleintjes naar huis brengen.'

'Maar wel gelijk terugkomen, hè?' waarschuwde haar moeder. 'Je moet aan dat werkstuk beginnen. Je weet wel waarom…'

Annie zuchtte opnieuw.

George liet zijn zusjes op de grond zakken, en Annie en hij pakten allebei een handje vast. Ebot liep achter hen aan, met een denkbeeldige peuter naast zich.

Zwijgend liep Annie met George mee door de tuin. Ze keek een beetje sip, want ze had helemaal geen zin om straks naar huis te gaan en in haar eentje aan haar werkstuk te beginnen.

'Maar jij hebt tenminste Ebot!' zei George om haar op te vrolijken. 'Ik zou liever een robot in huis hebben dan een tweeling.'

'Een robot is een machine,' zei Annie somber. 'Die kan geen band met ons opbouwen, of wel soms?' Terwijl ze dat zei, tilde ze Juno door het gat in de schutting en kroop er vervolgens zelf achteraan.

'Tenzij je hem instructies geeft om dat te doen,' zei George. 'Je kunt vragen of je vader Ebot gevoelens kan geven. Misschien kun je via internet wel "robotgevoelens" downloaden.'

'Maar dat zal nooit hetzelfde zijn als twee zusjes die van je houden. Die zijn niet geprogrammeerd om van je te houden, dat doen ze gewoon uit zichzelf.' Hera kroop door het gat en voordat ze kon vallen, tilde Annie haar op en gaf haar een knuffel. Toen zette ze haar weer neer en zei: 'Kijk, kleintjes!' Ze wees naar de heldere hemel, waar twee sterren schitterden. 'Dat zijn Castor en Pollux, de tweelingsterren. Dat zijn jullie, als jullie sterren zouden zijn.'

De tweelingzusjes keken omhoog en staken hun mollige handjes in de lucht alsof ze de sterren wilden pakken en naar de Aarde wilden halen. 'Sterren plukken?' vroegen ze vol verwachting aan Annie.

'Het spijt me, meisjes,' zei ze. 'Al zou ik het nog zo graag willen, ik kan geen ster voor jullie naar beneden halen. Jullie kunnen er alleen maar naar kijken.'

De twee waggelden naar hun huis en Annie en George liepen achter hen aan.

'Het is echt griezelig hoeveel Ebot op je vader lijkt,' zei George, terwijl hij over zijn schouder keek.

'Maar hij leeft niet,' zei Annie. 'Hij lijkt precies op mijn vader, behalve dat mijn vader leeft en Ebot niet...' Ze zweeg even en toen riep ze uit: 'Ik weet het!' Ze sprong op en neer van opwinding. 'Dáár moet het over gaan!'

'Wat?' vroeg George.

'Mijn werkstuk!' Ze wipte van haar ene voet op de andere. 'Waarom is mijn vader een levend wezen en Ebot niet? Wat is het verschil tussen hen? Wat is "leven"? Daar gaat mijn werkstuk over!'

'Je wilt een werkstuk maken over "het leven"?' vroeg George. 'Maar je moet het na de meivakantie inleveren, en het is al maandag.'

'Jep!' Annies sombere bui was over en ze keek heel blij. 'En dat niet alleen, ik weet ook al waar het eerste deel over zal gaan: over hoe het leven op Aarde zich ontwikkelde en hoe Charles Darwin met de Beagle op reis ging en dat allemaal ontdekte. En dan ga ik het doen over hoe het leven uit de ruimte naar de Aarde kwam! Ik ga het doen over de kosmische chemie van het leven! Ha! Die kun je in je zak steken, Karla Puntneus...' foeterde ze.

George keek haar vol verbazing aan. 'Is dat niet een béétje te ambitieus?' vroeg hij voorzichtig.

'Ben je soms vergeten hoe absurd hoog mijn IQ is?' zei ze. 'Kom op, Ebot, we moeten aan de slag... Mag ik die handschoenen, George?'

Hij gaf ze aan haar, en met een opgewekt 'Doei!' keerde Annie om en liet George alleen achter. Hij keek hoe ze terug naar haar huis liep, met Ebot achter zich aan, terwijl hij op zijn zusjes moest gaan passen.

Geweldig, dacht hij. Annie gaat weg omdat ze in haar eentje een waanzinnig project gaat doen met een robot. Echt geweldig. Als ik later groot ben, mompelde hij in zichzelf, wil ik alleen nog maar met robots te maken hebben – en niks met mensen... behalve heel soms met Annie misschien. Maar met niemand anders. Mopperend draaide hij zich om en ging naar binnen.

HET ONTSTAAN VAN HET LEVEN

Wanneer je naar de planten en dieren om je heen kijkt, verbaas je je vast over zo veel diversiteit. Zelfs als je door een drukke stad wandelt, zie je tientallen verschillende soorten, van insecten die je bijna niet opmerkt, tot bomen, vogels en grotere zoogdieren. Buiten de stad leven zelfs in kleine bossen, weiden en moerassen algauw duizenden soorten.

We weten nog altijd niet hoeveel diersoorten er eigenlijk zijn op de wereld. Tot nu toe hebben wetenschappers ongeveer 1,2 miljoen soorten geïdentificeerd, beschreven, geclassificeerd en een naam gegeven, maar dat zijn lang niet alle soorten. Op dit moment wordt het aantal soorten geschat op zo'n 8 à 9 miljoen, hoewel sommige biologen ervan uitgaan dat er nog veel meer zijn. Dat betekent dat de overgrote meerderheid van de soorten op Aarde nog niet eens een naam heeft. Ze zouden kunnen uitsterven zonder dat we ze ooit hebben gezien.

Waar komen al die soorten vandaan? Dat vraagt de mensheid zich al eeuwen af. De meeste wereldgodsdiensten hebben er wel een verklaring voor. Volgens velen heeft God alle levende wezens geschapen. Veel wetenschappers nemen geen genoegen met die verklaring. Zelfs als God alle diersoorten schiep (inclusief de mens), willen we nog altijd weten hoe en wanneer.

In de negentiende eeuw kwam Charles Darwin met een verklaring die volgens de wetenschap nog steeds correct is. Darwin was rijk en had een gelukkig huwelijk. Darwins vrouw Emma runde het huishouden en gaf leiding aan het personeel dat ze in dienst hadden. Dat gaf Darwin de tijd om zich aan de wetenschap te wijden, hoewel het echtpaar tien kinderen had, die niets liever deden dan zijn werkkamer binnenstormen om te vragen of hij met hen wilde spelen.

Darwin realiseerde zich dat, als boeren nieuwe rassen kunnen creëren door heel selectief met bepaalde dieren te fokken voor de volgende generatie, in de natuur ook nieuwe soorten kunnen ontstaan. Dat proces noemde hij 'natuurlijke selectie'. Stel, een vogelsoort die zaden eet, komt in een heel groot verspreidingsgebied voor. Op sommige plaatsen in zijn leefgebied groeien voornamelijk planten die kleine zaden produceren en op andere plaatsen groeien meer planten met grote zaden. Daarnaast kun je er ook van uitgaan dat er altijd wat variatie bestaat in de grootte van de snavel en dat dit voor een deel wordt bepaald door hoe groot de snavels van de oudervogels waren. Vogels met kleinere snavels krijgen jongen met kleinere snavels en de kuikens van vogels met grotere snavels krijgen zelf ook grotere snavels.
Tot zover is dat niet opmerkelijk. Maar Darwin realiseerde zich, dat wanneer de grootte van de snavel invloed heeft op de kans op overleving en voortplanting (bijvoorbeeld omdat voedsel soms schaars is), natuurlijke selectie dan zou leiden tot veranderingen in de snavelgrootte. Na verloop van tijd zouden vogels in gebieden waar planten grote zaden voortbrengen een grotere snavel ontwikkelen en vogels in gebieden met kleine zaden zouden een kleinere snavel krijgen. Na lange tijd kan de oorspronkelijke soort evolueren tot een nieuwe soort, waarbij elke soort zich beter heeft aangepast aan de voedselbronnen in zijn leefgebied.

Darwin publiceerde zijn theorie in 1859 in een boek met de titel *Over de oorsprong van soorten* (de volledige titel luidde: *Over de oorsprong van soorten door middel van natuurlijke selectie, of het behoud van begunstigde rassen in de strijd om het bestaan*. In de negentiende eeuw hield men van lange titels.) Het is een van de belangrijkste

wetenschappelijke boeken ooit. Het heeft de manier waarop we tegen onze wereld aankijken ingrijpend veranderd; sinds het boek verscheen, is het telkens weer herdrukt. Het is een dik boek, maar het is nog altijd de moeite waard om te lezen.
Darwin gaf meteen toe dat zijn theorie niet op alle vragen antwoord gaf. Hoe ontstonden bijvoorbeeld de allereerste diersoorten? Zijn theorie kan misschien verklaren hoe soorten door de eeuwen heen kunnen evolueren tot nieuwe soorten, maar dat verklaart niet hoe dat proces op gang kwam.

Darwin was in allerlei opzichten echt een genie. De mogelijke verklaring die hij bedacht voor de oorsprong van de allereerste diersoorten, is volgens veel wetenschappers tegenwoordig nog altijd de meest aannemelijke theorie. Op 1 februari 1871 schreef Darwin aan zijn goede vriend en collega-wetenschapper Joseph Hooker:

Men zegt vaak dat alle omstandigheden voor het ontstaan van het eerste organisme die ooit aanwezig kunnen zijn geweest, nu ook aanwezig zijn. Maar als (en dat is een grote 'als') we een kleine, warme vijver zouden vinden met allerlei soorten ammoniak- en fosforzouten, licht, warmte, elektriciteit en dergelijke, waarin een eiwitverbinding scheikundig zou worden gevormd die zich mogelijk tot nog complexere structuren zou kunnen ontwikkelen, dan zou vandaag de dag zo'n substantie onmiddellijk worden verorberd of opgenomen. Dat was niet het geval toen de eerste levende wezens ontstonden.

We weten nog steeds niet helemaal zeker hoe het leven is ontstaan. Misschien gebeurde dat wel in een kleine, warme vijver, zoals Darwin zich voorstelde. Maar toen het eenmaal begonnen was, was er geen houden meer aan. Met het verstrijken van miljoenen jaren werd een steeds groter deel van het aardoppervlak bevolkt door levende wezens. De

soorten werden groter en waren beter bestand tegen de elementen.
Ze koloniseerden het land en veroverden het luchtruim.
Uiteindelijk, 3 à 4 miljard jaar nadat dit proces in gang was gezet, hebben we walvissen en kolibries en reusachtige sequoia's en schitterende orchideeën en al die andere 8 of 9 miljoen soorten die er nu zijn, inclusief wijzelf.
En we ontdekken nog steeds van die soorten. Misschien reis je zelf ooit naar een bijzondere uithoek van de Aarde en zie je als eerste een nieuwe diersoort!

Michael

6

De volgende ochtend werd George pas laat wakker. Het was ongewoon stil in huis. Hij lag een tijdje te luisteren, maar hoorde geen boze stemmen van zijn vader en moeder, zoals anders, en geen gekir en gejoel van zijn zusjes, die elke ochtend een toneelstuk opvoerden omdat ze weigerden ook maar één hap te eten. Hij rekte zich uit en wiebelde met zijn tenen heen en weer onder de warme deken. En toen herinnerde hij het zich! Annie en de kosmische chemie van het leven – hoe het leven uit de ruimte naar de Aarde kwam… en toen herinnerde hij zich ook de geldautomaten die overal ter wereld op hol waren geslagen en geld hadden weggegeven. Hij moest weten wat er aan de hand was! Hij sprong uit bed, trok snel zijn kleren aan en rende naar beneden.

Het tafereel dat hij daar aantrof was zo normaal dat hij het bijna niet kon geloven. De tweeling zat rustig in hun kinderstoel zonder dat er iets door de lucht vloog. George' vader en moeder glimlachten naar hem. Hij raakte helemaal in de war door deze situatie – anders was de keukenvloer altijd een slagveld van uitgekauwde broodkorsten. Vol verbazing keek hij toe hoe zijn zusjes als een stel engeltjes zaten te eten.

Zijn moeder zag hoe verrast hij was en zei: 'We hebben toch altijd tegen je gezegd dat ze op een dag wel rustiger zouden worden?'

'In één nacht tijd?' antwoordde George. Dat kon toch bijna niet!

'Kinderen…' zei zijn vader tevreden. 'Ze worden zó snel

groot!' Hij zuchtte. 'Jij was precies zo toen je...'

Op dat moment suisde er een zelfgemaakte muffin door de lucht, die hem recht in zijn gezicht raakte. Door het schokeffect vlogen de kruimels door de keuken, terwijl de tweeling in lachen uitbarstte. De ene muffin volgde op de andere en George' arme vader werd bekogeld alsof hij zich in een jong zonnestelsel bevond waar hij in botsing kwam met rondvliegend puin.

George maakte zich snel uit de voeten. 'Ik ga naar Annie!' riep hij naar zijn ouders toen hij bij de achterdeur was.

Hij sprong door het gat in de schutting en rende naar de achterdeur van de buren. Zoals altijd was de deur open. Hij ging naar binnen en riep vrolijk: 'Hál-looo!'

Even later maakte een ander 'Hál-looo!' duidelijk dat Annie in haar vaders werkkamer was – de kamer waar Kosmos stond, de superintelligente computer waarmee Erik zijn werk kon doen. Van boven kwamen de klanken van een viool – steeds opnieuw dezelfde riedel. Dat betekende dat Annies moeder thuis was en zich voorbereidde op een concert. Toen Annie jonger was, had haar moeder vioolles gegeven, maar een tijdje geleden had ze haar carrière als concertmusicus weer opgepakt en ze was steeds vaker van huis omdat ze met haar orkest moest optreden.

Natuurlijk zat Annie – boven op een stapel kussens – achter Kosmos, die hen zo vaak had geholpen tijdens hun avonturen dat het voelde alsof hij een echte vriend van hen was geworden. Hij had het niet altijd even goed gedaan – één keer was het hem niet gelukt om George en Annie in z'n eentje terug naar de Aarde te halen en hadden ze hem op een andere supercomputer moeten aansluiten. Als dat niet zou zijn gelukt, zouden de twee vrienden nu nog ergens in een ver en vreemd sterrenstelsel rondzwerven, op een of andere planeet die rond een andere ster draait dan de Zon. Een andere keer moest Kosmos zo hard werken om Annies vader uit een zwart gat te redden dat hij bijna was geëxplodeerd. De computer was soms onvoorspelbaar en een beetje wispelturig als hij in een slechte bui was... en het zag ernaar uit dat hij vandaag in zo'n bui was.

'Hij doet heel lastig vandaag.' Annie rimpelde haar neus en

Wat is een supercomputer?

Wat is een flop? Of een megaflop?

In de loop van de jaren verschenen er steeds krachtiger computers. Een manier (niet de enige!) om aan te geven hoe krachtig een computer is, is het maximale aantal zwevende kommabewerkingen per seconde aan te geven. Dat wordt meestal in 'flops' uitgedrukt, oftewel *floating point operations per second.*

Een megaflop is 1 miljoen flops per seconde.

Eén groot systeem

Ook al zijn moderne processors erg krachtig, je kunt op een vrij eenvoudige manier een nog veel krachtiger computer maken: door een groot aantal computers met elkaar te combineren. Een supercomputer is een computer die speciaal is gebouwd om een gigantische rekenkracht te leveren. Zo'n computer bevat een groot aantal processors die tot één enkel systeem zijn samengevoegd. Alle processors kunnen tegelijk een deeltaak uitvoeren, omdat ze parallel zijn geschakeld.

Meerdere processors combineren houdt in dat je ze in een soort netwerk op elkaar aansluit. Je kunt zelfs processors op grote afstand van elkaar combineren, door ze bijvoorbeeld via het telefoonnetwerk of internet op elkaar aan te sluiten.

Een parallelle wereld

Wanneer je een taak kunt opdelen in losse stukjes, kunnen alle processors onafhankelijk van elkaar hun deeltaken tegelijk uitvoeren. Met deze parallelle verwerking kun je sommige problemen veel sneller oplossen. In dat betekende dat ze heel diep nadacht of zich ergens zorgen om maakte.

Kosmos zei niks, wat bijna nooit voorkwam, maar hij nieste wel.

'Is hij verkouden?' vroeg George.

'Hij is echt uit zijn doen,' zei Annie. 'Hij zegt dat hij ziek is,

zo'n systeem heb je het netwerk alleen nodig om elke processor te vertellen wat hij moet doen en om uiteindelijk de resultaten te verzamelen. Jammer genoeg heb je dan nog geen supercomputer, omdat de meeste complexe problemen nu eenmaal niet parallel kunnen worden opgelost. Vaak vormt het resultaat van de ene deeltaak de input voor de volgende deeltaak, zodat je die taken alleen na elkaar kunt uitvoeren (dat wordt 'serieel' genoemd). Een supercomputer moet allerlei taken sneller kunnen uitvoeren en moet in staat zijn een groot aantal kleine problemen, los van elkaar, tegelijk op te lossen. Daarom is een supercomputer niet hetzelfde als een netwerk van afzonderlijke computers of een mainframecomputer.

Hoe goed is het netwerk?

Parallelle verwerking is afhankelijk van de kwaliteit van het netwerk. Die kwaliteit wordt voornamelijk bepaald door twee factoren:

- *Bandbreedte:* de hoeveelheid gegevens die het netwerk per seconde kan verplaatsen. De bandbreedte moet natuurlijk zo groot mogelijk zijn.
- *Latentie:* de vertraging tussen verzenden en ontvangen, die zo kort mogelijk moet zijn.

Gebruik je geheugen

Je kunt processors op verschillende manieren combineren om een supercomputer te maken.

SMP-systemen: symmetrische multiprocessor

Bij dit systeem wordt aan elke processor evenveel geheugen van de supercomputer toegewezen. Deze systemen maken gebruik van gedeeld geheugen: het beschikbare geheugen wordt over alle processors verdeeld. Dat is een complexe technologie, die grote systemen erg duur maakt.

NUMA-systemen: non-uniforme geheugentoegang

Dit type netwerk wordt langzamer naarmate de processor en het geheugen dat door de processor wordt gebruikt zich op grotere afstand van elkaar bevinden. Ook dit systeem maakt gebruik van gedeeld geheugen. De programmeur moet ervoor zorgen dat de afstand tussen de data en de processor die deze data nodig heeft, zo kort mogelijk is. Deze systemen zijn goedkoper in het gebruik dan SMP-systemen.

Interconnectienetwerken

Dit zijn speciale kwaliteitsnetwerken waarin een groep afzonderlijke computers (die *nodes* worden genoemd) op elkaar worden aangesloten. De processors in de ene node hebben geen toegang tot het geheugen van andere nodes; de geheugens zijn niet gedeeld. Dit wordt een gedistribueerd geheugensysteem genoemd. De programmeur moet de overdracht van gegevens als boodschappen tussen de nodes programmeren. Wanneer de nodes uit gewone computers bestaan in plaats van speciale modules, wordt zo'n supercomputer vaak een 'cluster' genoemd.

Moderne computersystemen

In moderne computers worden vaak parallelle technologieën toegepast die je tot nu toe alleen in supercomputers tegenkwam. Eén processor kan uit verschillende kernen bestaan, die elk als een afzonderlijke processor kunnen werken. Zo wordt de processor eigenlijk een SMP-systeem, waarin meerdere kernen op een geheugenblok worden aangesloten. Duurdere computers beschikken over meerdere processorsockets (sleuven), zodat elke computer als een NUMA-systeem is opgebouwd waarin aan elke socket een stel kernen en een geheugenblok worden toegewezen.

Grafische processoreenheden (GPU's) voor supercomputers

Dit is een vrij nieuwe ontwikkeling, die vooral voor gamers interessant is. Moderne grafische processors kunnen voor een game erg snel pixels creëren en naar je beeldscherm sturen. Met deze ontwerpeigenschappen zijn ze ook zeer geschikt om bepaalde typen berekeningen snel uit te voeren.

Van flops naar exaflops!

- 1 megaflop = 1 miljoen flops
- 1 gigaflop = 1 miljard flops (1000 megaflops)
- 1 teraflop = 1000 gigaflops
- 1 petaflop = 1000 teraflops
- 1 exaflop = 1000 petaflops

Aan de hand van deze cijfers kun je zien hoe computers zich de afgelopen decennia hebben ontwikkeld:

1998: een computer met één processor haalt maximaal 500 megaflops.

2007: vele enkelvoudige processors halen ongeveer 10 gigaflops.

2013: er zijn computers met twee processors, elk met acht kernen, met een theoretische piekwaarde van 20 gigaflops per kern, waardoor een totale piekprestatie per machine van 320 gigaflops wordt gehaald. Dit is eigenlijk een NUMA-systeem: een systeem met gedeeld geheugen en zestien parallelle kernen. Tegenwoordig zouden we dat geen supercomputer noemen, tenzij je honderden van deze machines op elkaar aansluit.

De Top500 (www.top500.org) is een lijst van de vijfhonderd krachtigste supercomputers ter wereld. De lijst wordt tweemaal per jaar bijgewerkt. Toen dit boek werd geschreven, haalden de meeste computers een paar honderd teraflops. De krachtigste machine haalde maar liefst 33.862,7 teraflops (33,8627 petaflops). Dat is dus heel wat krachtiger dan de computers uit het eind van de vorige eeuw.

Over enkele jaren verschijnt misschien de eerste supercomputer die een exaflop haalt. Dat is pas krachtig!

maar dat vind ik zo raar klinken.'

'Ja, dat is helemaal niks voor hem. Wat wilde je met hem doen?' George schoof een stoel dichterbij en ging naast haar zitten.

'Ik was met mijn werkstuk bezig!' legde Annie uit.

'Laat eens zien,' zei George onmiddellijk.

'Oké – dit is het...' Ze haalde een scherm naar voren waar twee foto's van Erik op stonden, naast elkaar.

'Een van deze mannen is mijn echte vader, alias Erik,' zei ze en ze wees naar de foto's. 'En een van die mannen is mijn robotvader, ofwel: Ebot.'

'Dus een van hen leeft en de andere niet,' zei George, die het snel oppikte.

'Dat klopt,' zei Annie. 'Maar wat is het verschil?'

'Eh...' zei George aarzelend. 'Een van hen kan zelf bepalen wat hij doet en de ander niet?'

'Nee,' zei Annie. 'Ebot heeft een besturingspaneel, maar hij kan ook leren van vorige opdrachten, zodat hij zijn eigen acties zelf kan bepalen.'

'De een heeft eten, slaap en drinken nodig en de ander niet?'

'Ebot heeft ook energie nodig,' zei Annie. 'En van mijn vader kun je niet zeggen dat hij echt slaapt.'

'Dat is waar...' peinsde George. Iedereen wist dat Erik maar zo'n drie uur slaap per nacht nodig had en de buren wisten het maar al te goed, want 's ochtends heel vroeg zette hij vaak operamuziek op terwijl hij aan het werk was. 'Waar is Ebot nu?'

'Aan het opladen,' antwoordde Annie.

'Een van hen ademt,' suggereerde George, 'en de ander niet? De een heeft een maag en een hart vanbinnen en de ander allemaal draden en zo?'

'Ja, dat had ik ook bedacht,' zei Annie. 'En nu ben ik aan het onderzoeken waar ze uit bestaan. Ik maak een lijst van de elementen van het leven.'

'Wat staat er op nummer één?'

Ze scrolde naar beneden, naar een banner onder de foto's van de twee Eriken, waar met grote letters stond: koolstof.

'Zoals iedereen weet,' las George hardop, *'is koolstof afkomstig van de sterren.* Hmmm...'

'Wat is er?' vroeg Annie, die haar woorden anders vond klinken nu George ze voorlas. 'Klopt er iets niet? Heb ik iets verkeerd geschreven? Ik heb de spelling gecontroleerd.'

'Nee, alles is goed geschreven,' zei George tegen haar. 'Ik denk alleen niet dat iedereen dat weet, over koolstof.'

'O. Oké...' Ze haalde de woorden weg en begon te typen. De woorden verschenen op Kosmos' scherm: *Soals de meeste menzen wel weten...*

'Je hebt een S getypt in plaats van een Z en een Z in plaats van een S.'

'O, ik dacht dat hij op autocorrectie stond!' riep Annie uit. Ze drukte een paar toetsen in om de functie aan te zetten.

'Maar wat ik eigenlijk bedoelde,' vervolgde George, 'is dat mensen volgens mij helemaal niet zo veel over koolstof weten. Ik bedoel, jij en ik weten dat koolstof van sterren komt, omdat jouw vader ons met Kosmos heeft laten zien wat er gebeurt als een ster aan het eind van zijn leven is, en dat er dan een enorme supernova-uitbarsting plaatsvindt. Maar volgens mij weten de meeste mensen helemaal niet dat de elementen in sterren gemaakt worden.'

Misschien weet je niet, schreef Annie – terwijl de computer direct haar spelfouten corrigeerde – *dat koolstof afkomstig is van de sterren. Een van de belangrijke elementen die in sterren voorkomen terwijl ze branden is koolstof en als een ster sterft, wordt die verspreid door het heelal en kan iets anders worden, iets zoals jij en ik bijvoorbeeld. Wij zijn een levensvorm die afhankelijk is van koolstof. Koolstof...*

George onderbrak haar. 'Ga je nog vertellen wat koolstof eigenlijk is? Anders denken mensen die dit lezen dat ze uit houtskool bestaan.'

'Ja ja, dat stuk komt nu,' zei Annie een beetje beledigd. 'Ik weet trouwens wel wat koolstof is, hoor!'

'Nou, wat is het dan?' vroeg George, die het oprecht wilde weten.

'Nou,' zei ze. 'Het is een soort...' Ze hield op met typen en praatte alleen nog. 'Koolstof,' zei ze, 'heeft het atoomgetal 6, en dat betekent dat het zes protonen heeft en zes elektronen. De verbinding die koolstof met zichzelf aangaat is heel sterk. Samenstellingen die dit soort verbindingen aangaan, zijn heel stabiel, en het zorgt er ook voor dat ze lange kettingen en ringen kunnen maken, beter dan welk ander element ook. Dit betekent dat er meer moleculen bekend zijn die koolstof bevatten dan alle andere elementen bij elkaar – op waterstof na. En het is het vierde meest voorkomende element in het universum,' voegde ze eraan toe.

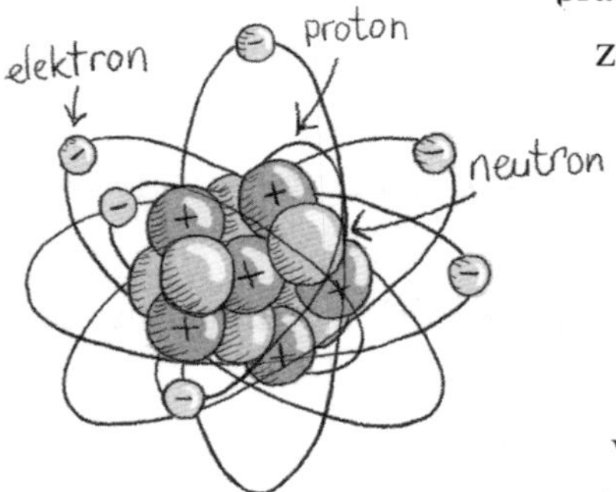

'Wauw!' zei George. 'Je hebt niets te veel gezegd!'

'Ik kan geen chemicus zijn en niets van koolstof weten,' antwoordde Annie. 'Dat zou zoiets zijn als mama die viool wil spelen zonder haar toonladders te oefenen. Of een cake bakken zonder eieren. Dat gaat gewoon niet.'

Tot op dat moment had de muziek die van boven kwam heel melodisch en mooi geklonken, maar nu hield hij even op en er klonk een bliepje van een bericht dat op een telefoon binnenkwam. Vervolgens hoorden George en Annie een vreselijk geknerp en een afgrijselijk vals akkoord.

'Annie!' hoorden ze en nog geen tien seconden later verscheen Susan in de deuropening van de werkkamer. Ze was duidelijk ergens van geschrokken. 'Wat weet jij van gratis vliegtickets?'

'Welke gratis vliegtickets?' zei Annie verbaasd.

'Alle vluchten zijn gratis!' Susan hield haar telefoon op, zodat de kinderen het bericht konden lezen.

Ha daar! We zijn onderweg, met de hele groep! Hebben gratis vliegtickets. Tot snel, lieverds, cya soon!

'Maar wat betekent dat?' zei Annie, terwijl ze op haar eigen telefoon keek. 'Ik geloof het niet, maar het is wel waar. Alle vliegtickets zijn gratis! Kunnen we een vlucht boeken? Kunnen we naar Disneyland gaan?'

'Nee, dat kunnen we niet! Want mijn hele familie uit Australië' – Susan trok wit weg – 'komt hiernaartoe.'

'Wanneer komen ze aan?' vroeg George.

'Dat weet ik niet!' zei ze in paniek. 'Mijn zus schreef alleen: "Tot snel" en: "See you soon." Dat kan dus elk moment zijn. Met z'n allen! O, hemel! In het volgende bericht schrijft ze dat ze besloten hebben om zo snel mogelijk te vertrekken, omdat ze bang waren dat het een vergissing was en dat de aanbieding ingetrokken zou worden.'

Ze zette de kleine televisie aan die in de hoek van Eriks werkkamer stond. Hij stond al op de nieuwszender afgesteld.

‘Wereldwijde chaos op vliegvelden,’ kondigde de nieuwslezer aan. Susan keek bezorgd, terwijl er achter haar beelden te zien waren van mensen die met hun bagage naar de gates probeerden te komen. ‘Vliegtuigmaatschappijen hebben stomverbaasd gereageerd op het feit dat alle internationale vluchten op hun websites afgelopen nacht gratis werden aangeboden. Reizigers die een ticket op de kop wisten te tikken willen nu de goedkoopste reis van hun leven maken…’

‘Met z’n hoevelen komen ze dan?’ vroeg George, die bij Annies familie altijd alleen maar dacht aan rust en stilte, studeren, muziek maken en technologie. Hij kon zich bijna niet voorstellen dat er nu een hele tak van de familie vanaf de andere kant van de wereld onderweg was.

‘Mijn moeders zus heeft zeven kinderen,’ legde Annie uit. ‘Ik heb hen nooit gezien, maar volgens mij zijn ze heel leuk,’ vertelde ze vrolijk.

‘O jee, o jee!’ tobde Susan. ‘Dit gaat heel lastig worden. En je vader is er niet. Ik neem aan dat ze er wel een dag over zullen doen voordat ze hier zijn, dus misschien is hij tegen die tijd wel terug…’

‘Misschien hebben ze niet door dat Ebot Erik niet is!’ zei Annie.

‘Doe niet zo gek, Annie,’ zei haar moeder streng. ‘Natuurlijk hebben ze dat wel door. Ze zien heus het verschil wel tussen een robot en een echt mens.’

‘Maar Erik zei dat Ebot echt bijna hetzelfde is als hij en al is Ebot geen levend wezen, heel veel apparaten zouden geen onderscheid kunnen maken,’ zei George, die Annie wilde helpen.

Maar Susans blik maakte duidelijk dat hij beter zijn mond had kunnen houden. ‘Ze zullen het echt wel zien,’ zei ze streng.

Op dat moment nieste Kosmos opnieuw.

'En wat is er met de computer aan de hand?' vroeg Susan.

'Hij is een beetje traag vandaag,' klaagde Annie.

'Ik voel me niet goed,' zei Kosmos zielig. 'Ik ben bang dat ik iets heb opgelopen.' Hij nieste nog drie keer en hoestte zwakjes.

'Ik hoop niet dat hij op internet een virus heeft opgepikt,' zei George bezorgd. Het was niks voor Kosmos om zo sloom te reageren.

'Mag je de computer wel gebruiken als je vader er niet is?'

'O mam, alsjeblieft!' zei Annie. 'Ik heb Kosmos nodig voor mijn werkstuk. Het is voor scheikunde en ik moet het echt, echt, echt na de voorjaarsvakantie inleveren, en het moet ontzettend goed worden! Dat is superbelangrijk voor me – ik mag het niet verpesten!' Annie smeekte nu bijna.

George schrok, want hij zag dat ze tranen in haar ogen had. Hij vroeg zich af waarom school opeens zo ontzettend belangrijk voor haar was. Hij had gedacht dat ze haar werkstuk wel zou vergeten nu er een heleboel neefjes en nichtjes van de andere kant van de wereld onderweg waren en dat ze plannen zou gaan maken voor wat ze allemaal konden gaan doen als ze er zouden zijn.

'O, oké…' Annies moeder had haar normaal gesproken niet zomaar haar gang laten gaan met Kosmos, want ze vond de computer gevaarlijk en storend, maar ze maakte zich druk omdat haar familie al zo snel zou komen en dacht niet helder na.

'Waar haal ik zo veel slaapzakken vandaan?' Peinzend liep ze terug naar de gang. 'En ik moet die nieuwe symfonie nog helemaal instuderen… Die vliegmaatschappijen hebben mijn leven op z'n kop gezet. Hoe moet dat nou, met nog negen mensen in dit huis?'

‘Je zult in elk geval niet eenzaam meer zijn,’ zei George tegen Annie. ‘Dat is goed, toch?’

‘Inderdaad – en joehoe!’ zei Annie vrolijk. ‘Helemaal niet eenzaam. Zat kinderen om mee te spelen! Jij mag natuurlijk ook meedoen, George.’

‘Nee, dank je,’ zei hij. ‘Soms weet ik niet of ik mensen wel zo leuk vind. Ik vind apparaten geloof ik leuker.’

Kosmos nieste opnieuw.

Annies moeder stak haar hoofd weer om het hoekje van de deur. Ze keek zenuwachtig. ‘Luister, Annie en George… Normaal doen we het niet zo, dat weten jullie, maar dit is een soort noodgeval. Ik verwacht van jullie dat jullie je heel volwassen gedragen. Ik ga boodschappen halen en jullie moeten me beloven dat jullie geen gekke dingen zullen uithalen terwijl ik weg ben. Ik wil dat jullie binnen blijven – zeker gezien wat er allemaal aan de hand is. Jij kunt verdergaan met je scheikundewerkstuk, Annie. Ik ga lakens kopen en boodschappen doen, en daarna kom ik direct weer naar huis. Beloven jullie dat jullie niks geks zullen doen?’

‘Dat beloven we,’ zeiden Annie en George in koor.

‘Ik denk niet dat ze al zullen komen voordat ik terug ben, maar als dat wel het geval is…’ riep Susan over haar schouder, terwijl ze al bijna bij de voordeur was. Het volgende moment hoorden Annie en George de deur achter Susan dichtslaan.

‘Als dat wel zo is… Wat dan?’ zei Annie en ze keek George vragend aan.

‘Geef ze dan een dinosaurusteennagel en neem ze mee op ruimteavontuur,’ zei hij met een vreemde grijns op zijn gezicht.

‘Op ruimteavontuur!’ riep Annie. ‘Dat moeten we doen!’

‘O nee – wacht even,’ zei George. ‘Ik bedoelde het niet…’

Ze keken allebei tegelijkertijd naar Kosmos, die stond te snotteren op het bureau.

'Ik weet zeker dat het Kosmos goed zal doen,' zei ze poeslief. 'Volgens mij voelt hij zich zo slecht omdat wij de laatste tijd helemaal niks met hem gedaan hebben en hij is tenslotte geen gewone computer; hij is een supercomputer.'

Dit is wel een heel vreemde verklaring, dacht George. Ze mochten al sinds een tijdje geen ruimtereizen meer maken: Susan had heel duidelijk gemaakt dat George en Annie geen gevaarlijke ruimte-expedities meer mochten ondernemen en Erik had nieuwe regels opgesteld voor het gebruik van Kosmos.

'En het maakt allemaal deel uit van mijn werkstuk,' zei Annie. 'Mijn superbelangrijke briljante scheikundewerkstuk dat iedereen geweldig moet vinden en dat volgende week af moet zijn, als ik weer naar school ga. Het moet het beste werkstuk worden dat ik ooit heb gemaakt – we moeten er echt iets geweldigs van maken.'

'O ja?' vroeg George. 'Waarom?'

'Nou, ik weet dat ik heel slim ben en zo, maar nu moet ik het nog bewijzen. Ik heb al een stuk over koolstof en het volgende hoofdstuk moet over water in de ruimte gaan. Dus moeten we dat onderzoeken, anders heb ik niks om over te schrijven. En bovendien zouden we het huis niet echt uit gaan...'

'Nou, volgens mij wel,' zei George, 'als we naar de ruimte reizen...' Hij wilde het ontzettend graag, maar was nog niet overtuigd. Hij was altijd voorzichtiger dan Annie, maar nu wilde hij bovendien niet uit haar huis verbannen worden omdat ze de ruimteportal hadden misbruikt. Voor Annie maakte het niet heel veel uit; zij woonde in hetzelfde huis als Kosmos en zou op de een of andere manier altijd toegang tot hem hebben, maar dat gold niet voor hem.

‘Nee hoor,’ zei Annie. ‘Mama wilde niet dat we de straat op gingen, maar ze heeft niks gezegd over de ruimte.’

Nog voordat George haar kon tegenspreken, typte ze snel iets in op Kosmos’ toetsenbord.

‘En wat doen we als we nog in de ruimte zijn en je moeder komt terug?’ vroeg hij. ‘Hoe kunnen we dat weten?’

‘Goed punt!’ Annie sprong op en rende de kamer uit. Even later kwam ze terug met de haptische handschoenen en Erik, die achter haar aan liep.

‘Hij doet het nu heel goed,’ zei ze. ‘Zeg George eens gedag.’

Ebot stak zijn hand in de lucht. ‘Dag, George,’ zei hij monotoon.

Annie trok de handschoenen uit en gaf ze aan George. Hij had al snel door wat haar plan was. ‘Zal ik deze onder mijn ruimtehandschoenen aandoen?’ vroeg hij.

Ze grijnsde. ‘Goed idee! Je weet maar nooit wanneer we Ebot van een afstand iets moeten laten doen. Ebot, ga daar maar zitten…’ Annie wees naar een stoel vanwaar hij zowel Kosmos als de deur kon zien. Toen pakte ze de remote-access-bril van het bureau.

‘Terwijl wij in de ruimte zijn,’ legde ze aan George uit, ‘kan ik door Ebots ogen kijken. Dus als mama thuiskomt, weten we dat meteen en dan komen we *tout de suite* terug naar de Aarde!’

Ze was nog niet uitgesproken of Kosmos begon de ruimteportal al te maken. Twee kleine felle lichtstralen schenen vanaf zijn scherm naar een punt in de kamer van waaruit ze in tegenovergestelde richting de omtrekken van een deur begonnen te tekenen.

Ondertussen keek Annie in de diepe kast waar haar vader de ruimtepakken bewaarde.

‘Hier is dat van mij!’ Ze kwam tevoorschijn met een pak dat ze had versierd met lintjes, glitters en badges. ‘Maar waar is dat van jou?’ Ze gooide alles overhoop. ‘Ik kan het niet vinden! Hier, neem dit maar.’ Ze gaf hem een van de gewone pakken.

‘Maar dit is het pak van je vader!’ zei George. ‘Dat kan ik niet aantrekken. Zijn insigne zit erop en het heeft zijn zendercode. Als ik de *voicetransmitter* gebruik, is het net alsof Erik in de ruimte is!’

‘Schiet nou maar op.’ Annie wilde zo snel mogelijk vertrekken. ‘We gaan maar heel even de ruimte in. De NASA komt er echt niet achter, hoor.’

De ruimteportal die Kosmos had gemaakt ging heel langzaam open. George en Annie konden het vage schijnsel zien van de wereld die daarachter lag.

‘Wat heb je aan Kosmos gevraagd? Waar brengt hij ons naartoe?’ vroeg George.

‘Ik heb hem gevraagd om ons naar een plek in de ruimte te brengen waar we water kunnen zien,’ zei Annie, die nu door de voicetransmitter in haar helm praatte.

‘Maar waar is dat dan?’

De deur zwaaide open, zoals al zo vaak was gebeurd. In de deuropening zagen ze een soort zwart-met-lichtgele wereld: een donkere hemel achter een verlaten landschap met grote zachte vlokken die langzaam op het oppervlak dwarrelden.

‘Wat is dit?’ Annie ademde zacht in haar voicetransmitter, maar door de microfoon van George’ helm was het alsof ze direct in zijn oor blies.

‘Welkom op Enceladus,’ zei Kosmos kuchend, ‘naar grootte de zesde maan van Saturnus. Stap maar door de deuropening. Bevestig extra ruimtegewichten aan je laarzen, zodat je geen last hebt van de effecten van de geringe zwaartekracht op Enceladus.'

Annie rende terug naar de kast, pakte de ruimtegewichten en bevestigde die aan hun laarzen.

'Kom, dan gaan we!' George liep met logge passen naar de deuropening en stapte over de drempel. Met een bonk kwam hij op het oppervlak van de ver weg gelegen maan terecht. Zijn hart ging zo tekeer dat hij voor de rest niets hoorde. Dit was geweldig! Hij had gedacht dat dit de saaiste voorjaarsvakantie ooit zou worden, maar nu werd het misschien juist wel de leukste!

Annie kwam achter hem aan en toen ze naast elkaar op de maan van Saturnus stonden, zagen ze al snel dat er zich een dikke laag sneeuwvlokken op hun helmen vormde.

'Ik geloof het bijna niet,' lachte George. 'We zijn op Enceladus! En het sneeuwt!'

Enceladus

Enceladus is slechts een klein wit stipje dat in een baan om de enorme bevroren gasplaneet Saturnus draait, in het meest compacte deel van de ringen van Saturnus. Het is slechts een van de vijfenzestig manen van Saturnus. Het is niet eens de grootste of meest zichtbare maan. Enceladus werd vernoemd naar een reus uit de Griekse oudheid die onder de vulkaan Etna werd begraven. Wetenschappers denken dat het een van de meest bewoonbare plekken in ons zonnestelsel zou kunnen zijn. Waarom? Het antwoord is eenvoudig...

Water

Deze maan is net een biljartbal, met zijn witte, ijzige oppervlak. Toch lijkt hij vloeibaar water te bevatten – een van de belangrijkste ingrediënten van het leven zoals wij dat kennen. Enceladus werd al in 1789 ontdekt door de beroemde astronoom William Herschel. Het bleef een mysterieus hemellichaam, totdat de ruimtesonde Voyager in het begin van de jaren tachtig van de vorige eeuw de maan passeerde. Voyager 2 liet zien dat deze maan, ondanks zijn kleine afmetingen, allerlei verschillende landschappen kende. Op sommige delen zag Voyager 2 oeroude kraters, maar verderop leek het oppervlak te zijn omgewoeld door vulkanische activiteit.

Op Enceladus komen regelmatig uitbarstingen voor. Maar waar de Etna hete as, lava en gas de atmosfeer in slingert, stoten op Enceladus ijsvulkanen grote wolken waterdamp uit. Een deel daarvan komt als sneeuw weer op het oppervlak terecht. De ruimtesonde Cassini, die in 2005 langs Enceladus vloog, heeft veel foto's van de ijsfonteinen kunnen maken. Als je er ooit naartoe reist, kun je de eerste sneeuwpop in de ruimte maken.

Een bijzondere plek

Behalve vloeibaar water zijn er op Enceladus misschien nog meer ingrediënten voor leven aanwezig, zoals organische koolstof, stikstof en een energiebron. Wetenschappers die Enceladus bestuderen, beschouwen Enceladus daarom als een bijzondere plek in het heelal. Houdt dat in dat er buitenaards leven op Enceladus mogelijk is? Leven er aliens in deze verborgen wereld? Misschien ontwerp jij op een dag een onbemand ruimtevaartuig dat Enceladus kan bezoeken, om te ontdekken of er een buitenaardse reus onder het oppervlak van deze fascinerende maan ligt te slapen!

7

Het licht op deze afgelegen maan had een vreemde kleur geel die donkere schaduwen vormde in het halfduister om hen heen.

'Pas op waar je loopt,' waarschuwde George. Hij was ontzettend blij om weer in de ruimte te zijn. Hij had al die tijd uitgekeken naar een nieuw avontuur in de kosmos en nu was het dan eindelijk zover. Maar in zijn ruimtedromen was hij vergeten hoe gevaarlijk het was om hier in het zonnestelsel te zijn – alleen Annie en hij, omringd door die eindeloze ruimte. Hij vond het zo spannend en eng dat zijn vingers in de grote handschoenen begonnen te tintelen. Hij wist dat hij geen gekke bewegingen op Enceladus kon maken waar Ebot op Aarde op zou reageren en bijvoorbeeld iets zou omgooien in Eriks werkkamer. Dit keer was er geen echte Erik die hen kon helpen als ze in de problemen kwamen, en George realiseerde zich dat ze supervoorzichtig moesten zijn. Hij kon zich niet voorstellen dat Ebot hen zou kunnen redden als ze op Enceladus een ongeluk zouden krijgen.

'Als je in zo'n krater valt, kom je er niet zo makkelijk uit, zelfs niet uit die kleine,' merkte hij op.

Om hen heen bevonden zich honderden kleine kraters en één heel grote. De bodem was bedekt met een mysterieuze laag materiaal dat gloeide in het zachtgele licht. Iets verderop was een richel die boven het kraterlandschap uitstak, en onder hun voeten liep een smalle gleuf – als een barst in het asfalt, alleen liep deze barst in beide richtingen door zo ver het oog reikte.

George had nu al verschillende ruimtereizen gemaakt, maar hij zou er nooit aan wennen; hij zou altijd onder de indruk zijn van die ongelooflijke beelden in de kosmos. Hij zou nooit uitgekeken raken – het was zo bijzonder, zo onmetelijk groot en zo mooi… En er was verder niemand – alleen Annie en hij, en de verlaten, perfecte wereld om hen heen die verkend moest worden.

'Waanzinnig!' zei Annie hijgend, terwijl ze in de verte staarde.

George volgde haar blik. Aan de horizon, aan de andere kant van het lege landschap van deze vreemde kleine maan, zag hij een scherp afgetekende felgekleurde gebogen lijn, die langzaam dichterbij kwam.

'Dat is het licht van de Zon…' legde Annie uit. 'Aan de andere kant is het nu dag.'

'Maar wat is dan dat vreemde glinsterende licht?' vroeg George. 'Waar komt dat vandaan?'

Boven de horizon aan de andere, donkere kant van Enceladus hing een gigantische planeet. Het was de bevroren gasplaneet Saturnus met zijn ringen van gruis en stukjes rots.

'Het is het licht van Saturnus.' Annie fluisterde, al wist ze zelf niet waarom. 'Het licht van de Zon wordt door Saturnus gereflecteerd en dat verlicht de donkere kant van Enceladus. En kijk daar!' Ze wees naar een stipje in de lucht. 'Dat moet Titan zijn!' Ze zocht in de zak van haar ruimtevaartpak. 'Hé, denk je dat ik een foto van Saturnus kan maken?'

'Je kunt het proberen,' zei George. Hij vond het jammer dat hij er niet aan had gedacht zijn camera mee te nemen. Annies foto van Saturnus zou veel beter worden dan de foto die hij vanaf Aarde probeerde te nemen. Saturnus leek zo dichtbij te zijn; het was bijna alsof hij zijn arm maar hoefde uit te strekken om hem aan te raken.

Annie klikte en klikte, maar de camera deed niks.

'Misschien is hij bevroren,' zei George. 'Het moet hier boven behoorlijk koud zijn.' Hij bedacht dat zijn foto van Saturnus misschien toch wel de beste zou zijn. Hij dacht aan zijn camera, en daardoor vroeg hij zich af wat zich ondertussen op Aarde zou afspelen.

'Heb je gecontroleerd wat Ebot ziet?' vroeg hij.

'Ik heb de remote-access-bril op,' zei Annie. 'Ik kan van blik wisselen door mijn ogen te bewegen en dan zie ik wat Ebot ziet...! Daar zijn we. Nu kan ik ons huis zien – wauw! Dit is raar. Maar... mama is nergens te zien. Die is nog niet thuis – die wil natuurlijk vijf miljoen kussens kopen.' Het was heel vreemd om over Annies moeder te praten die op Aarde bezig was om boodschappen te doen. Het was alsof al die dingen niet alleen op een andere planeet gebeurden, maar ook in een heel ander universum.

George stak zijn arm uit en vroeg zich af of Ebot dezelfde beweging maakte. 'Het sneeuwt niet meer zo hard,' stelde hij vast. Hij had nog nooit zulke grote sneeuwvlokken gezien en kreeg zin om over het smetteloze oppervlak van deze vreemde kleine maan te rennen.

Annie deed een paar stappen naar voren. 'O man, moet je eens in die krater kijken!'

George liep voorzichtig achter haar aan en keek over de rand van de grote kom.

'Er ligt heel veel sneeuw,' ging Annie verder. 'Als we naar beneden gaan, kunnen we de mooiste sneeuwengel van de eeuw maken!'

'Maar we weten niet hoe diep het is,' waarschuwde George. 'Misschien sneeuwt het hier al miljoenen jaren – straks zakken we naar beneden en komen we nooit meer boven.'

'Het zou net zoiets zijn als zwemmen, maar dan in de sneeuw,' riep Annie met een hoge stem.

'Je doet het niet, hoor!' George geloofde niet echt dat ze in een onbekende krater zou springen, maar toch... Hij wilde zeker weten dat ze het niet zou doen. 'Straks krijg ik je er niet meer uit.' Opeens voelde hij een trilling, alsof het ergens in de verte donderde.

'Voelde jij dat ook?' vroeg hij aan Annie.

Ze knikte.

Toen voelde hij een sterkere trilling, recht onder zijn voeten, alsof het uit de barst in de oppervlakte kwam. 'Kosmos?' vroeg hij. Maar de supercomputer gaf geen antwoord en de stilte gaf George een onprettig gevoel.

Annie keek voor de zekerheid met Ebots blik in de werkkamer van haar vader. 'Op Aarde is niks aan de hand,' zei ze. 'Kosmos staat gewoon op tafel en Ebot houdt de deur in de gaten. Kosmos zou gewoon moeten reageren.'

'Kosmos!' probeerde George opnieuw. 'Weet je zeker dat je ons naar een veilige locatie hebt gebracht?'

De grond rommelde weer onder hun voeten en ze botsten tegen elkaar aan. Even kon George zich helemaal niet bewegen en was het alsof hij net zo vastzat als Annies camera. Pure angst nagelde hem aan de grond. Hij keek om zich heen of ze konden ontsnappen, maar er was geen spoor van de doorgang meer te bekennen en ze konden niks doen, behalve...

'Rennen!' Annie greep George bij zijn arm en trok hem zo snel als ze kon met zich mee. Hij begon zijn benen te bewegen – opgeschrikt door de dwingende stem in zijn oor. 'Kom op, George! Ik kan je toch niet dragen! We moeten rennen – sneller!'

Eindelijk renden zijn benen weg van de plek waar Kosmos

hen naartoe had gebracht, en waar de grond nu heen en weer schudde en alles wankelde.

'Het is een breuklijn!' schreeuwde Annie hijgend. 'Je weet wel, zo een waar ook altijd aardbevingen plaatsvinden. Dat moet bijna wel. Volgens mij komt er een uitbarsting!'

De twee vrienden renden half struikelend over de scheurende grond. George rende achter Annie aan en deed wanhopig zijn best om niet in de eindeloos diepe kloof te vallen die ontstond doordat de beide zijden van de breuklijn steeds verder uiteenweken.

'Deze kant op!' Annie wees naar de rand die uitstak boven de grond vol gaten, waaruit nu waterdamp en gas spoten.

Terwijl George wankelend achter Annie aan rende, vroeg hij zich af of hij ooit nog terug zou kunnen keren naar huis. Zou hij zo veel geluk hebben dat hij nog een keer boos kon worden op zijn zusjes, en het rare eten van zijn moeder nog een keer mocht proeven? Hij kreeg een brok in zijn keel, maar dwong zichzelf om door te lopen. Misschien was de planeet Aarde zo slecht nog niet.

Annie had een goede route gekozen. Samen klommen ze naar de eerste richel; met handen en voeten zochten ze naar houvast, tot ze bij de eerste schuine helling waren. Hun harten bonkten van angst. Die eerste helling bleek de grens van het bewegende oppervlak te zijn; de bergkam vormde een natuurlijke afscheiding tegen de maanbeving.

Toen ze helemaal boven waren, liet Annie zich voorovervallen en ze trok George naast zich op de grond. Centimeter voor centimeter schoven ze naar voren, tot ze over de rand konden kijken en de plek konden zien waar ze gestaan hadden.

Terwijl George daar lag, voelde hij zijn hartslag rustiger worden. Misschien zouden ze toch naar huis terug kunnen gaan, dacht hij. Tegelijkertijd besefte hij heel goed dat dat dankzij Annie was: als zij niet zo snel had ingezien hoe gevaarlijk het was, hadden ze het nooit gered.

Ze zagen dat de breuklijn steeds verder uiteenweek, precies op de plek waar Kosmos voor hen de doorgang had gemaakt, en de kloof werd groter en groter, tot de aarde uiteindelijk helemaal openspleet. Een enorme stoomwolk schoot de lucht in, draaiend en kolkend op het moment dat de stoom in aanraking kwam met de ijskoude atmosfeer. Het volgende moment kwam er een gigantische waterstraal uit de grond, die metershoog boven het oppervlak van de planeet uitsteeg. Tegen de diepdonkere achtergrond van de hemel vormde de straal een prachtig doorschijnend patroon van waterdruppels die omhoog werden geschoten en hoog in de lucht bevroren en als een ijsfontein weer naar beneden vielen.

'Wauw, het is een koudwatergeiser!' zei Annie verbijsterd. 'Kosmos heeft ons naar een plek in het heelal gebracht waar water is!'

'Ja... Maar we waren er wel bijna geweest,' zei George vol afgrijzen. Annie realiseerde zich kennelijk niet dat zij zojuist hun levens had gered. 'Annie, als we niet waren weggerend, waren we nu dood geweest. We zouden in die kloof zijn gevallen of we zouden de lucht in zijn geschoten of in ijssculpturen zijn veranderd. Er is iets mis.'

'Kosmos heeft het echt niet expres gedaan, dat weet ik zeker.' Annie keek naar het schouwspel van water en ijs tegen de achtergrond van de donkere sterrenhemel en de ronding van de bleke globe van Saturnus. 'Dat zou hij nooit doen. Nee, toch?' Ze klonk opeens niet zo overtuigd meer. 'Het moet een vergissing zijn geweest.'

'Ik weet het niet.' Ook George was in de war. 'Misschien heeft hij een fout gemaakt omdat hij zich niet goed voelde... Maar het was echt heel erg gevaarlijk: hij heeft ons boven op een ijsvulkaan gezet, net voordat die tot uitbarsting kwam!'

'Oef... Verschrikkelijk!' zei Annie geschokt. 'Je denkt toch niet...?'

'Ik weet niet wat ik ervan moet denken,' zei George. 'Maar we moeten zorgen dat we hier wegkomen, voordat er nog meer de lucht in vliegt.'

'Oké, ik roep Kosmos,' zei Annie. 'Joehoe, Kosmos!'

'Hé, hallo daar!' antwoordde Kosmos opeens met een onbekende stem, die bovendien veel te zoetsappig klonk. 'Hoe staan de zaken ervoor op Enceladus?'

'Hij klinkt helemaal niet zoals anders,' fluisterde George tegen Annie. Binnen in zijn ruimtepak was het lekker warm, want de temperatuur werd geregeld, maar plotseling liepen de rillingen over zijn rug. Waarom veranderde Kosmos in iemand die ze niet kenden?

'Eh... prima, alles in orde,' antwoordde Annie dapper. 'We konden de geiser zien die uit de kloof omhoogkwam. Volgens George de Allesweter was het een ijsvulkaan.'

'Konden jullie de geiser zien?' Kosmos klonk verbaasd. 'Hoe bedoel je? Waren jullie niet...?' Hij maakte zijn zin niet af.

'O o...' zei George zacht. Het was alsof zijn grootste angst bevestigd werd. Kosmos had hen met opzet in gevaar gebracht.

'Ja, het was prachtig,' ging Annie verder. 'Maar nu we water in de ruimte hebben gezien, willen we graag terug naar huis.'

Annie en George staken hun arm uit en knepen in elkaars hand. Ze waren dit avontuur samen aangegaan. Het was weliswaar Annies idee geweest om weer een ruimtereis te maken, maar ook George had het heel graag gewild. Ze hadden nooit kunnen bedenken dat Kosmos, hun vriend en bondgenoot, hen in de steek zou laten, maar nu waren ze hier, met z'n tweeën, en er was niemand die hen kon helpen.

'Maar jullie hebben het nog niet echt gezien,' ging Kosmos verder. Hij praatte zonder te hoesten. Niets wees er meer op dat hij verkouden was; hij sprak alleen met de stem van iemand anders en zei dingen die George en Annie niet van hem verwachtten. Het was heel raar en heel geheimzinnig, alsof hun vriend plotseling was veranderd in een vijand die hen niet meer wilde helpen.

'Er is nog veel meer water in de ruimte,' zei Kosmos met zijn vreemde nieuwe stem. 'Ik kan jullie naar een supergroot zwart gat brengen waar zich zo veel water en damp omheen bevindt dat alle meren en oceanen op Aarde er triljoenen keren mee gevuld zouden kunnen worden. Jullie willen toch nog niet echt naar huis?'

'Om eerlijk te zijn wel,' zei Annie. 'Ik ben al een keer heel dicht bij een zwart gat geweest; dat hoef ik niet nog eens mee te maken. Annie en George hadden haar vader een keer uit een zwart gat gered, met de hulp van Kosmos. Een gemene wetenschapper had Erik op reis gestuurd met de verkeerde coördinaten – en Annies vader was recht in het hart van de donkerste plek van het heelal gevallen. 'Ik wil graag dat je ons naar huis brengt.'

'Nee,' zei Kosmos bot. 'De doorgang naar de Aarde kan niet geactiveerd worden zolang ik er niet van overtuigd ben dat jullie je missie hebben voltooid. Jullie zullen een andere locatie moeten bezoeken om het verschijnsel water in de ruimte te onderzoeken. Pas daarna kan ik jullie verzoek voor de terugreis inwilligen.'

'Wát?' fluisterde Annie. 'Dit is onzin... Die regel heb ik nog nooit gehoord.'

'Maar als hij ons niet terug naar huis wil brengen,' zei George zacht, 'dan moeten we misschien proberen om in elk geval dichter bij de Aarde te komen.' Het was duidelijk dat ze Kosmos niet langer konden vertrouwen en dat ze hem moesten manipuleren, in plaats van hem gewoon te vragen wat ze wilden.

'Wat denken jullie van de Maan?' stelde George voor. 'Er is water op de Maan!'

'Naar de donkere kant van de Maan?' vroeg Kosmos op een nare toon.

'Nee!' zei Annie fel. 'Je weet heus wel dat dat niet klopt. Het is niet "de donkere kant van de Maan", het is "de achterkant van de Maan", maar daar willen we niet naartoe. We willen naar de voorkant, of in elk geval naar de plek waar zich water bevindt.'

'De doorgang van het intersolaire transportatiesysteem wordt nu geopend.'

Voor hen verscheen de vertrouwde deur, glinsterend in de zachte gloed van het licht dat door Saturnus gereflecteerd werd. De deur zwaaide open en door de opening zagen de twee vrienden in het vage licht het grijswitte oppervlak van de Maan, met achter de bergketen een donkere heldere hemel.

'Schiet op,' zei George, die zo snel mogelijk weg wilde; alles was beter dan deze plek. 'Laten we gaan, voordat Kosmos van gedachten verandert en besluit dat we voorgoed op Enceladus moeten blijven.'

Met z'n tweeën sprongen ze door de opening op het stukje maanlandschap, en het volgende moment stonden ze in het poolgebied van de kleine vriendelijke satelliet van de Aarde.

'Wauw!' riep George, terwijl hij een paar stappen op de Maan

De donkere kant van de maan

Het klinkt alsof het altijd nacht is aan de donkere kant van de Maan, maar iedere astronoom kan je vertellen dat dit niet zo is. Om te beginnen hebben astronomen het niet over de donkere kant van de Maan. Ze noemen het de achterkant van de Maan, omdat het daar ook dag en nacht wordt, net als hier op Aarde.

Wanneer je 's nachts naar de Maan kijkt, ziet hij er altijd hetzelfde uit, waar je ook bent op de Aarde. Je ziet altijd dezelfde patronen, omdat je altijd naar de voorkant van de Maan kijkt. Hoe komt het dat je de andere kant van onze oude vertrouwde Maan nooit te zien krijgt?

Waarom zien we de achterkant nooit?

Terwijl de Maan om de Aarde draait, draait hij ook om zijn as. De Maan draait net zo snel om de Aarde als om zijn eigen as: 29 dagen voor één omwenteling. Als de Maan niet zou draaien, zouden we alle kanten van de Maan kunnen zien, terwijl de Aarde om zijn eigen as en om de Zon draait. Maar omdat zowel de Aarde als de Maan om hun eigen as draaien en omdat de Maan is afgeremd tot zijn huidige snelheid door de zwaartekracht van de Aarde, zien we altijd dezelfde kant van de Maan.

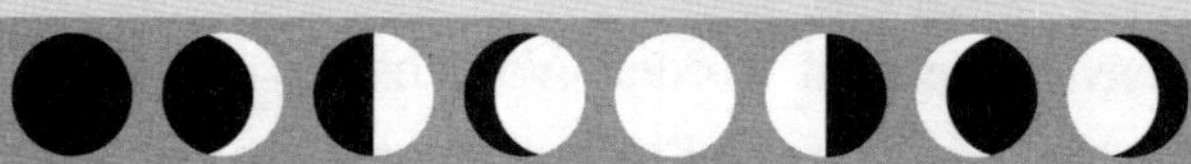

De maanfasen

We zien de Maan in verschillende fasen, omdat de positie van de Aarde en de Maan ten opzichte van de Zon steeds verandert.

Nieuwe maan: Wanneer de Maan zich tussen de Aarde en de Zon bevindt, noemen we dat nieuwe maan. De Maan is dan vanaf de Aarde gezien helemaal donker, omdat het nacht is op de voorkant van de Maan (de kant die naar ons toe is gericht).

Volle maan: Wanneer de Aarde zich tussen de Zon en de Maan bevindt, is het volle maan. Als je op de voorkant van de Maan zou staan, zouden we je vanaf de Aarde kunnen zien omdat je dan in de middagzon staat; op de Maan is het dan overdag.

We kunnen de achterkant van de Maan niet zien, maar er zijn wel astronauten geweest. Een van hen zei dat het net de zandbak van zijn kinderen was.

zette. 'Dit is waanzinnig!' Even vergat hij helemaal dat hij net aan het vreselijkste gevaar op Enceladus was ontsnapt en dat hij hier alleen maar was omdat een computer – die opeens heel raar deed – geweigerd had om hem terug naar Aarde te brengen. Heel even werd hij overweldigd door het fantastische besef dat hij op de Maan stond! Hij spreidde zijn armen uit en voelde hoe prachtig het was om door de ruimte te reizen en ontdekkingen te doen.

Alhoewel Annie altijd iedereen had lastiggevallen met haar verhalen over de Maan, was ze nu niet zo verrukt als haar vriend George. Ze verloor de praktische zaken niet uit het oog. 'Waar zijn we nu?' vroeg ze aan Kosmos.

'Jullie zijn op de maanpool, waar zich een heel stel kraters bevindt die waterijs bevatten,' zei Kosmos, nog steeds met die nare, zogenaamd vriendelijke stem.

'Dank je, Kosmos,' zei Annie zacht. 'Hoewel ik altijd op de Maan heb willen staan, weet ik nu al dat dit niet mijn allerleukste ruimteavontuur gaat worden. Volgens mij heb ik nu genoeg gezien om mijn werkstuk af te kunnen maken.' Ze schoof met haar ruimtelaars wat gruis opzij, en zand en ijsachtige splinters dwarrelden op. 'Ik weet nu zeker dat er water in de ruimte is en ik heb genoeg om over te schrijven. Dat betekent dus dat je ons nu wel naar huis kunt brengen! Alsjeblieft...' voegde ze er nog aan toe, want ze wist dat Kosmos – in elk geval in zijn vorige hoedanigheid – dit soort beleefdheden wel waardeerde.

'Over tien minuten,' zei de computer, nu met een ijle, automatische stem. 'Negen minuten en negenenvijftig seconden, negen minuten en achtenvijftig seconden...'

'Wat moeten we in die tien minuten doen?' vroeg George zich hardop af. Tien minuten, dat leek niet veel, maar als je vastzat in de ruimte en niet terug naar huis kon, leken een paar seconden al een eeuwigheid.

'Overtuig hem dat hij ons eerder naar huis moet brengen!' zei Annie in paniek. 'Nee, wacht! Achter je!'

George draaide zich razendsnel om, en zijn mond viel open. Waar net nog alleen een verlaten stoffig maanlandschap was geweest, zag hij nu de contouren van iets wat op een kleine auto leek. Die reed over het omhooggekomen gesteente in het vage schijnsel dat de randen van de maanbergen verlichtte, tegen de donkere achtergrond van de hemel.

'Het is een maanwagen!' riep Annie uit. 'Hij moet hier na een maanmissie achtergelaten zijn. Maar hoe kan het dat hij beweegt? En wie bestuurt hem?' Ze klonk nu bijna hysterisch.

George stond als aan de grond genageld, met zijn mond in zijn ruimtehelm wijd open. 'Het is oké,' probeerde hij haar gerust te stellen. 'Ze zijn nog heel ver weg. Als Kosmos de doorgang maakt, zijn we weg voordat ze hier zijn. Ze doen er vast eindeloos lang over om al die kraters te ontwijken.'

Maar hij had geen rekening gehouden met wat hij nu zag gebeuren. De deuren van het maanwagentje gingen open en er sprongen twee lange, glimmende robots uit, die onmiddellijk met grote, doelgerichte stappen in de richting van de twee vrienden begonnen te lopen.

Thuis leek Kosmos zich helemaal nergens druk om te maken. 'Acht minuten en dertig seconden,' dreunde hij op. 'Acht minuten en negenentwintig seconden.'

'Schiet nou op, Kosmos!' schreeuwde Annie.

De robots kwamen snel dichterbij; ze waren zilverkleurig en hadden lange armen en benen, die aan een korte maar stevige romp zaten. Hun hoofden waren vierkant en zelfs vanuit de verte zagen ze er gevaarlijk uit. Bij elke pas zwaaiden hun armen tegelijk met hun sterke benen naar voren. Het waren geen robots die je graag tegenkwam als je op de Maan liep. Ze liepen vastberaden verder, terwijl het maangruis ondertussen onder hun zware voeten verbrijzelde.

Maar Kosmos antwoordde heel rustig: 'Acht minuten en achtentwintig seconden.... Acht minuten en zevenentwintig seconden...'

'Hij negeert ons!' riep Annie gefrustreerd. 'Volgens mij wíl hij dat die robots ons te pakken krijgen!'

'Ik weet niet wat het precies zijn,' zei George, 'maar ik vertrouw het niet. Annie, kun je een andere manier bedenken om hier weg te komen?'

'Nee, of... Wacht: ik heb een idee! Ebot!' Met de speciale bril probeerde Annie contact te maken met de androïde. 'Verdorie!' Binnen in haar helm bewoog ze haar ogen alle kanten op en wiebelde met haar wenkbrauwen in de hoop dat ze de oogbesturingstechnologie kon activeren waarop Ebot zou moeten reageren. Het lukte haar om zijn blikveld te zien, maar het leek erop dat hij weer sliep.

'Waarom werkt het nu niet?' riep ze boos. 'Eerst ging het heel makkelijk!'

'Acht minuten en twee seconden,' zei Kosmos, weinig behulpzaam.

George zag dat de robots snel dichterbij kwamen en hij begreep dat Kosmos nooit op tijd de opening voor hen zou maken. Als hij dat al zou doen. Ze konden geen kant op en dus, zo redeneerde hij, zat er maar één ding op: hij moest blijven staan en het gevecht aangaan. Hij maakte zich zo groot mogelijk en bereidde zich voor op een confrontatie met de robots.

Nu hij dat besluit eenmaal had genomen, voelde hij zich verbazingwekkend rustig worden. Als dit het moment was waarop hij moest laten zien hoe moedig hij was, dan zou hij dat doen. Hij zou hier blijven staan tot ze er waren en het tegen hen opnemen in een jongen-tot-robotgevecht. Hij was er klaar voor.

Achter hem probeerde Annie nog steeds contact met Ebot te maken en ondertussen zag hij voor hem dat een van de robots uitgleed toen hij over een groot gat in de grond probeerde te springen; de robot viel in de diepe krater. Maar de andere liep met uitgestrekte armen verder. Het was nog wel een heel eind, maar elke stap bracht hem dichterbij.

Het volgende moment lukte het Annie alsnog om met haar wenkbrauwen Ebot te activeren: ze spoorde hem aan om in beweging te komen. Met het commandomenu in de bril, dat Erik had laten maken zodat hij een lange lijst met handige opdrachten had, lukte het haar om Ebot in Eriks werkkamer op te laten staan en naar Kosmos te laten lopen. Maar toen hij daar eenmaal stond, merkte Annie dat ze verder geen opties had. Ze kon hem er niet toe zetten om nog iets anders te doen. Ze had een aardse androïde die voor een koppige, weigerende computer stond, maar ze had geen mogelijkheid om de twee technologische apparaten met elkaar te verbinden.

'Ik weet niet wat ik moet doen!' zei ze wanhopig tegen George. 'Ik weet niet hoe ik Ebots handen kan laten bewegen!'

'Maar ik wel!' George had de haptische handschoenen onder de ruimtehandschoenen aan. Hij zwaaide met één hand voor zijn gezicht en Annie zag door Ebots ogen dat de androïde de beweging nadeed. 'Weet je hoe je Kosmos moet overhalen om iets anders te doen?' vroeg hij aan Annie, terwijl hij ondertussen de robot in de gaten hield, die steeds dichterbij kwam.

'Niet echt,' gaf ze toe. 'Maar als je een paar willekeurige toetsen indrukt, is dat misschien al genoeg om hem uit zijn automatische stand te halen waar hij nu kennelijk in blijft hangen.'

'Ik zal het proberen,' zei George. Hij bewoog zijn vingers alsof hij iets op een toetsenbord typte. 'Het zou makkelijker gaan als ik kon zien wat ik deed.'

'Ik kan mijn helm niet afdoen om je de bril te geven,' zei Annie. 'Als ik dat zou doen, zou mijn hoofd exploderen!'

Maar Annie kon wel zien wat zich in haar vaders werkkamer afspeelde, en ze kon zien dat de pogingen van George en Ebot om een paar toetsen in te drukken niets uithaalden. Ebots vingers streken over de toetsen zonder dat het effect had.

'Probeer het nog eens een keer,' zei Annie. 'En nu langzamer!

Doe alsof je de toetsen een voor een indrukt en alsof je ze ingedrukt houdt.'

George hield zijn handen voor zijn borst in de lucht en bewoog elke vinger en zijn duim heel nadrukkelijk naar beneden.

Terwijl hij dat deed, drukte Ebot 360.000 kilometer verderop, op Aarde, een aantal toetsen van Kosmos in.

In de verte kwam de robot gestaag dichterbij, gebruikmakend van de zwaartekracht van de Maan om op de grond te blijven.

En verbazingwekkend genoeg zag het ernaar uit dat George' en Ebots willekeurige bewegingen op het toetsenbord effect hadden. 'Tijdslot opgeheven,' meldde Kosmos, nog steeds op een mechanische, blikkerige toon, maar in elk geval zei hij nu iets wat ze graag wilden horen. 'Commando voor de portal is hersteld.'

'Joehoe!' zei Annie toen ze de vertrouwde lijnen zag die de deuropening vormden. 'Het is de doorgang. Het is ons gelukt, George! We komen op tijd weg!'

Ze keken achter zich naar de dichterbij komende robot. Er was net genoeg tijd: de doorgang begon zijn definitieve vorm aan te nemen en zou hen erdoor laten voordat de robot bij hen zou zijn.

Van blijdschap sloeg Annie haar armen om George heen, maar op het moment dat ze dat deed, zag ze iets en van schrik schreeuwde ze het uit. 'O! Er schijnt een rood lichtje op de achterkant van je pak. De robot heeft je gespot!'

Opeens versnelde de robot zijn tempo.

'Hij volgt je automatisch!' schreeuwde ze uit. 'Als hij wil schieten, kan hij je niet missen!'

De robot kwam dichter- en dichterbij en ze zagen nu dat hij aan het eind van zijn armen geen handen had, maar twee grote grijpers en een daarvan wees naar George, alsof de robot ermee kon schieten. Ook zagen ze uitdrukkingen van woede en vastberadenheid op zijn robotgezicht. Bij elke stap, als zijn zware robotvoeten het oppervlak van de Maan raakte, zagen ze de grond trillen. Ondertussen nam de doorgang een steeds vastere vorm aan.

Net op het moment dat de robot zijn armen naar George uitstak, zwaaide de deur open en zagen de twee vrienden in de opening Eriks werkkamer op Aarde.

'George!' schreeuwde Annie en voordat de robot hem kon beetgrijpen, gaf ze George een zet naar voren. Zelf tuimelde ze zo snel mogelijk achter hem aan. Ze maakte een koprol door de opening en zag de deur langzaam achter zich dichtgaan, terwijl de robot zich er nog tussen probeerde te dringen. Op de zijkant van zijn robotgezicht stonden drie letters: iam. En dat was niet het enige... Op het moment dat George door de doorgang ging, hoorde hij een onbekende robotstem via de voicetransmitter in zijn ruimtehelm:

'Q.e.d., professor Bellis, q.e.d.' En op dat moment sloot de doorgang naar de ruimte en stond de robot aan de andere kant van de deur.

8

De twee vrienden lagen op de vloer, hijgend van de schrik en opwinding na hun expeditie. Het kostte hun moeite om overeind te komen, niet alleen omdat ze buiten adem waren, maar ook omdat hun lichamen zich moesten aanpassen aan de zwaartekracht, die op Aarde zo veel sterker was dan op de Maan. Elke keer als ze na een ruimtereis terug op Aarde kwamen, schrokken ze hiervan omdat het zo'n vreemd gevoel was en toch vergaten ze het elke keer weer tot het opnieuw gebeurde.

'Nou,' zei Annie toen het hun na een tijdje was gelukt om overeind te komen, 'volgens mij hebben we alles over water in de ruimte gezien wat we wilden weten, denk je niet?' Ze probeerde zo normaal mogelijk te klinken, maar toen ze zich uit haar pak had geworsteld en haar helm afzette, zag George dat haar blauwe ogen heel groot waren.

Ze liep direct naar Kosmos, opende een nieuw bestand en begon te typen: wrate.

'Dat was super-eng!' zei George. 'Annie... net voordat de deur dichtging, hoorde ik een stem "q.e.d., professor Bellis" zeggen! Wat betekent dat?'

'Eh... dat betekent toch zoiets als "het is bewezen"? Volgens mij heb ik dat mijn vader weleens horen zeggen. Maar waarom zou een robot op de Maan dat tegen jou zeggen? Dat slaat nergens op. Het slaat allemaal nergens op.'

Maar plotseling dachten ze alle twee hetzelfde: hun blikken gingen naar Kosmos, die onschuldig op Eriks bureau stond, alsof er niks in dit universum veranderd was en ze nog altijd dikke vrienden waren.

George werd achterdochtig. Luisterde de computer misschien naar wat zij tegen elkaar zeiden? Was het wel veilig om in zijn buurt te praten? Ze werden alle twee heel stil. Ze konden maar moeilijk geloven dat Kosmos had geprobeerd om... George wilde er niet eens aan denken wat Kosmos hun had willen aandoen. Dat kon toch niet? Maar als hij alles op een rijtje zette, kon hij er niet omheen: Kosmos had hen niet alleen boven op een uitbarstende ijsvulkaan gezet, hij had hen ook nog naar een plek op de Maan gebracht waar twee agressieve robots de dienst uitmaakten, die duidelijk niet gesteld waren op bezoek.

'Wat nu?' vroeg hij voorzichtig.

Kosmos zorgde voor het antwoord. 'Wil je je bevindingen over water in de ruimte niet opschrijven?' zei hij tegen Annie. 'Je onderzoeksresultaten kunnen snel gedateerd raken.' Hij had nog steeds zijn oude stem niet terug; hij klonk nu weer poeslief, maar dat was des te enger. Op het scherm veranderde hij Annies 'wrate' in 'water'.

'Ja, dat wil ik wel,' zei Annie nauwelijks hoorbaar. Ze keek alsof ze niet kon beslissen of ze wilde doorgaan met het werkstuk dat ze zo leuk vond of de kamer uit wilde rennen en heel hard wilde schreeuwen.

George was verbijsterd dat ze het over een schoolproject hadden, nog maar net nadat ze bijna waren gepocheerd in het vulkanische water op een maan van Saturnus. Het kostte hem moeite om zich weer aan te passen aan het leven op Aarde, terug in Eriks werkkamer, met Kosmos kletsend alsof het allemaal heel gewoon was.

'Akkoord,' bevestigde Kosmos. Ebot zat weer onbeweeglijk in de hoek, als een achtergelaten grote pop.

'We kunnen maar beter doen wat Kosmos zegt,' fluisterde Annie. 'Misschien komen we er dan achter wat er met hem aan de hand is.'

Ze begon te vertellen en ondertussen gaf Kosmos haar woorden weer op zijn scherm. 'Water,' zei ze, 'is een molecuul dat bestaat uit twee waterstofatomen en één zuurstofatoom. Het wordt gevormd wanneer...' Ze maakte haar zin niet af. 'Hoe ontstaat water eigenlijk?' vroeg ze.

'Het wordt toch door sterren gemaakt?' zei George. 'Klopt dat, Kosmos?'

Als hij een gesprek met Kosmos begon, konden ze misschien ontdekken wat er was gebeurd met de Kosmos die ze kenden en vertrouwden. Het leek wel een scène uit een horrorfilm waarin kinderen een gevaarlijke gek probeerden te kalmeren zodat ze tijd hadden om een reddingsplan te bedenken.

'Ja,' antwoordde Kosmos, die iets vriendelijker klonk nu ze hem naar zijn eigen specialisme vroegen: het heelal en alles wat zich daarin bevond. 'Het grootste deel van het water in het universum ontstaat tijdens de vorming van sterren, wanneer hoge druk en temperaturen in de omringende wolk waterstof- en zuurstofatomen met veel kracht tegen elkaar aan drukken. Eenenzeventig procent van het aardoppervlak bestaat uit water; er is zo veel water dat we nooit zelf water hoeven te maken, maar niemand weet precies hoe het hier gekomen is.'

Plotseling had George een idee. Hij wist niet zeker of het werkte, maar het was de moeite waard om het te proberen. Als het Annie lukte om Kosmos bezig te houden, dan kon hij misschien ondertussen het systeem van de computer nalopen en kijken wat ermee was gebeurd en of hij iets kon herstellen. George was niet zo'n goede IT'er als hun vriend Emmett, die een zomer bij hen had doorgebracht, maar George had veel van Emmett en van de IT-lessen geleerd. Hij moest een poging wagen. Hij keek rond en vond een stukje papier en een pen. Hij schreef een bericht en liet het aan Annie zien:

Hou hem aan de praat! En geef me je telefoon.

'Eh... Kosmos...' zei Annie, terwijl ze haar telefoon aan George gaf. 'Waarom is water eigenlijk zo belangrijk?'

'Ah! Water,' antwoordde Kosmos enthousiast, 'is een van de belangrijkste moleculen wat mensen betreft, want leven – zoals we dat nu kennen – zou zonder water niet mogelijk zijn. Ongeveer zestig procent van het lichaam bestaat uit water en mensen kunnen niet langer dan een paar dagen zonder. Dit komt door alle chemische processen die in het lichaam plaatsvinden; daar is water voor nodig. Planten hebben ook water nodig om te groeien.'

'Ja, dat is zo.' Annie was op haar alleraardigst. 'Dit maakt heel veel duidelijk, Kosmos, onze beste vriend.' Terwijl de computer aan het woord was geweest, had George zo onopvallend mogelijk een externe harde schijf aan de laptop gekoppeld en nu probeerde hij Annies telefoon met het draadloze netwerk van de familie Bellis te verbinden, zodat hij van buitenaf kon inloggen in Kosmos' systeem en kon kijken of er iets was wat op een probleem wees. Hij gebaarde naar Annie dat ze de computer aan de praat moest houden, in de hoop dat hij daardoor niet zou merken wat George aan het doen was.

'Kosmos, wat is nou het verband tussen water en leven?' vroeg Annie, terwijl ze aandachtig naar het scherm keek.

'Ik ben blij dat je dat vraagt,' antwoordde de computer. Gelukkig leek Kosmos zo op te gaan in zijn uitleg dat hij niet reageerde op wat George aan het doen was. 'Water is zo belangrijk voor het ontstaan van leven dat mensen die op zoek zijn naar tekenen van leven op andere planeten eerst kijken of er aanwijzingen zijn voor de aanwezigheid van water. Als er geen water is, is het bijna wel zeker dat er ook geen leven is. De chemie om de bouwstenen van leven te maken vindt plaats in water en er is water voor nodig; zonder water kunnen de moleculen van leven niet makkelijk ontstaan.'

'Dank je.' Annie keek even naar George en hoopte dat hij ondertussen iets had ontdekt. Maar net op het moment dat ze dat deed, was er een hoop herrie op de gang. Opeens drong het tot haar en George door dat het al avond was. Geen van hen wist hoeveel tijd ze eigenlijk in de ruimte hadden doorgebracht, maar tijdens hun verkenningstocht waren de uren op Aarde verstreken.

'Waarom zit de auto buiten volgepropt met dekens en flessen water?' hoorden ze Erik vragen.

'Ik heb je iets te vertellen,' antwoordde Susan. Haar stem klonk hoger dan anders, alsof ze haar eigen woorden bijna niet kon geloven. 'Je vindt het vast heel leuk, dat weet ik zeker... Mijn familie komt logeren.'

'Je... familie?' Zelfs door de muur heen kon je aan Eriks stem horen hoe verbaasd hij was. 'Wie dan allemaal?'

'Nou, eh... iedereen dus.' Susan begon hysterisch te lachen. 'Ze hebben gratis tickets kunnen krijgen via internet en nu zijn ze met z'n allen onderweg, helemaal vanuit Australië!'

'Dat meen je niet!' riep Erik geschrokken. 'Je hele familie? Waar heb ik dat aan te danken?'

Al pratend kwamen ze de werkkamer binnen, waar Annie en George braaf achter de computer zaten, met de tekst van Annies werkstuk op het scherm.

Erik, die ondanks alles altijd leraar en wetenschapper was,

keek automatisch naar het scherm en las hardop een paar regels:

'H_2O ontstaat bij de verbinding van een zuurstofatoom en twee waterstofatomen... Uitstekend,' mompelde hij goedkeurend. 'Heel goed van jullie. Ik ben blij om te zien dat jullie zo hard werken. Jullie gaan tenminste gewoon door. De rest van de wereld is stapelgek geworden en ik weet niet meer wat ik kan doen om het op te lossen.'

'O, ja, heel goed,' zei Annies moeder, die vol bewondering naar het werkstuk op het scherm keek. 'Gelukkig hoef ik me om jou en George geen zorgen te maken. Dat is een hele opluchting. Volgens mij zou ik doordraaien als ik nog meer aan mijn hoofd had! Het is zo'n chaos daar buiten. Het was vreselijk om boodschappen te doen. Ik kan me niet voorstellen dat er nóg iemand negen familieleden uit Australië te logeren krijgt, maar het leek er wel op. Iedereen gooide zijn karretje vol. Iemand zei dat ik aan het hamsteren was!'

Annie en George keken elkaar even aan en zuchtten. Kennelijk hoefden ze van de volwassenen geen hulp te verwachten.

'Pap...' zei Annie. Erik was druk bezig en rommelde in een paar bureauladen. 'Wat is er aan de hand?'

'Annie, we weten het niet. Echt niet,' zei hij. 'Over de hele wereld doen zich computerstoringen voor en niemand weet wat de oorzaak is. Het enige wat we kunnen bedenken is dat alle veiligheidsprotocollen van internet lek zijn, dat er berichten zijn onderschept en dat er gevaarlijke opdrachten worden gegeven – met nogal bijzondere gevolgen.'

'Wat dan?' vroeg Annie. 'De gratis tickets?'

'Ja, maar in de woestijn is ook een dam opengegaan,' zei Erik. 'Het computersysteem heeft de sluizen opengezet en dus is al het water weggestroomd. Drones – van die computergestuurde vliegtuigjes die het leger gebruikt – weigeren op te stijgen. Een aantal netwerken is uitgevallen – de computernetwerken waarmee mensen online met elkaar kunnen chatten. Dat is misschien nog wel het minst erg, vergeleken met al het andere wat er gebeurt. Maar met voedseltransporten loopt het mis en we zijn bang dat de energievoorziening straks ook aan de beurt is.'

'Denk je dat er iemand is die al die computers overal ter wereld hackt?' vroeg George.

'We weten het niet!' Erik liet een gespannen lachje horen – zo'n lachje dat volwassenen gebruiken als ze iets eigenlijk helemaal niet leuk vinden. 'Het is bijna niet voor te stellen, maar het lijkt erop dat elk systeem, overal ter wereld, is gehackt. De enige manier om veilig met elkaar te communiceren is nu een persoonlijke gesprek.'

'Zijn mobiele telefoons ook niet veilig?' vroeg Annie.

'Zeker niet,' zei Erik. 'Het ziet ernaar uit dat elk systeem in de wereld kwetsbaar is.' Hij koppelde de externe harde schijf los die George had gebruikt om het systeem van Kosmos te controleren. 'Deze neem ik mee, voor het geval ik iets van Kosmos nodig heb terwijl ik weg ben.'

'Wie zou zoiets nou doen?' vroeg George zich hardop af.

'We hebben geen idee,' zei Erik ernstig. 'Het kan een individu zijn, het kan een schurkenstaat zijn, het kan een groepering zijn. Sommige mensen geloven zelfs dat het door het weer in het heelal komt, omdat het allemaal van die willekeurige doelwitten zijn. Een of twee mensen beweren dat dit een buitenaardse interventie moet zijn, want het lukt ons niet om een signaal te traceren naar een locatie ergens op Aarde.'

'En wat denk jij?' vroeg George.

'Ik? Ik ben bang dat mijn hypothese niet erg geliefd is.' Erik grijnsde. 'Ik denk dat het iemand is gelukt om een kwantumcomputer te ontwikkelen en dat diegene die nu gebruikt om elk systeem op Aarde te kraken. Maar wie dat is en hoe het diegene gelukt is terwijl wij het nog niet kunnen, kan ik je niet vertellen, omdat ik het simpelweg niet weet. Maar het bevalt me niet... Het bevalt me helemaal niet. En nu moet ik gaan.'

'Waarnaartoe dan?' riep Annie.

Erik zuchtte, gaf haar een aai over haar bol en kuste haar voorhoofd. 'Zelfs dat kan ik je niet vertellen. Buiten staat er een auto op me te wachten. Maar ik weet zeker dat jullie hier veilig zijn. We hebben het vast over een paar uur opgelost.'

KWANTUMCOMPUTERS

Computers zijn niet meer weg te denken uit ons dagelijks leven. We hebben computers in ons huis en in onze auto. Bijna iedereen heeft tegenwoordig altijd een soort computer bij zich, in de vorm van een tablet of smartphone. Deze technologische revolutie werd mogelijk doordat we de wereld om ons heen steeds beter zijn gaan begrijpen. De basis voor dat inzicht wordt gevormd door wiskunde.

Een uitdaging voor wiskundigen

In 1900 stelde de Duitse wiskundige David Hilbert een lijst van 23 wiskundige problemen op die moesten worden opgelost. De Britse wiskundige Alan Turing werkte aan een van die problemen: is het mogelijk om altijd binnen een eindige tijdsperiode vast te stellen of een wiskundige stelling waar is? Als antwoord stelde hij voor dat je een denkbeeldige machine kon bouwen die een stelling op een mechanische manier kon afleiden. Zo'n machine werd al snel aangeduid als een 'turingmachine'. Daarmee was de basis gelegd voor de computer zoals we die nu kennen.

Klassieke computers of kwantumcomputers
Wetenschappers als Galileo, Newton, Maxwell en anderen hebben de wereld om ons heel nauwkeurig beschreven met hun theorieën over de klassieke mechanica. Maar toen wetenschappers eenmaal hun aandacht gingen richten op atomen en moleculen, bleken veel klassieke denkbeelden niet meer van toepassing te zijn. Ze bedachten een volkomen nieuwe verzameling theorieën en regels: de kwantummechanica. Deze regels zijn heel anders dan de regels voor klassieke mechanica. Een voorbeeld. Het superpositiebeginsel houdt in: wanneer A een oplossing is van een vergelijking uit de kwantummechanica en B ook een oplossing is, dan is A+B ook een oplossing. Wat betekent dat allemaal? Als we naar elektronen kijken, betekent het dat wanneer we één oplossing hebben met een elektron hier en een andere oplossing met een elektron daar, we een oplossing hebben waarbij één enkel elektron zowel hier als daar is. De natuurkundige Schrödinger voerde dit idee heel ver door. Hij toonde aan dat een kat op kwantumniveau tegelijkertijd zowel dood als levend kan zijn. Dat is in de gewone wereld maar moeilijk te begrijpen!

Wat betekent kwantummechanica voor computers?
1. Eerst vormen we een stukje informatie om tot een kwantumbit, oftewel een qubit. Die kan tegelijkertijd in de superpositie van de toestand 0 en 1 worden gecodeerd.
2. Als je twee qubits hebt, kunnen die dus in de superpositie van vier toestanden bestaan: 00, 01, 10 en 11. Stel dat je drie qubits hebt: 000, 001... 111: in totaal acht toestanden.
3. Je ziet dat het aantal toestanden exponentieel toeneemt met het aantal qubits. Door het klassieke *of* (0 of 1) te veranderen in *en* (0 en 1) uit de kwantumtheorie, kun je de rekenkracht van een computer dus exponentieel vergroten.

4. Als we de regels waarmee we rekenen veranderen, kunnen we nieuwe algoritmen ontwikkelen. Daardoor kunnen we ook echt andere typen problemen oplossen, hoewel kwantumcomputers niet bij álle problemen een voordeel zouden bieden.
5. Voor sommige problemen zijn kwantumcomputers fantastische machines. Een voorbeeld van een kwantumalgoritme is het ontbinden in priemfactoren van grote getallen die het product zijn van twee priemgetallen. Dat is een lastig probleem voor klassieke computers; de meeste systemen voor cyberbeveiliging zijn erop gebaseerd. Een kwantumcomputer zou problemen met factoren eenvoudig kunnen oplossen, zodat je codes zou kunnen kraken. Kwantumalgoritmes kunnen ook in andere complexe disciplines worden toegepast, zoals de materiaalleer (om nieuwe kwantummaterialen te maken en te begrijpen hoe ze zich gedragen), scheikunde (om het gedrag van grote atomen en moleculen te begrijpen, bijvoorbeeld om nieuwe medicijnen te ontwikkelen), gezondheidszorg (om nieuwe typen sensors te ontwikkelen) en nog veel meer andere toepassingen die we nu nog niet eens hebben bedacht. Deze beginselen hebben ons in staat gesteld een nieuwe taal te ontwikkelen om tegen kwantumdeeltjes zoals atomen en moleculen te praten en naar ze te luisteren.

De kwantummechanica biedt de sleutel tot begrip van de kleinste bouwstenen van onze wereld. De kwantuminformatica als wetenschap geeft ons geweldige mogelijkheden om de kracht van kwantummechanica te beheersen, wat de weg opent naar duizelingwekkende technologieën en toepassingen zoals kwantumcomputers, kwantumcryptografie, kwantumsensors en nog veel meer uitvindingen die we nu nog niet eens kunnen bedenken.

Raymond

‘Maar wat moeten wij dan in die tussentijd doen?’ vroeg Annie.

‘Eh... je werkstuk afmaken!’ antwoordde Erik. ‘En als ik thuiskom en je hebt het af, dan wil ik het heel graag lezen.’ Hij was even stil en typte een paar commando’s in op Kosmos’ toetsenbord. ‘Ik heb je toestemming gegeven om Kosmos voor je werkstuk te gebruiken, maar voor je eigen veiligheid blokkeer ik de andere functies. Je kunt hem alleen gebruiken voor zaken die met je huiswerk te maken hebben. Als we hier met een hacker van doen hebben, denk ik niet dat hij geïnteresseerd zal zijn in jouw project.’

De moed zonk George in de schoenen.

‘Wacht!’ zei Annie. ‘Dus je neemt Kosmos niet mee? En Ebot ook niet?’

‘Nee, ik denk het niet,’ zei Erik. ‘Ik reis liever zonder mijn digitale voetafdruk achter te laten.’

Na die woorden holde hij de kamer uit, alweer op weg om te proberen als eerste een groot mysterie op te lossen. Toen hij door de gang stormde, botste hij bijna tegen zijn vrouw op; tevergeefs probeerde hij haar te omhelzen – ze had haar armen vol dekens, dus pasten zijn armen niet om haar heen. In plaats daarvan wist hij haar nog net een kus op haar neus te geven en toen verdween hij door de voordeur.

‘Annie!’ riep Susan. ‘Kun je me helpen? Er moeten heel veel bedden opgemaakt worden.’

‘Ze kunnen toch ook in de tuin kamperen?’ zei Annie. ‘Het is niet koud en als we skypen hebben ze het altijd over hun tochten in de *Outback.*’

‘Wat een geweldig idee!’ zei haar moeder. ‘Kun jij de tenten zoeken en die vast gaan opzetten voor het echt donker is?’

‘Ja! Laat dat maar aan mij over,’ antwoordde Annie.

‘We hebben je vader niet kunnen vragen wat ‘iam’ betekent,’ fluisterde George. ‘En ook niet waar q.e.d. voor staat. En we hebben niets verteld over de robots. En over Kosmos. We hebben hem helemaal niks kunnen vragen!’

‘Ik weet het.’ Annie klonk geïrriteerd. ‘Maar wat konden we doen? Hij kwam binnen en was zo weer weg – en we konden ook niet tegen hem praten waar Kosmos bij was.’

‘Bovendien,’ zei George, ‘heeft hij de harde schijf meegenomen waarmee ik Kosmos aan het controleren was. We hadden kunnen kijken of hij ook gehackt was en of hij daardoor zo raar deed. Maar nu kunnen we daar niet achter komen.’

‘Je kunt maar beter naar huis gaan,’ zei Annie. ‘Tenzij je zin hebt om mee te helpen op onze nieuwe camping. We kunnen elkaar later weer zien en dan kijk ik of ik ondertussen nog ergens achter kan komen.’

Toen George thuiskwam, stonden zijn vader en moeder verbaasd naar de tafel te staren. Op het blad lag een brood dat Daisy zelf gebakken had en zij en George’ vader bekeken het met een serieuze blik. George wachtte op een soort verklaring, maar het enige wat ze deden was kijken naar die bruine, ietwat aangebrande vierkante homp brood.

‘Eh... mam... pap...?’ zei

George. Er kwam geen antwoord en aangezien het ook in de rest van het huis heel stil was, nam George aan dat de tweeling al in bed lag. 'Sorry dat ik het vraag, maar waarom staan jullie naar een brood te kijken?'

'We vragen ons af waarom iemand ons vandaag duizend euro wilde betalen voor dit brood,' zei Terence.

'Wát? En jullie hebben het niet verkocht?' riep George. 'Maar dat was de kans van jullie leven!'

'Dat weet ik nog niet zo zeker,' zei zijn moeder vriendelijk. 'We hadden vandaag dienst bij de coöperatie en de mensen kwamen met kruiwagens vol geld om ons eten in te kopen.'

'Maar de coöperatie neemt geen geld aan,' zei George. Het was een onderneming waar zijn ouders bij betrokken waren: mensen konden spullen en diensten ruilen zonder dat er geld mee gemoeid was.

'Precies! Dat zeiden wij ook,' antwoordde Terence. 'Maar kennelijk is er nergens meer eten te krijgen.'

'Dus nu hebben mensen heel veel geld uit die bankautomaten, maar kunnen ze het nergens aan uitgeven. Dus hebben we besloten om ons brood te houden en het niet te verkopen, want het geld is kennelijk niets meer waard.'

'We kunnen nog steeds niet geloven dat iemand duizend euro wilde betalen voor een brood van je moeder,' zei Terence met een glimlach rond zijn lippen.

Op dat moment begonnen de lichten te knipperen en met een plof gingen opeens alle lampen in huis uit.

Even stonden ze met z'n drieën in het donker zonder iets te zeggen. 'De tweeling!' riep Daisy toen en ze liep op de tast naar de trap.

'Maak je geen zorgen,' zei Terence. 'Het is gewoon een

stroomstoring. Of er is iets mis met mijn windturbine.' George' ouders probeerden niet meer stroom te gebruiken dan ze met hun eigen turbine konden opwekken, maar ze waren ook nog steeds aangesloten op het gewone netwerk.

Al struikelend vond George de achterdeur en hij keek naar buiten. Het enige licht dat er was, was afkomstig van de sterren. Hij besefte dat het al laat moest zijn. 'Het is niet alleen bij ons, het is overal!' riep hij uit. Alle lichten in Foxbridge waren uitgevallen en George bedacht dat dit een perfecte avond was om een foto van Saturnus te nemen: er zou helemaal geen lichtvervuiling zijn. Hij had echter niet langer de tijd om hierover na te denken, want zijn vader had besloten om actie te ondernemen.

'George, ik ga het dak op,' kondigde hij aan, 'maar ik heb je hulp nodig. Ik wil onze windturbine controleren. Hij zou moeten bijdraaien, maar dat doet hij niet, dus er moet iets mis zijn. We zouden genoeg stroom moeten opwekken voor de lampen, zelfs als er een stroomstoring is.'

George had het niet verwacht, maar het was eng om alleen met het licht van zijn zaklamp door hun eigen huis te lopen. In het donker zagen zelfs de spullen die hij zo goed kende er griezelig uit. De kast waarin zijn vader zijn gereedschapskist bewaarde, ging open, maar de deuren leken op twee grote kaken die zijn vader wilde verslinden. De trap leek zo hoog als de trap in het kasteel van Dracula. De ladekast op de overloop was in een grafsteen veranderd en het tikken van de klok klonk als de slagen van het noodlot. George was blij dat zijn vader vooropliep en dat hij zich achter hem kon verstoppen als er iets engs op hen af sprong. Zelfs het zachte gesnurk van zijn zusjes klonk nu als het zware gehijg van zombies die lagen te wachten tot er iemand...

Boven liepen ze op hun tenen door de kamer van de tweeling, klommen het raam uit en klauterden het dak op. George zag dat zijn vader gelijk had gehad: een van de wieken was losgeslagen.

Meestal deed de generator het best goed, en George en zijn vader waren terecht trots op wat ze hadden gemaakt: de turbine gebruikte de kracht van de wind om een magneet rond een gewikkelde koperdraad te laten draaien, waardoor er elektriciteit werd opgewekt. Het was alleen heel jammer dat hij het niet deed net op het moment dat ze hem nodig hadden.

George balanceerde op de brede daklijst boven het raam, met de gereedschapskist stevig in zijn handen, terwijl zijn vader verder klom naar het dak boven het zolderraam, waar de windturbine stond. Plotseling zag hij een lichtflits uit zijn boomhut komen. Hij tuurde door zijn wimpers en probeerde te zien wat het was. Waarom zou er daar licht zijn? Hij begreep er niks van. Hij keek opnieuw; het was alsof er een zaklamp aan- en uitging.

'Hamer,' instrueerde Terence, die tegen het schuine dak aan leunde.

George gaf hem gehoorzaam de hamer. Hij durfde niet tegen zijn vader te zeggen dat hij naar de boomhut moest kijken, want als hij zich zou omdraaien zou hij misschien van het dak vallen. Dus keek George zwijgend naar de lichtflitsen die kwamen en gingen. Na een tijdje drong het tot hem door dat er een vaste volgorde in zat: kort-kort-kort, lang-lang-lang, kort-kort-kort.

'Pap?' zei hij voorzichtig, maar op hetzelfde moment sloeg zijn vader zich met de hamer op zijn duim.

'Au!'

George hoorde geluiden aan de andere kant van het huis: een paar voetgangers liepen snel langs de weg. 'Ik las op een website dat iemand een weerwolf heeft gevangen,' zei een van de voorbijgangers tegen de ander. De onbekende stem was duidelijk hoorbaar in de stilte van de avond.

'Wat is er?' vroeg Terence met zijn duim in zijn mond.

'Wat betekent het als iemand drie keer snel, dan drie keer langzaam, en dan weer drie keer snel met een zaklamp seint?'

'Dat is een morsecode,' zei zijn vader met een mondvol zere duim. 'Het betekent SOS.'

Wie zou er nou vanuit de boomhut een SOS-signaal sturen?

'Pap,' zei hij, alsof er niks aan de hand was, 'weet je nog meer morsecodes?'

Zijn vader, die druk in de weer was met de losgeraakte wiek, leek het geen vreemde vraag te vinden. 'Ik zet mijn hoofdlamp aan,' zei hij en hij deed een lampje aan dat met een elastieken band op zijn voorhoofd zat. 'Jouw zaklamp schiet alle kanten op. Ja, ik weet nog wel meer morsecodes. Ik heb ze jaren geleden geleerd. Het was iets wat je opa belangrijk vond.'

'Weet je de code voor D-I-K-U?' vroeg George nieuwsgierig, terwijl zijn vader doorging met timmeren.

'Voor wát?'

'D-I-K-U. *Do I know you,* in computertaal.'

'Eh... Streep-punt-punt...' Zijn vader richtte zijn hamer op een onschuldige spijker en liet zijn slagen overeenkomen met de strepen en de punten van het morsealfabet. 'Punt-punt. *(Klop-klop.)* Streep-punt-streep. *(Lange klop – korte klop – lange klop – korte harde klop aan het eind.)* Punt-punt-streep.' Bij de laatste klop maakte hij een zwierig gebaar. 'Wat ben je aan het doen?' vroeg hij toen hij zag dat George de code omzette in lichtseinen met zijn zaklamp.

'Gewoon aan het oefenen,' zei George ernstig. 'Hoe ziet de generator eruit?'

'Bijna klaar.'

Het antwoord uit de boomhut kwam al snel. 'Punt-streep. Streep-punt-punt-punt,' herhaalde George hardop. 'Pap, wat betekent dat?'

'Eh… even denken, hoor.' Terence had twee spijkers tussen zijn lippen, maar praatte wel door. 'Dat betekent AB. Argh! Volgens mij heb ik een spijker doorgeslikt. Ik stik!'

George klom snel naar boven en sloeg zijn vader op zijn rug, en er vloog een spijkertje uit zijn mond.

AB. Annie Bellis. SOS. Uit de boomhut.

'Pap, ben je klaar?' George scheen snel met zijn zaklamp naar de windturbine, die weer begon te draaien.

'Heb je soms haast?' vroeg Terence verbaasd.

'Ik moet naar mijn boomhut om een foto van Saturnus te maken,' legde George uit. 'Voordat de lichten weer aangaan.'

En zo snel als hij kon klauterde hij via het raamkozijn weer naar binnen, sloop langs zijn slapende zusjes, rende de trap af, ging door de achterdeur naar buiten en klom langs de ladder omhoog naar zijn boomhut.

Hij wist zeker dat AB daar op hem wachtte, en zelfs in het donker zag hij dat Annie in paniek was. 'Wat deed jij nou op het dak?' vroeg ze.

'De windgenerator repareren,' antwoordde George. 'Met mijn vader. Hij sloeg op zijn duim en daarna slikte hij een spijker door – vandaar dat hij schreeuwde.'

'Wauw, rare familie zijn jullie.' Annie zat op George' zitzak en had haar armen om haar opgetrokken benen geslagen.

'Tsss, moet jíj zeggen!' zei George. 'Wie heeft er hier nou een nepvader-robot? En een hele groep familieleden die met gratis vliegtickets uit Australië komen?'

'Oké,' zei Annie. 'Jij wint. Wij zijn veel vreemder. En,' voegde ze eraan toe op het moment dat de lampen in George' huis weer aangingen en zijn huis als enige in het rijtje weer licht had, 'jullie winnen ook nog op een andere manier. Waarschijnlijk zijn jullie de enige mensen in Foxbridge met elektriciteit.'

'Het is toch maar een stroomstoring, of niet?' vroeg George.

'Ik heb geen idee! Van papa mag ik niet op internet, dus ik kan niet controleren wat er op andere plekken gebeurt. En mijn vader zei toch ook dat we onze mobiele telefoons niet moesten gebruiken? Maar volgens mij kan dat niet eens – mijn signaal valt steeds weg.'

'Stuurde je daarom die berichten in morsecode naar mijn huis?'

'Ja,' zei ze. 'Ik dacht: het is eigenlijk net zoiets als whatsappen, maar dan *old school!* Berichten versturen in Enigma-stijl! Ik wist niet of je de codes kon kraken, maar dat lukte je!'

George keek in het rond. Er brandde niet één straatlamp en op zijn eigen huis na waren alle huizen, kantoren en restaurants onverlicht. Het hele stadje was in duisternis gehuld.

'Het is echt waar, hè?' zei hij. 'Wij zijn echt het enige huis met elektriciteit.' In andere huizen zag je hier en daar wel wat licht, maar dat was heel vaag en flakkerde: het vage schijnsel van kaarsen in plaats van het felle licht van lampen. 'Wat is er aan de hand, Annie?' Hij keek haar in het donker aan. 'Wat gebeurt er allemaal?'

'Ik weet het niet...' zei ze met een ernstige blik. 'Maar ik maak me zorgen. Net als met die robot op de Maan... Wat was dat nou? En van wie was hij?'

'Dat klopte van geen kanten,' zei George. 'Hij was niet vriendelijk, dat was duidelijk. En wat helemaal vreemd was, was dat

Saturnus en zijn manen

NASA/JPL/Space Science Institute

Saturnus

NASA/Science Photo Library

Enceladus

Enceladus

NASA/JPL-Caltech/Space Science Institute

Enceladus, gezien door de Hubble-telescoop

Mark Garlick / Science Photo Library

De ijsfonteinen van Enceladus

Het oppervlak van Enceladus

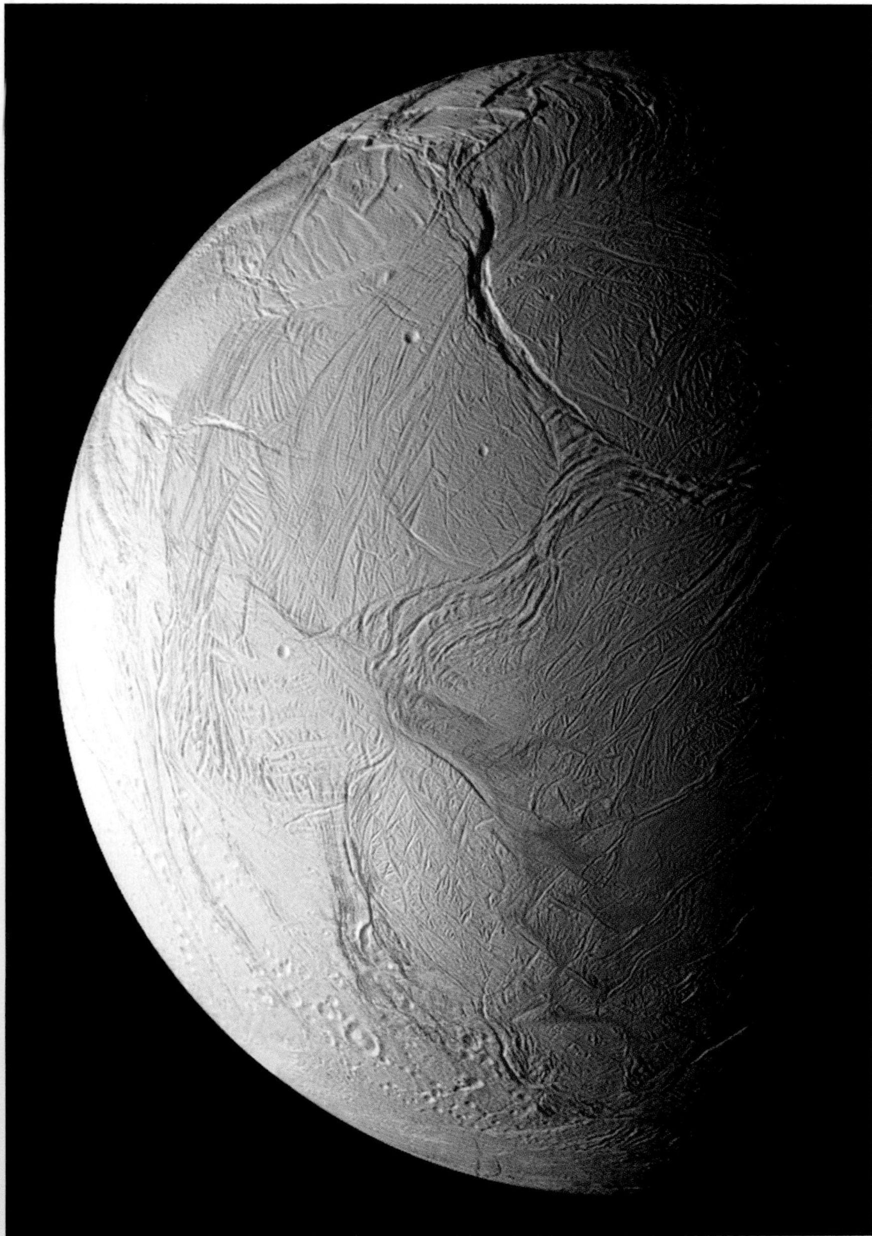

NASA/JPL-Caltech/Space Science Institute

De donkere kant van de maan

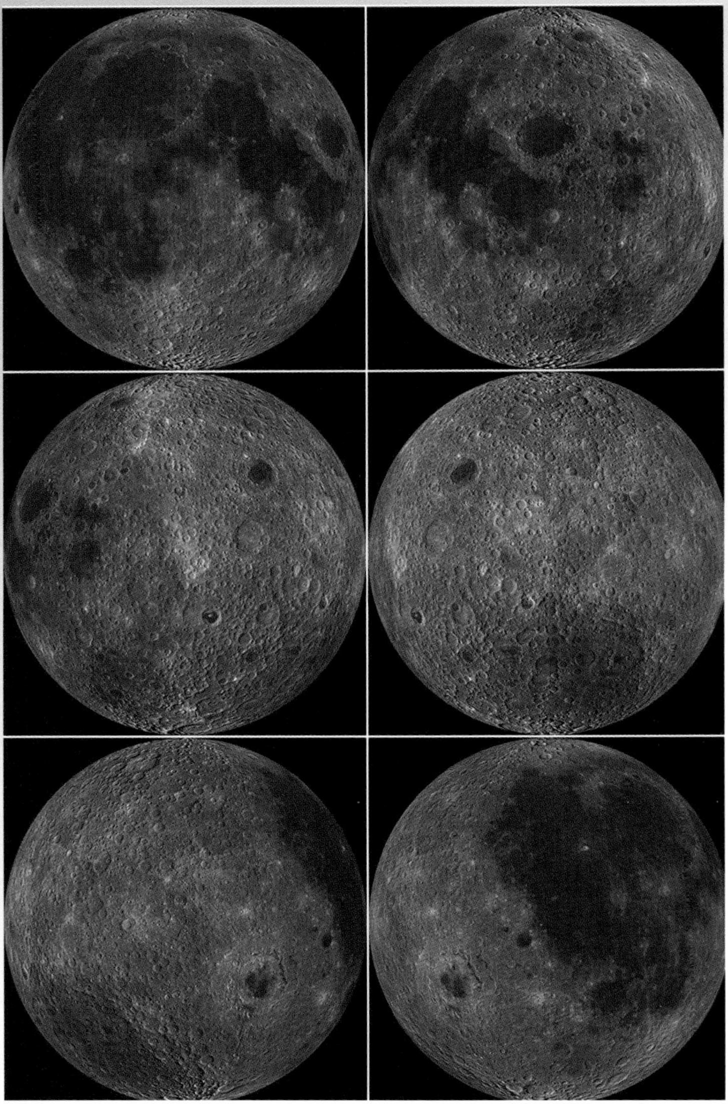

NASA/Goddard/Arizona State University

Twee kanten van de Maan?

Jupiter

Jupiter en Ganymedes

De grote rode vlek

Kometen

NASA, ESA, en het Hubble Heritage Team (STScI/AURA)

Komeet ISON

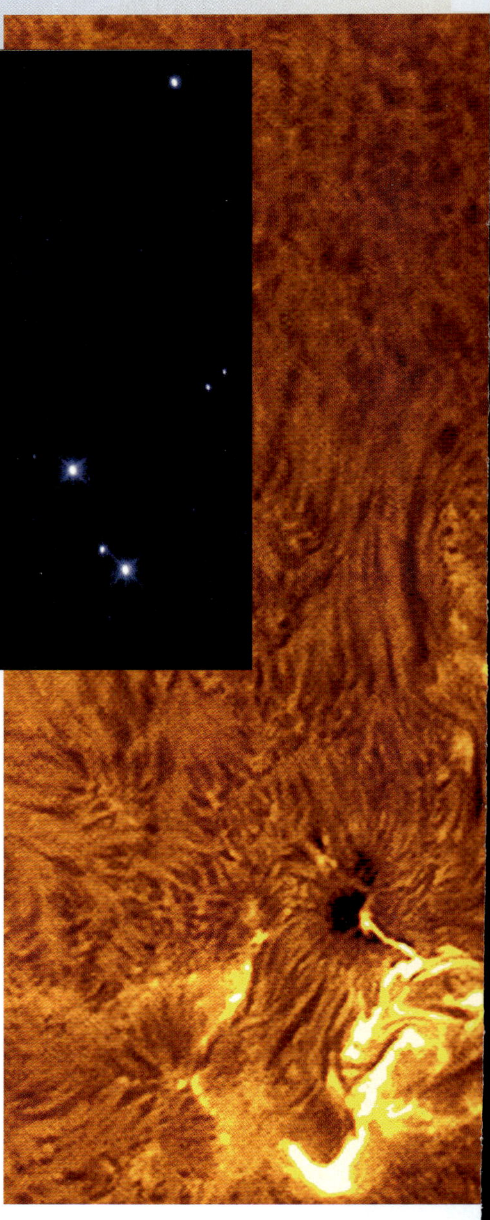

NASA

Zonnevlek

NASA

Het noorderlicht
boven de Aarde

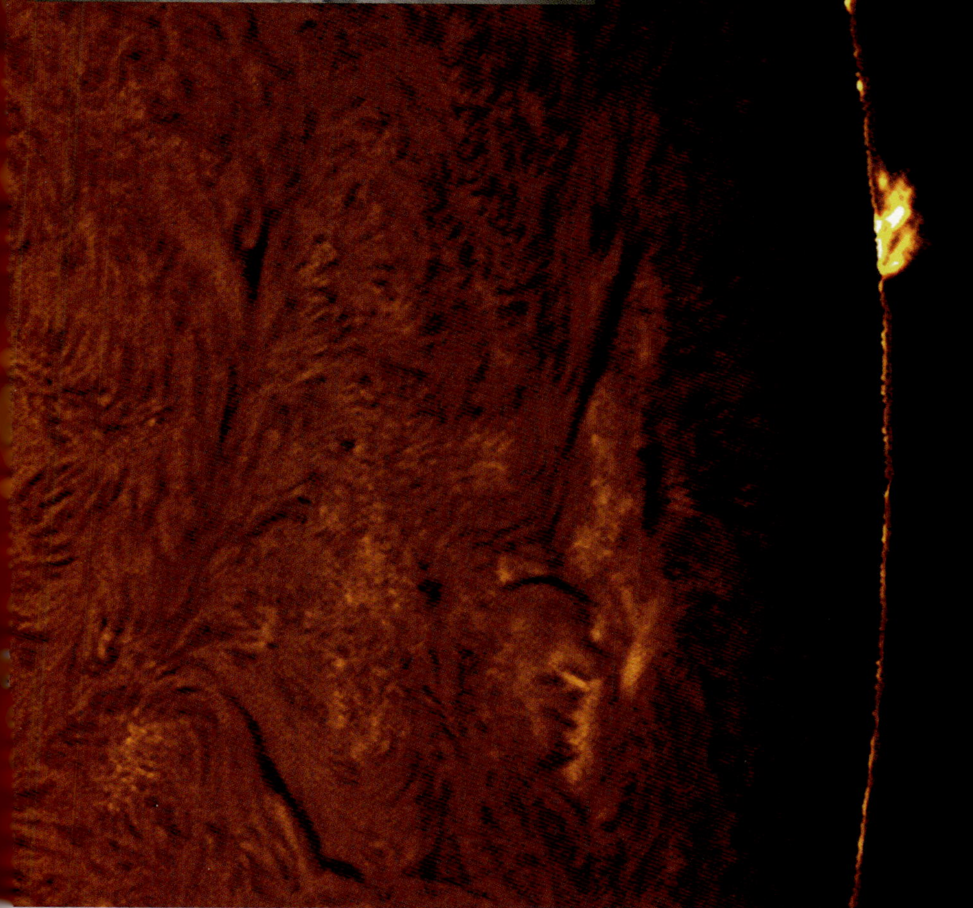

© Greg Piepol (Sungazer.net)

Ruimtestations

NASA

Chris Hadfield zingt het nummer *Space Oddity* in het ISS.

NASA

De bemanning van Expeditie 35

hij kennelijk alleen achter mij aan zat. Waarom zou een robot míj iets willen aandoen? Ik ben maar een kind! En wie – of wat – is "iam", en wat doet die "iam" in de ruimte?'

'Kosmos zei nog iets nadat jij was weggegaan,' zei Annie. 'Dat wilde ik je vertellen... Het verslag van onze ruimtemissie verscheen op zijn scherm. Gelukkig was mijn vader al weg. Hoe dan ook, er stond in dat ik in de ruimte was geweest. Maar jouw naam werd helemaal niet genoemd. In plaats daarvan stond er dat Erik Bellis het heelal in was gegaan.'

'Omdat ik het pak van je vader aanhad, leek het erop dat hij in de ruimte was,' zei George. 'Dat zei ik toch gelijk al?'

'Inderdaad. Maar luister: zelfs Kosmos leek dus niet door te hebben dat jij mijn vader niet was. Dus als iemand Kosmos' systeem in de gaten hield, heeft hij of zij gedacht dat Erik Bellis de ruimte in ging.'

George dacht hardop na. 'Dus toen die robot achter mij aan kwam, was hij eigenlijk op je vader uit. We moeten hem waarschuwen!'

'Ja, maar hoe?' vroeg Annie. 'Hoe kunnen we hem bereiken? Hij heeft gezegd dat we geen communicatieapparatuur mogen gebruiken.'

'Hij zei dat hij maar een paar uur weg zou blijven,' zei George twijfelend. 'Dus misschien kunnen we het hem direct vertellen als hij thuiskomt?'

'Als hij dan nog niet gevangen is genomen door een agressieve iam-robot,' mompelde Annie somber.

'Misschien kunnen die robots niet naar de Aarde komen,' zei George. 'Misschien mogen die alleen op de Maan rondlopen. Dat zou betekenen dat ze je vader niet te pakken kunnen krijgen, als hij nu tenminste niet de ruimte in gaat...'

Wat gebeurt er als het licht uitgaat?

Hoe zou het zijn als alle lichten plotseling uit zouden gaan? Kun je je voorstellen dat je in het donker leeft omdat er geen elektriciteit is? Stel dat je naar bed zou moeten zodra de Zon ondergaat? In sommige landen verder naar het noorden zou je in de winter dan al om vier uur 's middags in bed liggen. Astronomen zouden er misschien blij mee zijn, omdat er zonder elektriciteit ook geen lichtvervuiling zou zijn die hun het zicht op de sterren ontneemt. Maar ook zij zouden het dagelijks leven veel lastiger vinden.

Waarom zou de stroom uitvallen?

Er zijn allerlei redenen waarom we zonder stroom kunnen komen te zitten.

- Door terroristische aanslagen of oorlogen kunnen elektriciteitscentrales worden uitgeschakeld.
- Steeds meer mensen op Aarde hebben steeds meer energie nodig, waardoor de toevoer van elektriciteit in gevaar komt.
- In veel landen valt regelmatig de stroom uit door extreem weer.

De invloed van de Zon

Niet alleen het weer op Aarde kan ervoor zorgen dat thuis de stroom uitvalt. Volgens deskundigen kan het weer in de ruimte de komende jaren ook veel invloed hebben op onze stroomvoorziening. De Zon zorgt voor daglicht, dat spreekt voor zich. Maar de Zon kan het weer op Aarde ook in de war brengen. Tijdens een coronale massa-uitstoot, oftewel een CME, slingert de Zon een grote hoeveelheid materie en energie de ruimte in. Dat kan tot magnetische stormen en verhoogde stralingsniveaus leiden, wat storingen in elektriciteitsnetwerken en radiocommunicatie kan veroorzaken.

CME's komen vooral voor tijdens het zonnemaximum, de periode in de zonnecyclus van elf jaar waarin de Zon het meest actief is. Wetenschappers die de Zon bestuderen, hebben berekend dat de Zon tussen 2013 en 2015 ook weer een maximum heeft beleefd. Dat was gunstig als je het noorderlicht wilde zien, een spectaculaire nachtelijke show van gekleurd licht aan de noordelijke hemel. Dat verschijnsel ontstaat wanneer gassen hoog in de atmosfeer worden geraakt door elektronen en protonen uit de zonnewind. Maar de elektriciteitsvoorziening op Aarde kan tijdens zo'n zonnemaximum ontregeld raken.

Dus… hoe ziet het leven eruit als het licht uitgaat?

Licht

Al heel lang voordat de gloeilamp werd uitgevonden, liepen er mensen rond op Aarde. We konden ons dus eeuwenlang prima redden zonder elektrisch licht. We konden onze huizen verlichten met kaarsen of olielampen. Dankzij moderne technologieën hebben we nu lampen op batterijen en op zonne-energie die we kunnen gebruiken als de stroom uitvalt. Maar na zonsondergang zouden we wel veel minder licht hebben dan we gewend zijn. We zouden zuinig moeten zijn op onze reserves, vooral als we geen idee hebben hoelang de storing kan duren.

Warmte

Veel mensen zijn ook voor verwarming afhankelijk van elektriciteit. Zelfs verwarmingsketels op gas worden vaak met elektriciteit ingeschakeld, dus die laten je zonder stroom ook in de kou staan. Veel mensen koken op elektriciteit, dus ook dat valt niet mee zonder stroom. Zonder een koelkast of vriezer die het doet is het moeilijk om te voorkomen dat je eten bederft, ook als je niet in een koud klimaat leeft. Als je een houtkachel en genoeg hout hebt, kun je bij de kachel tegen elkaar aan kruipen om warm te blijven. Je kunt warme kleren aantrekken en eerder naar bed gaan.

Water

Zonder elektriciteit is de kans ook groot dat je zonder water komt te zitten! Zelfs als er nog water uit de kraan zou komen, zou dat algauw niet schoon genoeg meer zijn om te drinken. De zuiveringsinstallaties die voor schoon drinkwater zorgen, hebben namelijk ook stroom nodig om te kunnen werken. Je zou het water eerst moeten filteren en koken voordat je het kunt drinken. Je zou ook water moeten verwarmen om jezelf en je kleren te wassen. Dat zou je trouwens met de hand moeten doen, want de wasmachine werkt dan ook niet.

Ontspanning

Je kunt bij kaarslicht Scrabble spelen (het bordspel natuurlijk, niet de online versie), met een winterjas aan. 's Avonds zit je om een houtkachel of een kolenkachel een maaltijd uit blik te eten die je boven het vuur hebt opgewarmd. Je zou geen tv kunnen kijken of computergames kunnen spelen. Je mobieltje zou al snel leeg zijn, tenzij je een oplader op zonne-energie hebt. Misschien kun je met de vaste telefoonlijn nog wel bellen, want die werkt niet via het gewone elektriciteitsnet. Als je een opwindradio hebt, kun je daar nog wel naar luisteren voor het laatste nieuws.

Het leven zou er voor de meeste mensen op Aarde zonder elektriciteit heel anders uitzien. Hoe zou jouw leven eruitzien als het licht niet met één druk op de knop aan zou gaan?

'Maar dat weten we allemaal helemaal niet. Je verzint gewoon maar wat!' zei Annie boos. 'En wie heeft om te beginnen die robots op de Maan gezet?'

George hapte naar lucht en zuchtte toen diep. 'Wie zit hierachter?'

'En hoe moet papa te weten komen wie het is als we hem niet vertellen wat we weten?' zei Annie. 'Dat de Maan nu in handen is van super-enge robots die hem willen kidnappen. Ze moeten bestuurd worden door een of ander technisch genie – precies zo iemand die ook in staat is om alle computernetwerken op Aarde in de war te sturen. Denk jij niet dat dat een belangrijke aanwijzing is, voor papa?'

'Ja, inderdaad.' George vroeg zich af waarom hij het gevoel had dat hij ruzie met Annie had, terwijl hij het in feite met haar eens was.

'Dan moeten we daar dus achter zien te komen,' zei Annie stellig. 'We moeten uitzoeken van wie die robots zijn, voor het geval het dezelfde persoon is die alle computersystemen op Aarde hackt. We kunnen papa niet bereiken om te zeggen dat hij moet uitzoeken wie of wat "iam" is, dus moeten we dat zelf doen.'

Op dat moment hoorden ze een harde schreeuw vanaf George' huis komen. De Maan was ondertussen opgekomen en stond achter het dak, waarop Terence' contouren voor de heldere maanbol duidelijk zichtbaar waren. George vermoedde dat nu wel meer mensen zouden denken dat er weerwolven waren!

'Au-au!' jammerde Terence. 'Au-au-au!' En op dat moment hoorden ze ook gehuil uit het huis komen. Het waren George' zusjes, die door alle herrie wakker waren geworden.

Annie tuurde vanuit de boomhut naar het huis. 'Wat is hij nou aan het doen?'

'Volgens mij heeft hij weer op zijn duim geslagen,' zei George. 'Ik kan maar beter gaan.'

'Morgen, George...' zei Annie tegen hem. 'Morgen moeten we een plan maken. Ik weet niet hoeveel erger dit nog kan worden, maar ik wil het liever niet weten, jij wel?'

George schudde zijn hoofd. Annie had gelijk: ze konden niet afwachten in de hoop dat Erik de problemen zou oplossen. Erik had niet alle informatie; hij wist niets van de robots op de Maan of hun poging om George te grijpen. Hij wist ook niet dat ze het iam-insigne hadden – dezelfde letters die George toevallig op een geheimzinnig ruimteschip had gezien en waar hij een foto van had genomen. En als Erik niet wist dat er een enge robot achter hem aan zat, zou het maar al te makkelijk zijn om hem te pakken te krijgen. George kon dit niet laten gebeuren.

9

De volgende dag stond Annie al heel vroeg voor George' achterdeur. Ze had een laptoptas bij zich, met een schouderband die schuin over haar borst liep. Maar ze was niet alleen. Achter haar stond Erik, een beetje verdekt opgesteld. Hij had een goedmoedige glimlach op zijn gezicht. Hij had zo te zien een ruimtepak aan en hield een helm onder zijn ene robotarm.

'O! Kom binnen, Annie,' zei George' moeder, die de achterdeur opendeed. Ze klonk minder uitgelaten dan anders. 'Kom binnen, Erik! Erik...?' Ze keek verbaasd toe. 'Is dat echt je vader? Waarom heeft hij een ruimtepak aan?' fluisterde ze tegen Annie. 'En... waarom ziet hij er zo vreemd uit? Het lijkt wel of hij... van plastic is!'

Het was nog stil in George' huis: hij zat net met zijn moeder aan het ontbijt en de tweeling lag na de onrustige nacht nog te slapen.

'Hoi, Annie!' zei George, die nog in zijn pyjama zat. 'Hoi, Ebot!'

'Nee, het is een verpersoonlijkte robot, die mijn vader zo heeft aangepast dat hij op hemzelf lijkt,' legde Annie uit. 'En hij lijkt heel echt. Ik ben net een stukje met hem gaan lopen en er waren een paar mensen die "Hoi, Erik" zeiden! Nou hadden ze wel allemaal ontzettende haast, hoor. Iedereen rende. Mag de radio misschien aan, mevrouw G? Wij hebben thuis geen elektriciteit, dus we kunnen niet op internet kijken of wat dan ook. Niks doet het!'

'En je experimenten die in jullie koelkast staan,' vroeg George, 'mislukken die niet als ze warm worden?'

'Waarschijnlijk wel,' zei Annie sip. 'Sommige zijn al mislukt, maar eentje groeit er zelfs sneller dan hiervoor. Het is alleen niet erg lekker. De koelkast ziet er vanbinnen al behoorlijk smerig uit.'

Ebot keek, nog steeds vriendelijk glimlachend, de kamer rond, pakte een stoel en ging zitten.

George' vader kwam binnen en zo te zien was hij heel tevreden over zichzelf. Hij krabde in zijn baard. Zijn ene duim zat in een dik verband. 'Zo, jongedame,' zei hij. 'Ons huis is nu een van de weinige plekken met stroom. Ik weet dat je vader niet veel van onze zelfgemaakte windturbine verwachtte, maar wij hebben nu nog steeds elektriciteit.'

George was al bezig om de radio op te winden. 'En voor de radio hebben we niet eens stroom nodig,' zei hij trots, terwijl hij aan de hendel draaide en de knop indrukte.

'Wereldwijd zijn voedseltekorten ontstaan,' zei de stem van de nieuwslezer op de radio. 'Al het vliegverkeer is stilgelegd nadat vliegtuigmaatschappijen ongewild gratis vliegtickets hebben weggeven. Bovendien hebben de plotselinge beschikbaarheid van contant geld en het tekort aan voedingsmiddelen er in de supermarkten voor gezorgd dat de prijzen sterk zijn gestegen. Er zijn getuigen die hebben gezien dat mensen met kruiwagens

vol geld naar de winkels gaan in de hoop een zak aardappelen of een brood te kunnen kopen...'

Daisy en Terence keken elkaar veelbetekenend aan.

'... heeft geleid tot vechtpartijen tussen mensen die aan het hamsteren zijn geslagen. Hordes mensen probeerden alle nog aanwezige voedselwaren te bemachtigen voor het geval de situatie de komende dagen verslechtert.'

'Daisy,' zei George' vader ernstig, 'hoe moet het met onze spullen die bij de coöperatie liggen?'

'Inbraken bij voedselmagazijnen,' ging de nieuwslezer verder alsof hij Terence' vraag had gehoord, 'zijn aan de orde van de dag: supermarkten en winkels hebben te weinig voorraad om in deze moeilijke dagen aan de behoeften van mensen te voldoen. Maar vertegenwoordigers van de regering hebben de mensen gevraagd om niet in paniek te raken. De minister-president wijt alles aan de wereldwijde storing in computernetwerken en heeft het publiek opgeroepen om de kalmte te bewaren. Ze heeft in een verklaring gezegd dat ze met andere regeringen samenwerkt aan een oplossing en ze verwacht dat de problemen met de netwerken binnen vierentwintig uur zullen zijn opgelost. Desondanks zijn in sommige steden en dorpen vertegenwoordigers van lokale gemeenten bij elkaar gekomen om te overleggen hoe men voor voedsel en onderdak kan zorgen voor mensen in nood. Vrijwilligers hebben gezorgd voor opvangcentra in scholen, kerken en moskeeën, en mensen proberen elkaar te helpen om met deze crisis om te gaan. Een groep jonge mensen, die gescheiden waren van hun ouders en niet naar huis konden, heeft hun eigen toevluchtcentrum opgezet – onze verslaggever is ter plaatse, maar om veiligheidsredenen vermelden we niet waar het centrum zich bevindt.'

Op dat moment werd het nieuwsbulletin onderbroken. Ze hoorden een andere stem uit de radio komen, die helemaal niets met de uitzending te maken leek te hebben.

'Ik ben hier om jullie te redden...' zei de stem.

George' nekharen gingen overeind staan en de rillingen liepen over zijn rug.

'Ik ben het antwoord... Ik zal jullie geven wat jullie nodig hebben... Ik ben jullie redder... Ik ben...'

Zo plotseling als de stem het nieuws had onderbroken, zo plotseling hield hij weer op. Maar George en Annie hadden het bericht allebei gehoord en zaten met grote ogen te kijken. Wat betekende het? En waar kwam die stem vandaan?

'Onze excuses voor de onderbreking,' vervolgde de nieuwslezer, die een beetje onzeker klonk. *'We hebben geen idee waar die uitzending vandaan kwam of wie dat was. Wel hebben we zojuist een officieel bericht van de Verenigde Radio- en Televisieomroepen ontvangen met het verzoek alstublieft niet naar onze studio's te komen. Onze generator geeft niet veel stroom meer! We hebben de deuren van onze kantoren gesloten en zullen niemand meer op onze terreinen toelaten. Alstublieft, probeert u de toegangsdeuren niet te forceren – we zullen ze niet openen! We hebben geen –'*

En op dat moment hield de uitzending opeens op en werd de betovering verbroken die George en Annie aan hun stoel gekluisterd had gehouden. George pakte de radio en draaide weer aan de hendel, maar er gebeurde niets.

'Daisy,' zei Terence ernstig, 'we moeten naar de coöperatie en onze voedselvoorraad ophalen die we daar gisteren hebben afgeleverd. We moeten ons eigen eten naar huis brengen. We zullen het nodig hebben! Zo snel mogelijk, voordat mensen naar binnen gaan en alles meenemen!'

'En de kinderen dan?' zei Daisy. 'Kan ik niet beter bij hen blijven? En moeten we niet naar zo'n opvangcentrum gaan en het eten daarnaartoe brengen? Zouden we dat niet moeten doen?'

'Wij gaan samen het eten ophalen,' zei Terence stellig. 'Daarna gaan we op zoek naar een opvangcentrum en dan halen we de kinderen op. Anders hebben we straks niet genoeg eten om deze crisis door te komen.'

'Annie, waar zijn jouw ouders?' vroeg Daisy.

'Mijn vader is bij de minister-president,' antwoordde Annie. 'En mama is vanmorgen heel vroeg vertrokken om eten in te slaan, maar ze is al een eeuwigheid weg, dus ze kan elk moment thuiskomen, dat weet ik zeker.'

'Kunnen jullie twee op de kleintjes passen? Dan kunnen wij nu direct gaan,' zei Daisy.

Terence pakte een paar stoffen tassen, zodat ze hun eigen spullen konden ophalen die bij de coöperatie lagen.

George was met zijn gedachten bij het bericht dat ze zojuist op de radio hadden gehoord. Hij wist zeker dat er een aanwijzing zat in de vreemde uitspraken die de nieuwsuitzending hadden onderbroken.

'Natuurlijk!' zei Annie, terwijl ze George een trap gaf.

'Wát? O ja! Natuurlijk!'

'Er is geen tijd te verliezen, Daisy.' Terence stond al halverwege de gang. 'Kom op!'

Het volgende moment renden George' ouders naar buiten en bleven George en Annie alleen in de keuken achter.

Zodra ze de voordeur dicht hoorden gaan, pakte Annie haar tas en haalde een zilveren laptop tevoorschijn.

'Maar dat is Kosmos!' zei George. Het verbaasde hem telkens weer hoe gewoon de kleine computer eruitzag. 'Wat doet hij hier?'

'Hiernaast is geen stroom,' zei Annie. 'Hij moet opgeladen worden, dus heb ik hem meegenomen. En ik dacht dat we hem misschien wel nodig hadden. *I am so clever...'*

'Stop!' riep George. 'Zeg dat nog eens een keer!'

'Hiernaast is geen stroom...' herhaalde Annie langzaam.

'Nee, dat wat je daarna zei.'

'Ik dacht dat we hem misschien wel nodig hadden...'

'Nee! Daarna!'

'I am so clever...'

'I AM!' riep George, die een eureka-moment had.

'Je bent wát?' zei Annie, die er helemaal niks meer van begreep.

'I AM... Ik ben... net als die vreemde stem op de radio,' zei George. *'Ik ben jullie redder... Ik ben...* I AM. Dat zijn dezelfde letters als op het ruimteschip. Dat is de link.'

'I-A-M,' zei Annie. 'Het is helemaal geen afkorting. Het betekent: "Ik ben"!'

'Maar waar slaat het op? Dat weten we nu nog niet!'

'Nee,' zei Annie. 'Maar we weten wel dat I AM in de ruimte is. En we denken dat een I AM-robot jou probeerde te grijpen toen je in papa's ruimtepak op de maan was. En nu weten we door dat bericht op de radio ook dat I AM denkt dat hij iedereen op Aarde geeft wat we nodig hebben. En dat betekent...'

'Dat betekent...' zei George, die alle gegevens met elkaar probeerde te verbinden, 'dat we het goed hadden! Iemand in de ruimte met de naam I AM stuurt alle computernetwerken op Aarde in de war.'

'Wacht even... Al die systemen zijn gecodeerd,' zei Annie. 'Dus kan iemand nooit zomaar met elk systeem gaan zitten rommelen... toch? Tenzij...'

'Tenzij iemand een kwantumcomputer heeft,' vulde George aan.

'O mijn God!' zei Annie. 'Wil je zeggen dat I AM – wie dat dan ook is – een kwantumcomputer heeft gemaakt?'

'Misschien. Dus... Wat moeten we nu doen? Hoe moeten we erachter komen waar I AM is? We kunnen moeilijk de ruimte in gaan en gewoon maar gaan zoeken. De ruimte is oneindig groot! We zullen hem nooit vinden. Of haar. Of het. Of wat I AM ook is.'

'Ik heb een idee,' zei Annie. 'Ebot... Hij lijkt toch precies op papa? Volgens papa zouden bepaalde technologische systemen geen onderscheid kunnen maken tussen hem en Ebot. Dus als I AM al dacht dat jij mijn vader was omdat je zijn ruimtepak droeg, dan zou Ebot makkelijk voor papa moeten kunnen doorgaan. In elk geval zal Ebot zo op hem lijken dat I AM een leger robots op hem af zal sturen. Ik weet niet hoe het met jou zit, maar ik wil niet dat die robots naar de Aarde komen om papa hier te kidnappen. Die robot die achter jou aan kwam, zag er niet zo aardig uit.'

'Nee, inderdaad niet. Maar hoe moeten we dat doen? Hoe kunnen we Ebot als lokvogel inzetten?' vroeg George.

'We sturen Ebot de ruimte in!' zei Annie triomfantelijk. 'Grote kans – of, nou ja, in elk geval "een" kans – dat I AM denkt dat hij papa is en dat hij een robot inzet om hem te pakken te krijgen!'

'En dan? Wat schieten we daarmee op?' George begreep er niks meer van. Hij was er trots op dat hij Annies gedachtesprongen altijd wist te volgen, maar dit keer lukte het hem niet om haar bij te houden.

Terwijl hij doorpraatte, haalde Annie een kabel voor Kosmos uit de knoop. 'Welk stopcontact is met de windgenerator verbonden?' vroeg ze.

George wees naar een stopcontact in de hoek. En terwijl hij dat deed, begreep hij wat Annie van plan was. 'De bril!' riep hij. 'Dat bedoel je toch? Als Ebot de ruimte in gaat en als hij wordt gekidnapt, dan kunnen wij met de speciale bril zien wie of wat I AM is! En misschien zien we zelfs wel waar hij is!'

'Goed zo, Einstein,' zei Annie, die op Kosmos' aan-knop drukte.

Terwijl de supercomputer uit zijn sluimerstand wakker werd gemaakt, veranderde het doffe scherm in een heldere rechthoek. Jammer genoeg was Kosmos niet de enige in huis die wakker werd. Gestommel maakte duidelijk dat de tweeling uit hun bedjes was geklommen en dat ze, zo onvermijdelijk als de evolutie zelf, naar beneden zouden komen.

'Hoe kan ik jullie vandaag van dienst zijn?' snorde de slimste computer van de wereld.

'Hij klinkt als zo'n stem in een automatische lift, niet als de chagrijnige, intelligente supercomputer,' fluisterde George tegen Annie.

'Brrr!' zei ze. 'Eng, hè? Ik vind het helemaal niks als hij zo beleefd doet. Dat is helemaal niks voor hem. O, pas op, George, daar komen je zusjes aan!'

Juno en Hera lieten zich van de laatste paar traptreden vallen en rolden bijna de keuken in. Op het moment dat ze Ebot zagen staan, kraaiden ze het uit van plezier. Kennelijk dachten ze dat hij een soort grote pop was. Ze renden met uitgestrekte armpjes op hem af en dat alarmeerde kennelijk Ebots ingebouwde waarschuwingssysteem, want de robot liep snel weg naar de speelkamer, en de meisjes renden achter hem aan.

'Dag, Kosmos,' ging Annie opgetogen verder toen het drietal verdwenen was. 'We hebben een missie voor je.'

'Wat interessant,' zei de supercomputer met zijn aardige stem. 'Helaas kan ik je op dit moment alleen helpen als het om je scheikundewerkstuk gaat.'

'Aha,' zei Annie, die zich herinnerde dat haar vader de computer die opdracht had gegeven. 'En is er een manier om dat commando op te heffen?'

'Alleen als je de toegangscode weet van de nieuw geïnstalleerde autoriteitsfunctie,' antwoordde Kosmos. 'In dat geval: ga je gang.'

Annie keek naar het scherm en toen naar George, die gefrustreerd terugkeek. 'Ik kan gewoon alle toetsen indrukken, net zoals Ebot deed...' fluisterde ze. George knikte en ze drukte gewoon een paar keer op een paar willekeurige toetsen, net zoals Ebot had gedaan toen George hem naar de computer had geleid om hem en Annie terug naar Aarde te brengen. Maar dit keer gebeurde er niets.

'Bedenk iets wat we in de ruimte zouden kunnen doen voor je scheikundewerkstuk!' fluisterde George. 'Dan moet Kosmos de doorgang wel openen omdat het deel uitmaakt van je project en hoeft het commando niet opgeheven te worden.'

'Oké, slim van je! Goed, luister, Kosmos,' zei Annie, die tijd probeerde te rekken. 'We... moeten... onderzoeken... of er in de ruimte... eiwitten zijn! Dat is het volgende onderwerp van mijn werkstuk.'

'Eiwitten in de ruimte,' zei George. 'Precies. Dat moeten we onderzoeken. We hebben al naar koolstof en water gekeken – nu moet je voor ons een locatie zoeken waar we eiwitten zouden kunnen vinden, Kosmos.'

Gehoorzaam tekende Kosmos met twee lichtstralen de rechthoekige vorm van de deur naar de ruimte, die langzaam een vaste vorm aannam en net boven de keukenvloer van George' huis bleef zweven. Toen de deur openging en de ruimte daarachter zichtbaar werd, had het beeld niets met de keuken te maken – en zelfs niet met een plek die je op Aarde zou kunnen vinden.

Aan de andere kant van de drempel zagen ze opnieuw het heelal zelf: oneindig groot, onbekend en grotendeels leeg, al vonden er extreem krachtige gebeurtenissen plaats en kon je er ongelooflijk mooie dingen zien. Op sommige plekken kon je veilig op een verre exoplaneet landen die niet in een baan om de Zon heen draaide, maar om een andere ster. Op andere plekken kwam je misschien in de wolken van een galactische nevel terecht of je kreeg opeens te maken met de enorme explosieve krachten van een quasar, een van de helderste en energierijkste objecten in het universum. Reizen door het universum zelf was al behoorlijk gevaarlijk, en tijdens hun vorige avonturen hadden ze al heel veel enge dingen meegemaakt – maar toen konden ze tenminste op Kosmos rekenen, die hen altijd hielp als het nodig was. Nu wees alles erop dat de supercomputer hen maar al te graag recht op het gevaar af stuurde. Het was een doodeng vooruitzicht.

'Wauw!' zei Annie verbijsterd, terwijl George en zij door de deuropening naar een eindeloos ruimtelandschap keken. Het leek wel of er helemaal niks was, tot Kosmos inzoomde en het beeld steeds grijzer en vager werd, en even later zagen ze dat de doorgang naar een plek leidde waar een zandstorm woedde, met gruis en stenen die rakelings voorbijvlogen.

'Waar is dit?' vroeg George angstig aan Kosmos toen hij de brokstukken voorbij zag schieten, zo rakelings langs hen heen dat hij zijn hand maar hoefde uit te steken om er een te pakken. Gelukkig was hij zo verstandig om dat niet te doen, want ze gingen zo snel dat zijn hand er binnen de kortste keren afgerukt zou worden.

'Dit is een stofschijf rond een jonge protoster, ongeveer 375 lichtjaren van de Aarde verwijderd,' zei Kosmos kalm. 'In het midden van deze schijf bevinden zich een paar van de basismaterialen die nodig zijn om de proteïnen te maken waar Annie naar op zoek is: het soort dat je in de bouwstenen van leven vindt.'

Door de deuropening zagen ze grotere brokstukken die tegen elkaar aan botsten en in het rond geslingerd werden in de chaotische, agressieve omgeving van dit jonge zonnestelsel. Alles bewoog dezelfde kant op, maar toch vonden er in de stroom keiharde knallen plaats met botsingen en inslagen.

'Zo is de Aarde ook ontstaan,' fluisterde Annie. 'Kosmos laat ons zien hoe een zonnestelsel wordt gevormd en hoe het aan de grondstoffen komt om leven te creëren.'

'Stap alsjeblieft door de deuropening!' beval Kosmos.

'Nee, dank je,' zei George snel. Annie en hij dachten er geen seconde aan om te doen wat hij zei en in die rondkolkende oersoep te springen. 'Kom op, Kosmos! We kunnen niet door de portal stappen. We hebben een bestemming in een dichtbij gelegen zonnestelsel nodig, waar we veilig een ruimtewandeling kunnen maken. Kun je de bestemming alsjeblieft wijzigen?'

DE BOUWSTENEN VAN HET LEVEN

Al het leven op Aarde (planten, dieren en mensen) is gebaseerd op het element koolstof. Van alle elementen is koolstof het best in staat om complexe en stabiele moleculen te vormen. Er is ook heel veel koolstof in het heelal: het is het op drie na meest voorkomende element. Met andere woorden, na waterstof zijn er meer bekende moleculen die koolstof bevatten dan alle andere elementen bij elkaar.
Maar koolstof alleen is niet genoeg om leven te creëren. Daarvoor is water ook onmisbaar. Het menselijk lichaam bestaat voor zo'n 60 procent uit water. Water speelt een rol bij veel processen die ervoor zorgen dat je lichaam goed werkt. De reacties waarmee de complexe moleculen worden gevormd waaruit levensvormen bestaan, kunnen niet zonder water.

Een belangrijke groep van dergelijke complexe levensmoleculen zijn aminozuren, die zijn opgebouwd uit koolstof, waterstof, zuurstof, stikstof en zwavel. Het menselijk lichaam bevat slechts twintig verschillende aminozuren, maar die kunnen op talloze manieren worden samengevoegd tot grotere moleculen, die proteïnen oftewel eiwitten worden genoemd. Ze komen overal in het lichaam voor en ze verzetten veel nuttig werk. Ze helpen bij de aanmaak van haren, spieren en pezen; ze leveren de bouwmaterialen voor de cellen in je lichaam; ze zitten in je bloed; ze helpen bij de vertering van je voedsel en voeren allerlei andere belangrijke taken in je lichaam uit.

Zo zie je maar: met slechts een paar kleine stappen kunnen heel eenvoudige structuren zoals atomen uitgroeien tot de meest complexe levensvormen.

Toby

'Antwoord: negatief.' Kosmos klonk nu behoorlijk geërgerd. 'Ik kan de portal niet openen zonder dat er iemand doorheen gaat. Dat gaat tegen mijn gebruiksvoorschriften in.'

'Echt waar?' vroeg Annie verbaasd. 'Dat heb ik je nog nooit horen zeggen.'

'Ik draai nu op een nieuw besturingssysteem.' Kosmos bevestigde hun vermoeden dat hij niet langer dezelfde computer was – de computer waar ze zo gek op waren geweest.

Annie en George keken elkaar geschrokken aan en hadden alle twee spijt dat ze aan dit plan begonnen waren. Konden ze maar door de tijd reizen, de klok een half uur terugzetten en dit ongedaan maken.

'Door zo'n actie – een doorgang openen zonder dat er reizigers getransporteerd worden – kan ik vastlopen, en dat kan fatale gevolgen hebben,' ging Kosmos verder.

'En als wij nu door de opening stappen, kan dat fatale gevolgen voor óns hebben,' zei George, terwijl hij naar het gevaarlijke spektakel in de deuropening keek. Zelfs Ebot zou het maar een paar seconden overleven als ze hem deze kolkende heksenketel in zouden sturen. George zag dat Annie verwoed om zich heen keek, terwijl ze een oplossing probeerde te bedenken. De moed zonk hem in de schoenen, want hij zag aan haar dat ze, net als hij, geen idee had wat ze konden doen.

'Iemand,' zei Kosmos vals, 'moet door de portal gaan.'

Op dat moment kwam er iemand – of kwamen er drie iemanden, of eigenlijk: twee iemanden en één androïde – de keuken binnen. George' zusjes trokken een nogal verward kijkende Ebot achter zich aan.

'Ontbijt,' zei Hera op een eisende toon, en ze maakte haar plakkerige handje los uit Ebots hand.

'Ooo,' zei Juno, die naar de deuropening wees. 'Zand!'

'We kunnen er niet doorheen,' zei George nog een keer tegen Kosmos. Misschien moest hij gewoon voet bij stuk houden. Misschien kon hij de computer met redelijke argumenten overtuigen. 'We kunnen niets of niemand door de portal naar die plek sturen, Kosmos, dat weet je zelf ook wel.'

Ebot glimlachte sullig, terwijl Hera op zijn voet stampte. Hij moest de ruimtehelm ergens hebben neergelegd, want hij had zijn handen nu vrij.

Juno staarde nog steeds naar dat wat ze achter de doorgang zag. 'Zandkasteel bouwen?' vroeg ze hoopvol aan Annie en ze wees naar de plek waar de rondtollende stenen voorbijschoten.

'Nee, Juno,' zei Annie en ze pakte het kleine meisje op, nam haar op schoot en hield haar stevig vast. 'Geen peuters in de ruimte. Dat mag echt niet.'

'Er moet een reiziger door de portal gaan,' herhaalde Kosmos dreigend. 'Als er niemand fysiek over de drempel stapt, zal het systeem exploderen!'

Annie keek verdrietig naar Ebot, die Hera nu aan het lachen maakte door een paar tapdansstapjes te doen en steeds snel zijn voeten te verschuiven als zij erbovenop wilde springen.

'Het is gek,' zei Annie tegen George. 'Toen we het erover hadden dat we Ebot de ruimte in konden sturen, kon het me niets schelen wat er met hem zou gebeuren. Maar nu geeft het me echt een rotgevoel. Het is alsof we hem zo de dood in sturen, en dat is niet eerlijk.'

'Nou, maar hij leeft niet, dus kan hij ook niet echt doodgaan,' beredeneerde George, maar hij was het wel met Annie eens. 'We kunnen hem niet door de portal laten gaan. Om te beginnen zou het verkeerd zijn, maar het zou ook dom zijn: als Ebot vernietigd wordt, hebben we nog minder kans om erachter te komen wat er aan de hand is.'

'Wie gaat er de ruimte in?' Kosmos klonk nu echt verschrikkelijk; het was zo'n stem waarvan iedereen die hem zou horen de rillingen zou krijgen. Zelfs de twee peuters huiverden; Juno kroop nog dichter tegen Annie aan en Hera klampte zich aan Ebots been vast.

'Als er niemand de ruimte in gaat, zal ik ontploffen, en dan gaat het hele huis de lucht in. Niemand van jullie zal zo'n rampzalige gebeurtenis overleven.'

Annies mond viel open en George' ogen waren groot als knikkers. Hij slikte. 'Het hele huis opblazen?' zei hij vol ongeloof. 'Dat zou je niet... Dat kun je niet doen!' Even stelde hij zich voor hoe dat eruit zou zien: als het huis de lucht in zou gaan, zouden alle andere huizen meegaan. Er zou een domino-effect ontstaan.

'Er is maar één manier om daarachter te komen,' zei Kosmos. 'Willen jullie het testen?'

'Maar je zou zelf ook worden vernietigd!' zei Annie met een hoge stem. 'Waarom zou je het dan doen? Wil je het niet overleven?'

'Ik ben geen levend wezen,' zei Kosmos. 'Ik doe gewoon wat me wordt opgedragen door de regels die mijn besturingssysteem bepalen. Dit is een regel, en ik ben gedwongen om me eraan te houden als jullie niemand door de portal sturen.'

Even bleef het stil.

'Weet je het zeker?' vroeg Annie langzaam, alsof ze de supercomputer de kans wilde geven om op zijn woorden terug te komen. 'Weet je zeker dat je dit moet doen?'

'Ja,' antwoordde Kosmos. 'Ik kan – en ik zal – mezelf met

opzet vernietigen, wanneer ik maar wil. Het is een veiligheidstoepassing die je eigen vader onlangs heeft ingebouwd voor als ik in verkeerde handen zou vallen. En ik kan er een heel spektakel van maken. Hebben jullie zin om wat vuurwerk te zien? O nee…' De computer lachte. 'Hebben jullie zin om het vuurwerk te zíjn?'

'Ik trek je stekker eruit,' zei Annie, die klonk alsof ze in tranen kon uitbarsten.

'Dat kan ik niet toestaan,' zei Kosmos. 'Als je dat probeert, blaas ik het systeem sowieso op.'

'Annie,' zei George besluitvaardig, 'er zit maar één ding op. We moeten Ebot de ruimte in sturen, anders blijft er van onze levensvormen niets dan stof over.'

'Ebot…' zei Annie zacht.

De androïde draaide zich om en schonk haar een glimlach die haar zo aan haar vader deed denken dat haar hart brak.

'Ik kan het niet,' jammerde ze.

'Ik neem het wel over,' zei George. 'Ebot!' Hij zat aan de andere kant van de doorgang naar de ruimte en riep en gebaarde dat de robot moest komen. 'Wacht even.' George keerde zich naar Annie toe. 'Hij heeft zijn helm niet op!'

'Die heeft hij toch niet nodig?' zei Annie somber.

'Dat is waar.' George besefte dat deze ruimtereis hen niet zou helpen om te begrijpen wat er wereldwijd aan de hand was. Op dit moment moesten ze alles op alles zetten om hun eigen levens te redden en pas daarna konden ze weer aan anderen denken. 'Ebot,' ging hij verder. 'Je moet hier komen. Stap over de drempel.'

Maar George zag pas dat Hera nog om zijn been geklemd zat toen het al te laat was. Met Hera aan zijn linkerbeen deed de androïde een grote pas naar voren, tot hij in de deuropening stond.

Opeens zag Annie George' zusje. Ze schreeuwde het uit en wees naar haar.

Toen George zich realiseerde dat zijn eigenwijze zusje de dood tegemoetging, stokte zijn adem in zijn keel van angst. Ebot liep nog steeds naar voren… Hij kon nu elk moment over de drempel stappen, de ruimte in, en dan zou hij verdwijnen.

'Kom op, Hera,' zei George dringend. 'Laat los.'

'Nee-niet!' Ze hield Ebots been stevig vast, haar lievelingspop onder haar arm geklemd.

'Hera,' – George liet zijn stem zo veel mogelijk dalen in de hoop dat hij een beetje op zijn vader leek – 'je móét loslaten!'

'Nee-nee!' schreeuwde ze en ze hield zich nog steviger vast.

De androïde deed nog een stap naar voren; het leek erop dat hij nu elk moment in de draaikolk kon verdwijnen, en dan zou hij de kleine Hera met zich meenemen.

'Voorzichtig, George!' Annies ogen waren wijd opengesperd van angst. Juno, die de paniek in Annies stem hoorde, verborg haar hoofdje tegen Annies schouder. 'Straks laat je hem nog struikelen en dan neemt hij Hera met zich mee. Ebot! STOP! Blijf staan!'

Maar Ebot hoorde het niet, of hij was nog bezig om zijn vorige opdracht te vervullen. Hij stond op de drempel, zijn silhouet afgetekend tegen de achtergrond van explosies en tegen elkaar botsende stenen in de stofschijf van de jonge ster.

'Hera!' commandeerde George. 'Laat Ebots been los! Hij gaat springen en jij moet LOSLATEN!'

'NEEEEE!' jammerde Hera, die uit alle macht haar armpjes om het onderbeen van de robot klemde.

George probeerde haar vingertjes los te maken, maar hij kreeg het niet voor elkaar. Hera wilde Ebot zo graag vasthouden dat ze niet in de gaten had dat haar pop, die ze bijna altijd onder haar arm had, nog maar aan één armpje bungelde. George zag zijn kans: hij greep de pop en gooide hem door de deuropening in de draaikolk. Het was een wanhoopsdaad, dat wist hij; hij hoopte alleen dat hij Kosmos kon dwingen om de doorgang te sluiten als hij iets door de opening had gegooid.

George handelde zo snel dat hij geen tijd had om zich af te vragen of zijn zusje zou proberen haar pop te redden, en de waarheid was dat Hera dat inderdaad zou hebben gedaan als ze niet als aan de grond genageld had gestaan door wat ze zag gebeuren.

Een nanoseconde lang zagen ze de felgele haren van de pop in de draaikolk van gruis. Ze werd meegesleurd en leek heel even te zweven, maar het volgende moment werd ze aan stukken gescheurd en verdween voor altijd... om heel misschien, vele miljoenen jaren later, opnieuw samengevoegd te worden, als deel van een planeet.

George had net genoeg tijd om tussen het heelal en Hera in te gaan staan, zijn benen stevig neer te zetten en uit alle macht zijn zusje en Ebot naar achteren te duwen, zo ver mogelijk weg van de drempel.

‘Zo!’ schreeuwde hij naar Kosmos, terwijl hij Hera stevig vasthield omdat Ebot nog steeds probeerde naar voren te lopen. ‘Er is iemand door de portal gegaan. Je hebt nooit gezegd dat het een mens of iets levends moest zijn. Er is iemand doorheen gegaan, precies zoals je had gezegd! Doe de deur nu dus maar dicht!’

‘Kosmos, doe de deur dicht!’ riep Annie. ‘Dichtdoen! Nu! We hebben gedaan wat je hebt gezegd. Je zei dat er iemand door de portal moest gaan, en dat is gebeurd. Je moet je aan je eigen regels houden. Dat is wat je tegen ons zei!’

Met een klap sloeg de deur naar het heelal dicht. George viel op de grond, als een dam tussen het heelal en zijn zusje en Ebot in. Ebot tuimelde achterover, met Hera nog steeds aan zijn enkel geklemd.

Net op het moment dat de omtrek van de doorgang in het niets oploste, gingen er twee andere deuren open: de voordeur en de achterdeur. George’ vader en moeder kwamen via de voordeur binnenvallen, en Annies moeder via de achterdeur. Alle drie keken ze alsof ze de schrik van hun leven hadden gehad.

‘Jullie raden het nooit!’ riepen ze alle drie tegelijk.

‘Vast niet,’ zei Annie, terwijl ze lachend naar George keek.

10

Annies moeder – Susan – en George' ouders – Terence en Daisy – keken vol verbazing naar elkaar.

George en Annie lieten hun blik snel door de keuken gaan om zeker te weten dat er niets meer was wat op hun bijna fatale ruimteavontuur kon wijzen. Maar behalve dat er op de plek waar de deuropening was geweest nog wat stof neerdwarrelde en Hera en Ebot languit op de grond lagen, was er niets wat hen kon verraden. De volwassenen zouden nooit raden dat er zojuist iets bijna heel erg mis was gegaan. Annie probeerde met haar voet het ruimtestof op de vloer bij elkaar te schuiven.

'Annie!' klaagde haar moeder, die zag wat ze aan het doen was. 'Heb jij al dat zand onder je sneakers mee naar binnen genomen?'

'O, sorry – ik veeg het wel op,' zei ze snel. Het was echt iets voor haar moeder om zich druk te maken over een vieze vloer terwijl het hele land op z'n kop stond!

'Deur!' zei Hera, terwijl ze naar het niets wees en Ebots been nog altijd vasthield. 'Pop!' Ze barstte in huilen uit. Ze liet Ebot los, krabbelde overeind, rende naar George en begon hem met haar vuistjes te slaan, haar armpjes maaiend door de lucht.

'Wauw… Hera!' George pakte haar mollige knuistjes beet en hield haar zachtjes tegen.

Juno schoot te hulp. 'Pop ging door de deur,' legde ze uit en ze wees naar de plek waar de deur was geweest, maar voor deze ene keer luisterde er niemand naar haar.

'Ja, ja,' zei Terence vaag. Hij had een paar lege stoffen tassen in zijn handen en dacht waarschijnlijk dat ze maar wat kletste. 'Deur, pop – het zal wel. Luister, kinderen: ik wil niet dat jullie naar buiten gaan. De situatie is nog erger dan we dachten.'

Ebot ging rechtop zitten en Hera kroop snel op zijn schoot.

'Hoezo? Wat is er nog meer gebeurd?' vroeg Annie. Wat kon er nou nog meer gebeuren?

'De prijzen van etenswaren waren gisteren toch de lucht in geschoten doordat iedereen gratis geld had en de voedseltransporten waren vastgelopen?' zei Daisy.

'En nu' – de stem van Annies moeder klonk opeens precies zoals die van haar dochter – 'kunnen de supermarkten niets afrekenen. Elke keer als ze iets langs de scanner halen, geeft de kassa aan dat er zes euro en zes cent afgerekend moet worden!'

'En nu doet niemand meer moeite om zijn spullen af te rekenen,' voegde Terence eraan toe. 'Ze hebben het opgegeven en graaien gewoon alles van de planken; ze pakken wat ze pakken kunnen. We hebben mensen gezien die hun tassen volpropten. Er was zelfs iemand met een koffer en iemand met een kruiwagen. Ze nemen gewoon alles mee naar huis, zonder te betalen!'

'En er werd gevochten,' zei Daisy. 'Het was verschrikkelijk. Mensen gingen met elkaar op de vuist voor een fles water of een zak aardappels. Het kost allemaal niks meer, dus iedereen probeerde zo veel mogelijk mee naar huis te nemen. Het was ieder voor zich!'

'Het was beangstigend.' Susan huiverde. 'Het leek helemaal niet meer op Foxbridge; het leek wel oorlogsgebied. En de politie deed niets; de agenten die er waren, probeerden zelf ook spullen te bemachtigen.'

'Goed, kinderen,' zei Terence. 'Dit is een heel ernstige situatie. We konden niet eens in de buurt van de coöperatie komen om onze eigen voorraad te redden en we zijn er ook niet achter gekomen of er hier in de buurt een opvangcentrum is, dus moeten we alles uit de tuin halen wat er is.'

Alle hoofden draaiden zich naar het raam om naar de moestuin te kijken.

'Er staat niet veel,' zei Daisy somber. Tot haar spijt was het oogstseizoen nog niet begonnen, al konden ze de groenten uit eigen tuin nu beter gebruiken dan ooit. 'We hebben alleen wat wortelen, sla en radijsjes.'

'George, Annie, ik wil dat jullie naar de tuin gaan en alles plukken wat jullie kunnen vinden,' zei Terence. 'Het is misschien niet veel, maar beter iets dan niets. We zullen moeten wachten tot dit voorbij is en tot die tijd zullen we in elk geval genoeg voedingsstoffen binnenkrijgen.'

'Weet je iets van papa?' vroeg Annie, voordat ze achter George aan ging om groenten uit de moestuin te verzamelen. 'Waar is hij? En wanneer komt hij terug?'

'Ik denk dat hij nog in een geheime bunker zit met de minister-president, om haar te adviseren over wat ze moeten doen als alle computersystemen vastlopen,' zei Annies moeder handenwringend. 'Ik zou willen dat we contact met hem konden opnemen. Hij kan ons misschien wel vertellen hoelang dit nog gaat duren. Ik weet dat we hem niet mogen bellen, maar onder deze omstandigheden denk ik wel dat we...'

'Maar dat kan niet. Mijn telefoon doet het niet!' zei Annie. 'En die van jou, mam? Heb jij wel bereik?'

'Dat weet ik niet...' Susan was altijd haar mobiel kwijt. 'Hij moet ergens liggen...'

'Geen woorden, maar daden! Aan de slag!' zei Terence, die kennelijk vond dat hij de rol van leider op zich moest nemen.

'De supermarkten zullen inmiddels wel helemaal leeg zijn. Boeren hebben waarschijnlijk hun hekken gesloten. De voedselbanken zullen ook wel door hun voorraden heen zijn en alle leveranciers hebben hun magazijnen gebarricadeerd.'

'Wat moeten we doen?' piekerde Susan.

'We moeten ons gedeisd houden tot deze crisis voorbij is,' ging Terence rustig verder. 'En we moeten zorgen dat we veilig zijn. We zullen ons in de kelder terugtrekken.'

'Geldt dat ook voor ons?' vroeg Susan zich hardop af.

'Vrouwen en kinderen zullen altijd een veilige schuilplaats hebben zolang ik de leiding heb.' Terence, wiens vader in het leger had gezeten, salueerde zelfverzekerd.

'Ik heb een idee!' zei Susan. 'Ik heb hiernaast een hele berg slaapzakken en dekens liggen. Ik weet niet of mijn familie nog komt. Ik heb niks meer van hen gehoord... Ik haal die spullen wel, dan kunnen we het iets comfortabeler maken in de kelder.'

'Pap?' vroeg George. 'Denk je niet dat er iemand boven de grond moet blijven, om op de uitkijk te staan? Ik bedoel, straks is de crisis voorbij en hebben wij het niet eens door omdat we met z'n allen in de kelder zitten. Misschien kunnen we om de beurt vanuit de boomhut de wacht te houden?'

'Uitstekend plan, George.' Terence leek niet erg meer op de rustige pacifistische, veganistische recycler die ze kenden en van wie ze hielden.

'George en ik lopen de eerste wacht wel,' zei Annie snel. Net als George begreep ze maar al te goed dat ze helemaal niets meer aan de situatie in de wereld konden doen als ze met hun ouders in een kelder zaten opgesloten.

'Nee, ik heb een beter idee,' begon Annies moeder. 'Jullie zeiden toch dat jullie een speciale bril hadden waarmee je door de ogen van de robot kunt kijken? Dus dan kunnen we hem op de uitkijk zetten en hoeven jullie alleen maar door de bril te kijken.'

'Verdorie!' mompelde Annie. Ze had nooit verwacht dat haar moeder zo snel met een beter idee zou komen.

Susan ging naar haar eigen huis om de ongewoon grote verzameling beddengoed op te halen, terwijl George en Annie een paar emmers pakten en naar de moestuin gingen om zo veel mogelijk eten te verzamelen waarmee de twee gezinnen deze noodsituatie zouden kunnen overleven.

11

Terwijl ze met hun handen door de aarde van de achtertuin woelden, was het om hen heen onnatuurlijk stil, alsof iedereen zich schuilhield voor de grote klap. In hun buurtje, aan de rand van Foxbridge, gebeurde nooit veel, maar nu was het zo rustig dat ze het gevoel kregen dat de wereld in stilte afwachtte tot er iets catastrofaals zou plaatsvinden. De lucht was leeg; er vloog niet één klein vliegtuigje over. Het verkeer leek helemaal tot stilstand te zijn gekomen en je hoorde geen geluiden van mensen; alleen de vogels die hun liedjes floten en het gezoem van insecten, die druk bezig waren de voorjaarsbloemen te bestuiven. Er klonk geen muziek uit radio's, geen gerinkel van telefoons en er waren geen stemmen te horen van televisiepresentatoren die het nieuws vanaf grote schermen de wereld in schreeuwden. De herrie van het menselijk leven was in één keer opgehouden – alsof de mensen zelf van de aardbodem waren gevaagd en de planeet hadden achtergelaten, zodat andere levensvormen haar konden overnemen.

De stilte had iets dreigends en George had het gevoel dat het niet lang rustig zou blijven. Maar de minuten gingen voorbij en hoe langer hij wachtte tot de stilte verbroken zou worden, hoe meer zorgen hij zich maakte.

Daisy en de tweeling waren naar buiten gekomen om in de tuin te helpen, maar ze bleven daar met z'n allen rustig staan toekijken hoe George en Annie hun emmers vulden met bladeren en wortels.

'Daisy,' zei Terence op bevelende toon, 'ik wil dat jij met de

tweeling naar binnen gaat en al het eten bij elkaar zoekt dat we nog hebben en dat vast naar de kelder brengt. We hebben droge etenswaren nodig, water, opwindbare zaklantaarns – alles waarvan je denkt dat we het nodig zullen hebben. Misschien moeten we wel dagenlang beneden zitten en is het te gevaarlijk om naar boven te gaan. We nemen de radio mee en hopen dan maar dat de uitzendingen hervat zullen worden als de chaos voorbij is.'

Daisy knikte en gebaarde naar Juno en Hera dat ze mee naar binnen moesten gaan. Zelfs zij leken onder de indruk te zijn van de vreemde stemming die er heerste.

Susan kwam teruggelopen en bracht niet alleen twee armen vol dekens met zich mee, maar ook een heel oude vrouw die er verwaarloosd uitzag en die Annie en George alleen vaag deed denken aan de oude dame die ze een paar dagen geleden hadden ontmoet. Het was de vrouw die de Enigma-code had gekraakt!

'Ik vond haar op de stoep voor onze deur,' zei Susan, die nu langs hen liep en met het beddengoed naar de kelder ging.

'Mevrouw Beryl!' riep Annie verbaasd uit. 'Wat doet u hier nou?'

'Ik wist niet waar ik anders heen moest,' gaf ze toe. 'En ik dacht: als er íémand is die me kan uitleggen wat er in hemelsnaam aan de hand is, dan is het Erik wel.'

'Hij is er niet,' vertelde Annie haar. 'Omdat hij "Senior Advisor Information Technology" is, moest hij naar de minister-president.'

'Tsss! Wat een rare titels geven ze de mensen toch tegenwoordig!' zei Beryl, die er wel verward uitzag, maar heel helder en vrolijk uit haar ogen keek, bijna alsof ze zich wel vermaakte. 'Is dit niet enig? Het doet me denken aan die goeie ouwe tijd!'

'U moet naar de kelder gaan. Volgens mij vindt George' vader het niet goed als u hier buiten blijft rondhangen.'

'O, fantastisch!' riep Beryl uitgelaten. 'Het is weer net als de Blitz! Ik hoop dat ze daar beneden wel sherry hebben!' Opeens opvallend lenig liep ze de trap naar de kelder af, ondertussen een oud oorlogsliedje neuriënd.

'Wat moeten we doen?' fluisterde Annie tegen George, terwijl ze haar emmer oppakte.

'Waar is Kosmos?' vroeg hij snel.

'Nog binnen. Zullen we hem daar gewoon laten staan?'

'Volgens mij kunnen we hem beter meenemen,' zei George.

'Maar hij is slecht,' riep Annie uit. 'Hij is overgelopen naar de Duistere Kant!'

'Dat weet ik. Maar misschien kunnen we zijn eigen regels tegen hem gebruiken, om ons te helpen. Ik denk dat we hem mee moeten nemen.'

'Oké.' Annie sloop stiekem naar binnen, met de emmer in haar handen. Even later kwam ze terug en liet George zien dat ze

Kosmos, de slimste computer ter wereld, onder een grote berg slabladeren had verstopt. 'Maar ik weet nog steeds niet wat we nou kunnen doen,' fluisterde ze.

George had ondertussen echter een plan gemaakt. 'Ik wil dat jij naar de boomhut gaat om Ebot daar neer te zetten, alsof hij degene is die de wacht gaat houden,' zei hij. 'En dan kom je terug alsof je van plan bent om met de anderen in de kelder te gaan zitten.'

'Wat bedoel je?'

'We doen net alsof we van plan zijn om met hen in de kelder te blijven,' legde George uit, maar dan sluiten we ze op en blijven zelf buiten.'

'Sluiten we ze op?' vroeg Annie met grote ogen.

'We moeten wel! Als we dat niet doen, zullen we nooit een oplossing vinden. Dan zullen onze ouders ons dwingen om bij hen in de kelder te blijven en krijgen we soep uit een thermoskan en moeten we stomme liedjes zingen, terwijl buiten de hele wereld in elkaar stort. En wij zullen er helemaal niks tegen kunnen doen.'

'Maar wat kúnnen we dan doen?' vroeg Annie. 'Is dit allemaal niet een beetje te ingewikkeld voor twee kinderen?'

'Nee, Annie,' zei George zelfverzekerd. 'Dat dacht ik eerst ook, maar er is hier niemand anders die iets kan doen, en we moeten het proberen. Zelfs je vader kan het kennelijk niet oplossen. We moeten iets doen, Annie. Net zoals Beryl. Als zij tijdens de oorlog niet had geholpen om die code kraken, waren er veel, veel meer mensen gestorven. Dus zelfs als we iets kleins zouden kunnen doen, kan het een verschil maken.'

'Je hebt gelijk,' zei Annie. Ze was onder de indruk van zijn woorden en rechtte haar rug. 'Ik doe mee. Ik zal me niet in de kelder verstoppen. Ik ga helpen. We kunnen dit. We doen het.'

Al snel was de kleine achtertuin zo kaal alsof het midden in de winter was. Elke eetbare krop en wortel was geplukt, opgegraven, uitgetrokken en verzameld om naar beneden te brengen als voedselvoorraad voor de dagen dat ze in de kelder zouden verblijven. Hoelang het verblijf zou duren, wist niemand.

Daisy had de tweeling al naar beneden gebracht en ze luisterden naar hun lievelingsverhaal over het rupsje dat nooit genoeg kreeg van eten.

Terwijl Daisy bij het licht van de zaklamp voorlas, waren Terence en Susan druk bezig met de laatste voorbereidingen voor hun onderduik. Ondertussen bracht Annie snacks, water en stripboeken naar de kelder.

'Jullie twee gaan naar beneden,' zei ze streng. Terence was niet de enige die zijn bazige kant naar boven liet komen. 'Inderdaad! De kelder in. En dan geef ik de laatste spullen aan. O, kijk, daar heb je George! Hij kan die laatste dingen aangeven.' Ze keek hem betekenisvol aan. 'Ik ga Ebot naar de boomhut brengen en hem installeren,' zei ze heel duidelijk. 'En dan, als ik terug ben, komen George en ik bij jullie in de kelder. *Got it?*'

De volwassenen knikten ernstig. Ze waren te druk bezig met hun eigen plan om van de kelder een comfortabele en gezellige plek te maken, en ze vermoedden helemaal niet dat George en Annie hen erin probeerden te luizen.

Annie bevrijdde Ebot, die eenzaam en alleen, en gedeactiveerd in de huiskamer zat. Ze vond zijn ruimtehelm en zette die bij hem op, en hielp hem naar de touwladder te lopen, die gelukkig nog omlaaghing. Ze zette de robot-Erik tegen de boom aan en haalde de remote-access-bril uit haar zak en zette die zelf op om hem met haar blik uit zijn slaapstand te halen.

Met een schok en een kreet kwam hij tot leven.

'Klim de ladder op,' instrueerde Annie. Ebot begon langs de slingerende ladder omhoog te klimmen, als een onhandige spin in een ruimtepak die langs een muur omhoogklauterde. Annie klom slingerend achter hem aan, met de emmer aan haar arm waar Kosmos in zat. Ebot struikelde min of meer de vlonder op; Annie sprong over hem heen, zette de emmer neer en keek snel door George' telescoop. Het stadje lag er nog steeds stil en slaperig bij, maar ze voelde een trilling in de lucht, alsof er onweer of iets anders op komst was.

'Blijf hier zitten,' droeg ze haar robotvriend op en vervolgens klom ze weer snel naar beneden en rende terug naar George, die boven aan de keldertrap stond te dralen.

Toen ze naar beneden keek en de opgeslagen ogen van haar moeder, George' ouders en de kleine meisjes zag, wist ze dat het George nooit zou lukken om te doen wat hij moest doen. En in die ene seconde drong het tot haar door dat het nu haar beurt was om dapper te zijn en te doen wat ze had gezegd.

'Het spijt me,' zei ze met alleen haar lippen, zonder geluid te maken. Toen sloeg ze beide luiken dicht en schoof de grendel erop voordat de mensen in de kelder haar konden tegenhouden. Ze zag nog net hun geschrokken gezichten, waarna ze uit beeld verdwenen, opgesloten in hun ondergrondse schuilplaats.

Ze konden er niet meer uit, maar hun stemmen wel.

'Hé!' Terence bonkte van onderaf hard tegen de luiken. 'Wat zijn jullie van plan? Jullie kunnen niet boven blijven. Doe open! Doe open, zeg ik jullie!'

'Sorry!' riep Annie naar beneden. 'We leggen het nog wel uit. Later.' Ze greep George vast en duwde hem naar de achterdeur. 'Rennen!'

Ze hoorden nog één stem die hen achternariep. Het was Beryl. ‘Goed gedaan, jullie! Veel geluk!’

Met z’n tweeën holden ze naar de boomhut, klauterden langs de ladder omhoog en haalden hem direct daarna op. Alsof ze het hadden afgesproken, gingen ze onmiddellijk plat op hun buik op de vlonder liggen, zodat niemand hen van benedenaf kon zien. Toen herinnerde George zich opeens iets; hij schoot overeind en trok Ebot naast hen. Nu zou iedereen die naar boven keek alleen maar een lege boomhut zien, ontoegankelijk, tenzij je kon vliegen of ontzettend goed kon klimmen.

Op dat moment zou George noch Annie kunnen zeggen waarom ze deden wat ze deden. Hun instinct om te overleven bepaalde kennelijk hun handelingen en had het van hun verstand overgenomen.

En hun instinct had het goed ingeschat: vlak nadat ze zich in de boomhut verstopt hadden en ze daar hijgend op de houten planken lagen, hoorden ze in de verte een geluid dat steeds harder klonk en zich naar George’ huis verplaatste. Eerst was het één witte ruis – ze konden geen verschillende geluiden onderscheiden – maar al snel hoorden ze geschreeuw, gestamp, gegil, gebonk en gerinkel.

‘Wat is dat?’ Annie trilde. George’ plan om buiten te blijven was dan misschien dapper, ze vroeg zich af of het ook wel verstandig was geweest. Dit was echt heel eng.

Annie hoefde niet op George te wachten om antwoord te krijgen. Onder de boomhut begon de grond te trillen. Een horde plunderaars rende door de achtertuinen; ze duwden de schuttingen omver en trapten alles kapot. Ze gooiden ramen aan diggelen en trapten deuren in en gingen naar binnen, op zoek naar eten. Vanuit hun schuilplaats hoorden de twee honden blaffen en toen geschreeuw van mensen die gewond raakten. Toen ze over de rand van de boomhut keken, zagen ze mensen vechten om spullen die ze in de verlaten huizen hadden gevonden. Gelukkig gingen ze er weer snel vandoor, al leek het voor George en Annie een eeuwigheid te duren. Een paar minuten later renden de plunderaars alweer naar huizen verderop en verdwenen ze uit het zicht.

'Jakkes!' fluisterde Annie. 'Dat was naar. Je vader had gelijk: het is echt gevaarlijk.'

George ademde diep uit. Het gebonk van zijn hart had de geluiden van de plunderaars bijna overstemd. 'Het was een goed idee om in de kelder te gaan zitten.' Hij moest er niet aan denken wat er had kunnen gebeuren als zijn zusjes, zijn ouders, Annies moeder en Beryl zich niet hadden verstopt. Hij hoopte maar dat Erik echt ergens op een superveilige plek was met de minister-president en dat hij niet ergens op straat was, maar het leek George niet verstandig om dat tegen Annie te zeggen. Het was allemaal al eng genoeg.

'Denk je dat het goed met ze gaat?' fluisterde Annie met een bibberende stem.

'Jep. Ze zijn oké,' zei George zelfverzekerd. Tot zijn verbazing begon hij zich beter te voelen nu zijn hartslag weer normaal was. Terwijl het oproer aan de gang was, had hij zich afgevraagd of hij van angst voorgoed aan de vlonder vastgenageld zou blijven zitten. Maar nu hij wist dat het moment was aangebroken om in actie te komen, kwam hij erachter dat hij nog over een hele lading dapperheid beschikte. 'Misschien is er wat zand en stof naar beneden gekomen, maar volgens mij heeft niemand hen gevonden. Ze stormden de keuken in en kwamen gelijk daarna aan de andere kant weer naar buiten.'

'En nu?' vroeg Annie zachtjes.

Onder hen, in de verwoeste tuin, liepen nog een paar achterblijvers over de platliggende schuttingen. Een paar keer stonden ze stil om een steen door een raam te gooien dat nog niet aan diggelen was, en toen gingen ze ervandoor.

'Ze vernielen gewoon alles wat ze kunnen,' zei Annie vol afkeer.

'Daarom moeten we snel zijn,' zei George. 'Als iemand ons hier boven ziet, hebben we een groot probleem. Ik bedoel: zo-groot-als-het-heelal-groot.'

'Maar snel zijn met wat?'

'We moeten het opnieuw proberen,' antwoordde George. 'Dat moet je altijd doen als het de eerste keer niet lukt, snap je? Jouw idee om Ebot de ruimte in te sturen zodat we kunnen zien wie I AM is en waar die op uit is, is het beste wat we kunnen doen. Maar deze keer moeten we Kosmos betere instructies geven, zodat hij Ebot ergens naartoe brengt waar hij gevonden kan worden.'

'Dus we moeten eigenlijk verdergaan met mijn scheikundewerkstuk?' vroeg Annie verbijsterd. De wereld stortte in en zij deed nog steeds haar huiswerk! Het was allemaal zo gewoon en tegelijkertijd zo bizar dat ze het niet helemaal kon bevatten. 'Zelfs al is er een apocalyps gaande?'

'Jep.' George verbaasde zich over zijn eigen zelfverzekerdheid. 'We zullen tegen Kosmos zeggen dat we naar een nieuwe bouwsteen voor leven zoeken, en dan sturen we Ebot door de deuropening... Ebot heeft je vaders ruimtepak aan, dus het signaal dat je vader door het heelal reist moet ergens opgepikt worden. Op die manier moet I AM ons de eerste keer ook gevonden hebben.'

'Je hebt gelijk.' Annie haalde Kosmos uit de emmer, veegde een paar blaadjes sla en een slakje van hem af, klapte hem open en drukte op de startknop.

'Hebben we onze pakken nodig?' vroeg George.

'Eh... misschien wel,' bedacht Annie. 'Het hangt ervan af. Maar ze liggen in papa's werkkamer.'

George wilde al langs de touwladder naar beneden klimmen.

'Wacht!' riep Annie. 'Het is te gevaarlijk! Straks komen ze terug!'

'Ik doe het heel snel,' zei George vol vertrouwen. 'Zorg jij maar dat Kosmos de portal opent. Ik ben in een nanoflits terug.'

'Oké dan,' zei Annie en George verdween uit het zicht. *'Let's do it...* Kosmos!' Ze haalde een paar keer heel diep adem, terwijl de computer weer tot leven kwam. 'Ik wil verdergaan met mijn scheikundewerkstuk. Ik wil dat je op zoek gaat naar aminozuren in de ruimte. Ik wil dat je de deur naar het heelal opent op een komeet in het zonnestelsel waar ik aminozuren kan vinden, de bouwstenen van levende organismen.'

12

George haastte zich naar de lege moestuin en klom door het gat in de schutting naar de geheimzinnige jungle in Annies achtertuin. Hij rende over het pad, maar bleef plotseling stokstijf staan. De achterdeur van Annies huis was uit de scharnieren gelicht en op de grond gegooid. Alle ramen waren aan diggelen gegooid. George liep voorzichtig tussen de glasscherven door en ging het huis binnen. Alle meubels waren omvergeduwd, de koelkastdeur stond open en de keukenkasten waren leeggehaald. Pakken meel en suiker, die kennelijk waren opengebarsten toen men ze van de planken had gegraaid, lagen op de vloer en de inhoud lag overal verspreid op de tegels. Iemand had een fles fris laten vallen en het vocht was over de kastjes en de vloer gestroomd en had zich met het meel en de suiker vermengd tot een kleverige drab. Ernaast lagen een paar lege plastic tubes die eigenlijk in een laboratorium thuishoorden in plaats van in een gewone koelkast. De inhoud van de tubes was eruit gelopen en had zich bij het plakkerige poeltje op de grond gevoegd, waardoor het mengsel een groene gloed had gekregen. Het zag ernaar uit dat dit het einde was van Annies en Eriks experimenten.

'Getver!' George liep zo voorzichtig mogelijk over de glibberige vloer, maar hij gleed uit over een kapot ei en een kwak jam, en slipte zo in de koude armen van de openstaande koelkast.

'Au! Au! Au!' mompelde hij, terwijl hij over zijn neus wreef, waarmee hij langs een van de schappen was geschampt. Alle etenswaren waren verdwenen, zelfs de oude potjes jam en mosterd die normaal bovenin stonden. Iemand was door de koelkast, de vriezer en de keukenkastjes gegaan en had de inhoud eruit gehaald en alles wat onbruikbaar was op de grond gesmeten, waar nu een gore soep was ontstaan van schuimende, plakkerige chemicaliën en etenswaren.

George liep voorzichtig langs de rand van het aanrecht naar de andere kant van de keuken, maar stond opeens stil, omdat hij tussen de kleeftroep Susans telefoon zag liggen. Op de een of andere manier was het die telefoon gelukt om in al die chaos naar boven te komen en als George erbij kon, kon hij proberen om Erik te bellen!

Erik wist nooit wat hij in gewone situaties moest doen; het had bijvoorbeeld geen enkele zin om hem te vragen hoelang je een ei moest koken of wie er op nummer één van iTunes stond. Maar als er grote kosmische problemen waren of als de wereld in gevaar was, of als er een buitenaards wezen verscheen, dan was hij op z'n best. Onder die omstandigheden was hij degene die je moest hebben. Op dit moment zou het ontzettend nuttig zijn om te weten wat er volgens Erik aan de hand was.

George wilde naar de telefoon lopen om te kijken of die nog werkte, maar de vloer was zo glad dat hij bijna onmiddellijk over de keukenvloer zoefde, met zijn armen wijd, als een surfer die een goede golf probeert te pakken. Toen hij met een klap tegen wat keukenkastjes tot stilstand kwam, besefte hij dat hij zijn tijd verdeed, en dat terwijl ze niet veel tijd hadden! In de verte hoorde hij weer gebulder – hetzelfde geluid dat ze eerder hadden gehoord, voordat de relschoppers door de tuinen waren gerend. Ze konden elk moment terugkomen, wanhopig op zoek naar iets eetbaars wat ze de eerste keer over het hoofd hadden gezien. George glibberde door de keuken alsof hij op schaatsen stond en hij besloot de telefoon te laten liggen. Hij ging zo snel mogelijk door naar de gang en naar Eriks werkkamer.

Van alle kamers in het huis had de werkkamer het minst te lijden gehad onder de plunderingen. Hij was waarschijnlijk niet ineteressant geweest voor de meute. Er lagen een paar boeken op de grond, maar dat was het enige. Al snel vond George wat hij zocht: een stel ruimtepakken en alle spullen die daarbij hoorden. Maar hoe kon hij alles meenemen? Het was te veel om te dragen. Hij besloot om het reservepak en de laarzen vast aan te doen. De ruimtelaarzen waren zo groot dat hij ze makkelijk over zijn gewone schoenen kon aantrekken. Toen hij zijn pak had dichtgeritst, knoopte hij de mouwen van het andere pak om zijn nek, waardoor het net leek of hij een slungelige persoon op zijn rug droeg. Toen trok hij de ruimtehandschoenen aan, zette zijn helm op en hing de andere helm samen met de extra laarzen en handschoenen aan zijn arm. Hij stampte met de zware ruimtelaarzen door de werkkamer. Daarmee had hij veel meer grip dan met zijn sneakers en hij liep zonder één keer uit te glijden over de spekgladde keukenvloer terug naar de achterdeur. Zonder te merken dat het extra ruimtepak als een vlag achter hem aan flapperde, en de pijpen over de vloer door de chemicaliën sleepten, verliet hij het huis en liep door de tuin terug.

Boven in de boomhut had Annie Kosmos weer uitgezet om energie te besparen en ze had de hut zo ingericht dat Ebot door de portal zou kunnen stappen zonder uit de boom te vallen. Terwijl ze daarmee bezig was, keek ze steeds bezorgd of ze George al terug zag komen. Als er iets misging, waren er geen volwassenen meer die konden helpen en Kosmos deed nu eerder denken aan een irritante ik-weet-alles-beter-neef. Ze konden er niet meer van uitgaan dat hij hen zou helpen als dat nodig was. George en zij stonden er echt alleen voor in die chaotische agressieve wereld. De enige die bij hen was, was Ebot, maar hij was geen persoon en uiteindelijk deed hij alleen maar wat hem was opgedragen, wat dat ook was. Hij was niet in staat om onderscheid te maken tussen wat hij wel en niet moest doen.

Terwijl ze zat te wachten, hoorde Annie plotseling iets schuifelen en van schrik hield ze haar adem in. Ze raapte al haar moed bij elkaar en keek over de rand van de boomhut. Zodra ze zag dat het George was, die in zijn ruimtepak omhoog probeerde te klimmen terwijl het andere pak achter hem aan flapperde, haalde ze opgelucht adem.

George klauterde de hut in en liet de ruimtespullen op de grond vallen.

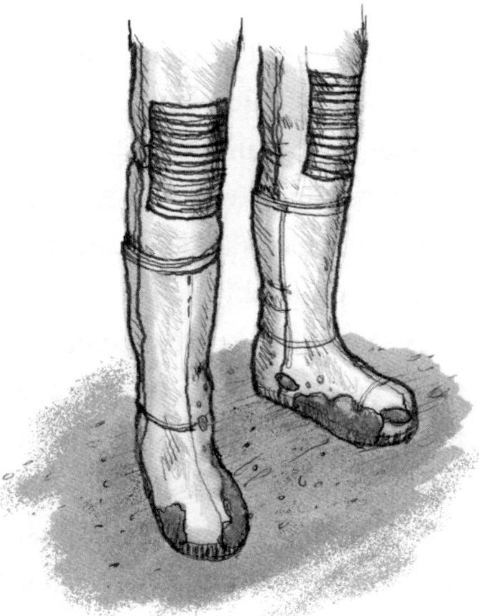

Annie bekeek hem verbaasd. 'Wat is dat daar aan je laars?' Annie wees naar de glimmende groene smurrie die aan zijn laars zat.

'Dat moet uit de keuken komen. Op de vloer lag... Wacht even. Het lijkt wel of het leeft!'

'Wat voor smurrie? Waar kwam die dan vandaan?'

'Wat bewaart je vader op dit moment in jullie koelkast?'

'Ik weet het niet zeker,' antwoordde Annie. 'Hij had een paar experimenten in gesealde testtubes in de koelkast staan, maar hij zei dat ik daar niet aan mocht komen... "Niet" in de zin van "nooit".'

'Ik zou wel willen weten wat dit voor raar spul is en waarom het zich lijkt te verspreiden,' zei George.

'Het zijn waarschijnlijk die proteïnekristallen die papa in de ruimte liet groeien,' zei Annie tegen hem. 'Dat doet hij; hij gaat de ruimte in om dingen te laten groeien die op Aarde minder hard groeien. Maar luister, zullen we verdergaan?'

'Oké... wat nu?' George draaide zich om en keek richting Foxbridge. Alles zag er weer vredig uit, maar ze wisten nu uit ervaring hoe snel dat kon veranderen.

'Aminozuur,' zei Annie stellig. 'Dat is het volgende ingrediënt op mijn lijstje; het is ook een van de bouwstenen voor leven.'

George keek naar zijn laars. Hij wist bijna zeker dat hij het slijm weer zag bewegen, maar dit leek niet het juiste moment te zijn om erover te beginnen. Als het ging om prioriteiten, stond dit niet bovenaan.

'Waar kunnen we die zuren vinden?' vroeg hij.

De computer stond nog uit en Annie kon vrijuit praten. 'Ik heb Kosmos opdracht gegeven om een komeet in ons zonnestelsel te zoeken. Op een komeet kunnen we kleine hoeveelheden aminozuren aantreffen en een komeet is een goede plek om Ebot naartoe te sturen. Daar kan hij worden ontvoerd. In papa's ruimtepak zal hij papa's signaal uitzenden en als I AM al het computerverkeer in de gaten houdt, dan moet papa's – of Ebots – aanwezigheid in de ruimte direct opvallen.'

'Geweldig!' zei George. 'Maar kunnen ze hem van een komeet oppikken, makkelijker dan van de Maan?'

'Tja, hoe moet ik dat nou weten?' zei Annie gespannen. 'We moeten het gewoon proberen. Als het niet werkt, zal ik Kosmos moeten overhalen om op de Maan naar aminozuren te zoeken. Dat zou een beetje raar zijn, want volgens mij zijn er op de Maan geen aminozuren, maar goed. Laten wij onze pakken ook aantrekken,' voegde ze eraan toe.

'Annie, wij gaan toch niet echt de ruimte in?' vroeg George. 'We kunnen Kosmos' portal niet meer gebruiken. Die is niet veilig meer.'

'Nee, dat ben ik met je eens.' Ze knikte. 'Maar herinner je je nog dat wij op een komeet landden en dat er heel weinig zwaartekracht was? Als Ebot daar landt, valt hij er misschien wel vanaf en dan zweeft hij door de ruimte.'

'Ja, goed dat je eraan denkt,' zei George. 'Maar wat kunnen wij eraan doen?'

'We trekken onze ruimtepakken aan,' zei Annie vastberaden, 'en dan helpen we hem door de portal te stappen en op de komeet te landen zonder dat wij zelf echt door de opening gaan. Wat denk je ervan?'

'Oké, ik snap het,' knikte George. 'Het lijkt me een goed plan.'

Annie stapte snel in het ruimtepak dat George voor haar had meegenomen. 'Kom op, laten we de portal openen.'

Ze toetste het commando in op Kosmos' toetsenbord.

'Gegroet,' zei de slimste computer; het klonk alsof hij hen voor de gek hield. 'Wat kan ik voor jullie doen?'

'We willen graag dat je de doorgang naar het heelal opent op een komeet in ons zonnestelsel, zodat we voor mijn scheikundewerkstuk kunnen onderzoeken of daar aminozuren aanwezig zijn,' hielp Annie hem herinneren. Ze wiebelde heen en weer op haar ruimtelaarzen. 'Wij – dat wil zeggen, mijn vriend George, mijn vader Erik, die hier zit, en ik – willen de portal gebruiken voor ons onderzoek.'

'Erik?' zei Kosmos opgewonden. 'Gaat Erik de ruimte in?'

De vrienden keken elkaar even aan. Zou dit werken?

'Ja, dat klopt,' bevestigde Annie. 'Kun je ons helpen?'

'Het antwoord is: ja,' zei Kosmos. 'Ik heb al een komeet gelokaliseerd die zich in de buurt van Jupiter bevindt.'

'Oké.' Annie, die ondertussen in haar ruimtepak zat, stak haar duim op naar George. Ze trok Ebot omhoog en zette hem klaar.

George vroeg zich af hoe groot de kans was dat hun plan zou slagen. In plaats van een saaie meivakantie thuis door te brengen, stond hij nu op punt om een androïde door een ruimteportal te duwen die moest doorgaan voor de vader van zijn beste vriendin, zodat die als lokaas kon dienen op een komeet in de buurt van Jupiter. Het was allemaal zo vreemd... Hij kon er maar beter niet te lang over nadenken, want anders zou het hem nog te veel worden.

'We zullen niet lang wegblijven,' zei Annie. Maar ook zij klonk heel zenuwachtig. 'We willen wat monsters nemen van aminozuren en dan willen we gelijk weer terugkeren naar de Aarde, oké? Je hoeft de portal niet eens achter ons af te sluiten. Mijn vader zal over de komeet lopen, maar George en ik niet. Kan dat, volgens jouw regels? Je probeert niet nog een keer om ons de lucht in te laten vliegen, hè?'

'Voorzieningen getroffen voor één passagier door de portal,' zei Kosmos, 'en er zullen zich geen fouten voordoen zoals hiervoor beschreven.'

De omtrekken van de deur lichtten op en namen langzaam een vaste vorm aan waar de drie samen doorheen konden lopen. Met Ebot tussen hen in maakten Annie en George zich klaar om over de drempel te stappen.

'Vergeet niet dat de zwaartekracht daar minder zal zijn!' fluisterde Annie heel zacht, zodat Kosmos het niet kon horen. 'Dus we duwen Ebot erdoorheen en dan houden we hem vast, zodat hij op de komeet blijft staan. Daarna maken we de ruimtepinnen vast en laten hem los.'

'Begrepen,' zei George. 'Veel geluk in de ruimte!'

En na die woorden schoven ze de androïde naar voren, door de portal, op een komeet. Een komeet die in een baan rond Jupiter draaide, de indrukwekkendste planeet van ons zonnestelsel.

13

De laatste keer dat George en Annie op een komeet landden, waren ze door de ruimte getuimeld en hadden ze in grote cirkels een hele afstand afgelegd, totdat ze met een klap op het oppervlak terecht waren gekomen. Dat was tijdens de eerste ruimtereis geweest die ze samen hadden ondernomen. Annie had in een nijdige bui de portal geopend om George te laten zien dat ze in staat was om door de ruimte te vliegen. Het was het begin geweest van George' reizen door het heelal – een hele serie waanzinnige, vreemde en mooie avonturen.

Maar deze keer bracht de portal hen niet ergens naar een plek boven de komeet; hij verscheen precies op de komeet zelf en tot George' opluchting konden ze Ebot naar voren duwen en stond hij direct met zijn robotbenen op het knerpende oppervlak dat met stenen bezaaid lag.

Zodra de androïde aan de andere kant was, voelden ze het effect van de geringere zwaartekracht. Hij begon direct te zweven en ze moesten hem snel naar beneden duwen. De robot keek naar hen en door zijn ruimtehelm heen zagen George en Annie zijn verbaasde gezicht. Ze wisten dat het onmogelijk was, maar ze vroegen zich af of hij zo keek omdat hij zich verraden voelde, alsof hij wist wat ze van plan waren.

'Hier – snel.' Annie gaf George een paar ruimtepinnen, een kleine ruimtehamer en een stuk touw, die tot de basisuitrusting van het ruimtepak behoorden. 'Sla jij een paar pinnen in het oppervlak. Probeer hem met het touw vast te maken zodat hij niet weg kan zweven.'

George dacht aan zijn vader, die hij had geholpen met het repareren van de windgenerator. Voorzichtig liet hij Ebot los en ging op zijn hurken zitten om de pinnen in de steenachtige ondergrond te slaan, aan beide kanten van de portal één, terwijl hij steeds wachtte op de terugslag van de hamer. De benen van de androïde zweefden nu door de lucht, terwijl Annie hem van achteren vasthield.

Ze waren geen van beiden in de stemming om eens even rustig om zich heen te kijken, maar het viel hun toch op hoe bijzonder dit close-upbeeld van de grootste planeet in ons zonnestelsel was. Hoe lastig en gevaarlijk hun situatie op dat moment ook was, Jupiter kon je niet zomaar negeren. Hij hing recht voor hen, allesoverheersend tegen de achtergrond vol sterren, als een immense bal waarop iemand onregelmatige tijgerstrepen had geschilderd.

'Hij is zo... zo Jupiter-achtig!' hoorde George Annie door het microfoontje in zijn helm zeggen. 'Hoe wisten ze honderden jaren geleden nou dat dit precies de goede naam voor hem was?'

'Hij is zo rood!' zei George, die heel even opkeek van zijn hamer om naar de rode vlek te kijken: de storm die al meer dan driehonderd jaar door de atmosfeer van Jupiter raasde. Astronomen namen de storm al eeuwen met hun telescopen waar, maar George en Annie zagen hem nu zo voor zich, met het blote oog, tollend als een maalstroom, roodoranje, tegen de achtergrond van beige en bruine strepen.

Terwijl George naar het fantastische beeld keek, merkte hij dat Ebot weer bij de deuropening weg dreigde te zweven.

'Schiet op!' fluisterde Annie. Ze hield de robot bijna niet meer.

'Klaar!' zei George, die het touw aan de pinnen had vastgemaakt en aan de lussen van Ebots ruimtepak, alsof hij een heliumballon op Aarde was. 'Je kunt hem loslaten.'

Terwijl Annie naar Ebot keek, met Jupiter voor hem, overviel haar een vreemde gedachte: telkens als ze door de ruimte hadden gereisd, was de Aarde voor hen hun veilige thuishaven geweest, de plek die ze het beste kende. Maar deze keer was de situatie heel anders. Ditmaal hadden ze allebei het gevoel dat ze in de ruimte veiliger en vrijer waren dan op Aarde.

Ze trok zichzelf op aan de deurpost van de portal.

'Oeps!' riep ze uit. 'We vergeten bijna het belangrijkste. We moeten zorgen dat Ebot papa's signaal gebruikt, zodat degene die de communicatie in de ruimte afluistert, denkt dat híj in het heelal is.'

'Ongelooflijk, dat we dat bijna vergeten waren!' zei George. 'Snel, roep Ebot en zorg dat hij antwoord geeft.'

'E-Erik,' zei Annie. 'Kun je mijn signaal beantwoorden?'

'Ja,' antwoordde de robot.

'Ben je in de ruimte?'

'Ja,' zei de robot opnieuw.

'Ben je op een komeet?'

'Ja.'

'Hoelang kunnen we de portal nog openhouden?' vroeg George fluisterend aan Annie.

'Niet lang meer,' gaf ze toe. Ze keek naar Kosmos' batterijsymbooltje. De batterij was vrijwel leeg. Ze drukte een paar toetsen in en zoomde de ruimteportal uit, zodat Ebot verder weg leek te zijn.

Door de deuropening keken ze nog een tijdje naar hem, maar ze waren zich er alle twee van bewust dat het op Aarde nu snel donker werd. Ook al was het begin zomer en kreeg het noordelijk halfrond veel meer daglicht dan in de winter, het zou niet lang meer licht zijn; ze realiseerden zich dat het gevaarlijk kon zijn om nog veel langer buiten te blijven. Kosmos en de ruimteportal gaven een gloed af die, als het in Foxbridge eenmaal echt donker was, zichtbaar zou zijn voor anderen en als de plunderaars terug zouden komen, zouden ze hen makkelijk kunnen vinden.

'Ik denk dat we de portal beter kunnen sluiten,' zei George

Hoelang duurt een dag op aarde?

Waarom zijn de dagen in de winter korter dan in de zomer?

Dat komt doordat de lengteas van de Aarde gekanteld is ten opzichte van zijn baan om de Zon. Als de Aarde in deze baan altijd rechtop zou staan, zouden alle dagen van het jaar even lang zijn. Omdat de lengteas van de Aarde 23,5 graden gekanteld is, zijn op een bepaalde plek in deze baan de Noordpool en het gebied binnen de poolcirkel zo ver van de Zon afgewend dat er helemaal geen daglicht is.

Op het noordelijk halfrond is dat tussen 20 en 23 december. Dat noemen we de winterzonnewende of het wintersolstitium.

Op hetzelfde moment schijnt de Zon op de Zuidpool 24 uur per dag. Een dag duurt eigenlijk net iets korter dan 24 uur, maar we hebben het afgerond.

Terwijl de Aarde om de Zon draait, wordt de gekantelde as van de Aarde geleidelijk de andere kant op gericht. Tijdens de zomerzonnewende (tussen 20 en 22 juni) schijnt de zon 24 uur per dag op de Noordpool. In de rest van de wereld, tussen de twee polen in, varieert de lengte van de dagen.

met tegenzin. 'Kosmos heeft toch bijna geen batterijreserve meer. Een ruimtereis vraagt altijd heel veel energie van hem.'

Ze wierpen nog één lange blik op Ebot, die sierlijk in de lucht zweefde, als een vastgemaakte vlieger tegen het decor van de schitterende, ijsachtige stroom gas en stof achter de komeet. Hij leek op iemand die door het heelal reed op een jetski.

'Dag, Ebo... Eh... papa, bedoel ik,' zei Annie verdrietig. Daarna zei ze fluisterend: 'Ik hoop dat je snel gekidnapt wordt.'

'Dag... Eh... Erik,' zei George.

'Verdorie!' Annie wachtte nog heel even met haar vingers boven het toetsenbord, maar ze moest het commando geven om de portal te sluiten. 'Ik was ervan overtuigd dat het zou lukken. Ik wist zeker dat I AM alle communicatie in de ruimte zou afluisteren en dat die robots gelijk zouden komen als ze dachten dat papa hier was, net als de laatste keer.'

'Misschien hadden we toch naar de Maan moeten gaan,' zei George. 'Misschien is dat wel de enige plek waar I AM zich bevindt.'

'Maar hoe hadden we dat kunnen doen?' vroeg Annie. 'We kunnen Kosmos alleen vragen om ons naar een plek te brengen waar iets te vinden is voor mijn scheikundewerkstuk en op de Maan hebben we nu niks te zoeken.'

'Je vader zei dat het zoeken naar antwoorden in het universum net zoiets is als iemand die zijn sleutels zoekt onder een lantaarnpaal,' zei George. 'Zijn sleutels liggen daar niet, maar het is de enige plek waar genoeg licht is om iets te kunnen zien.'

'Ja, zoiets is het inderdaad.' Annie klonk somber. 'Maar goed, volgens mij kunnen we niet langer wachten. Zullen we proberen om Ebot terug te halen voordat ik de portal sluit?' Ze voerde het commando in, zodat het beeld weer inzoomde en ze bij Ebot konden komen. Maar terwijl ze dat deed, zag George opeens een rode lichtflits op de komeet.

'Annie, weg daar!' riep hij.

Terwijl ze naar achteren sprong, bij de portal vandaan, zagen ze een stip felrood licht op Ebots borst. Vlak daarna zagen ze de grijphanden van een robot die aan het touw en de pinnen trok die George daar had bevestigd om Ebot op de komeet te houden.

'Ze hebben hem!' zei George hijgend. Het volgende moment sloot de portal uit zichzelf; de batterij van de supercomputer was leeg.

14

'Ta-da! Volgens mij heeft I AM Ebot gevangengenomen!' juichte Annie.

'Dus wat we nu moeten doen, is wachten tot ze Ebot naar het moederschip brengen en dan kunnen wij met de bril kijken waar hij is,' antwoordde George.

Binnen in hun helmen zaten ze alle twee te glunderen. Ze zetten ze af en trokken hun pakken uit.

'Het is ons gelukt! We hebben onze robot laten kidnappen! Missie geslaagd!' Annie was dolgelukkig met zichzelf.

'Nu moeten we naar een veilige plek gaan waar we kunnen wachten,' zei George. 'Volgens mij is het niet verstandig om in de boomhut te blijven als het echt donker is.' Terwijl hij vooroverboog om zijn ruimtelaarzen uit te trekken, viel hem iets vreemds op.

'Annie...' zei hij langzaam. 'Dat slijm, weet je wel... Dat spul uit de keuken dat aan mijn laars was blijven kleven...'

'Ja?' Ze keek naar Kosmos' dode scherm.

'Het is weg.'

'Hoe bedoel je, "weg"?' vroeg Annie zonder op te kijken.

'Die drab aan mijn laars,' zei George wijzend. 'Mijn hele laars zat onder en het was alsof het bewoog. En nu is het verdwenen!'

'Wauw!' zei Annie. 'Stel dat het echt leefde... en dat het kronkelend op de komeet is gekropen!'

'We hebben tegen Kosmos gezegd dat we naar de bouwstenen van leven zochten en dat we daarom naar het heelal moesten. Maar in plaats daarvan hebben we leven naar het heelal gebracht en het op een komeet achtergelaten...' zei George langzaam.

'Wé?' zei Annie, terwijl ze haar hoofd omdraaide en hem aankeek.

'Nou, jíj bent anders degene die de bouwstenen voor leven onderzoekt,' antwoordde hij bozig.

'Ja... Maar ik ben niet degene die in een poel met levende drab is gaan staan en daarna door de ruimteportal is gaan hangen – om erachter te komen dat het slijm is weggekropen om een eigen kolonie in het heelal te beginnen.'

Als antwoord gaf George' maag en geweldige knor, gevolgd door een paar fascinerende kreunen.

Het geluid brak de spanning tussen de twee vrienden en ze barstten in lachen uit. Snel verstopten ze hun ruimtepakken en helmen in de boomhut.

Ondertussen was Kosmos in een diepe sluimer geraakt en kon hij niet langer horen wat ze zeiden of met hen communiceren.

'Wat zullen we doen?' vroeg Annie zachtjes aan George.

'We moeten door de bril kijken of we kunnen zien waar Ebot is... en dan een manier bedenken om hem te volgen.'

'En we moeten een schuilplaats zoeken om de nacht door te brengen,' zei Annie. 'George, ik ben een beetje bang,' voegde ze eraan toe.

'Dat was ik ook,' gaf hij toe. 'Maar nu niet meer. Ik was bang toen ik me afvroeg hoe het zou zijn als de hele wereld instortte. De gedachte was heel eng, maar nu het echt gebeurt... We moeten gewoon doorgaan met waar we mee bezig zijn, dat is het belangrijkste.'

'Denk je dat we Kosmos kunnen gebruiken om Ebot te volgen, als we eenmaal weten waar hij is?'

'Volgens mij niet,' zei George. 'We kunnen hem niet vertrouwen.

Dat is te gevaarlijk. Degene die alle computersystemen op Aarde in de war heeft gestuurd, heeft waarschijnlijk ook toegang tot Kosmos gevonden. Vandaar dat hij zo vreemd reageert. Bovendien is zijn batterij toch leeg. Zelfs als we hem zouden willen gebruiken, zou dat niet gaan... Tenminste, niet déze Kosmos. Kom mee, Annie! Ik heb een idee...'

Nog voordat hij zijn zin had afgemaakt, klom hij al langs de touwladder naar beneden. Hij sloeg de laatste paar sporten over, sprong op de grond en rende terug naar de achterdeur van zijn huis.

'Kijk uit!' fluisterde hij tegen Annie, toen hij een knerpend geluid onder zijn voeten hoorde. 'Er ligt overal glas – van de kapotte ramen.'

Voorzichtig liepen ze met z'n tweeën door George' keuken en op hun tenen stapten ze over de luiken waaronder hun familie verborgen zat. Even bleven ze staan, maar ze hoorden alleen het zachte gemompel van hun kletsende moeders.

George schudde verwoed zijn hoofd naar Annie om haar duidelijk te maken dat ze niets moest zeggen.

Zwijgend sloop ze verder, als een kat. Op de tast zocht ze zich een weg naar de voordeur, terwijl George vlak achter haar volgde. De voordeur hing half uit zijn scharnieren, dus in de gang was het niet helemaal donker. Er viel wat omgevingslicht naar binnen, net genoeg om hun skateboards te vinden.

'Deze kant op,' fluisterde George, die door de verlaten straat keek. 'Snel!'

Zowel Annie als George had het jaar ervoor leren skateboarden, toen hun vriend Vincent was gekomen, die een echte skateboardkampioen was. Hij had hun niet alleen de basisprincipes geleerd en een paar coole moves, maar hij had toen hij terugging naar Hollywood ook zijn boards voor hen achtergelaten. Ze zouden nooit zo goed worden als hij, maar ze waren allebei behoorlijk snel, alleen hadden ze het nog nooit in het stikdonker gedaan. Voor George' huis bleven ze zenuwachtig staan, met de boards in hun handen.

'Wat gaan we doen?' fluisterde Annie.

'De faculteit wiskunde, waar je vader werkt...' zei George. 'Weet je hoe we daar moeten komen?'

'Jep,' zei Annie. 'Ik kan de hoofdingang zelfs openen. Maar waarom zouden we daarnaartoe gaan?'

'We gaan kijken of we de Oude Kosmos kunnen vinden,' zei George. 'De computer die je vader eerst had. De allereerste supercomputer. Die staat daar, toch? In de kelder van het faculteitsgebouw? Het is onze enige kans – als-ie het nog doet tenminste. Maar dat moeten we uitzoeken. Laat Ebot al beelden zien?'

'Oeps!' Annie voelde snel in haar broekzak en haalde de remote-access-bril tevoorschijn. 'Nee, nog niks,' zei ze. 'Maar... wacht even. Wat is dit?'

'Wat?' George vroeg zich af of Ebot opeens zijn beelden doorgaf.

'Het is alsof ik alles om me heen heel helder zie,' zei ze, 'alleen heeft de hele wereld een vieze groene kleur gekregen.'

'Dat moet een nachtfunctie zijn,' bedacht George. 'Er moet een beeldversterker in de bril zitten!'

'Geweldig,' zei Annie. 'Dat betekent dat ik de weg kan wijzen. Kun je mij zien als ik vooropga?'

'Als ik vlak achter je blijf, kan ik de reflecterende strepen op je sneakers zien,' zei George.

'Kom op, dan gaan we. We hebben geen tijd te verliezen.' Annie zoefde voor George uit, maar ze keek steeds over haar schouder of George wel achter haar zat. Ze keek naar links en rechts door haar nachtbril, terwijl ze op het midden van de weg de straat uit reed. Er waren geen auto's, maar desondanks volgde ze niet de normale route. Een paar keer moest ze van richting veranderen en een zijweg nemen omdat er groepen mensen liepen. Gelukkig kon ze hen met haar speciale bril zien voordat zij in de gaten hadden dat er iemand hun kant op kwam. Ze zagen er in het groene licht van de nachtzichtapparatuur behoorlijk eng uit en het waren het soort mensen dat zij en George liever niet tegenkwamen.

De plunderingen waren nog steeds aan de gang en de mensen die nu nog op straat liepen waren op zoek naar wat ze ook maar te pakken konden krijgen, en ze wilden niet dat een ander er met hun buit vandoor ging.

Terwijl ze door het centrum van het oude universiteitsstadje reden, langs de faculteiten met hun grote pilaren, gewelven en binnenplaatsen, zagen ze hoe snel Foxbridge was veranderd. Net buiten een van de grotere faculteiten – een verzameling indrukwekkende gebouwen met torens en glas-in-loodramen, omringd door mooie grasvelden – had een groep mensen een kampvuur gemaakt, en het leek wel of ze daar etensresten in roosterden

die ze in de afvalbakken hadden gevonden die omgekeerd op de stoep lagen.

Deze keer besloot Annie dat ze maar zo snel mogelijk langs deze mensen moesten skaten, want een omweg om hen te ontwijken zou te veel tijd kosten. Ze trapte zo snel mogelijk haar skateboard voort en suisde hun kant op, met George vlak achter zich.

Terwijl ze langszoefden keken er één of twee mensen op die het geluid hadden gehoord, maar ze maakten geen aanstalten om hen tegen te houden of achterna te rennen. Ze vlogen voorbij en zoefden met een sierlijke bocht een smalle straat in.

'Dat ging makkelijk,' zei George. 'Niemand is in ons geïnteresseerd!'

Maar hij had te snel gesproken.

Terwijl ze zo vlug mogelijk hun weg vervolgden, hoorde hij een geluid achter zich, dat zelfs dichterbij kwam. Je omdraaien terwijl je op topsnelheid voortraast is niet makkelijk, maar het lukte hem om over zijn schouder te gluren, en dat was genoeg.

'We worden achtervolgd!' schreeuwde hij naar Annie, zonder dat het hem kon schelen of zijn achtervolger het hoorde.

Annies stem kwam op de wind naar hem toe. 'Door wie?' riep ze.

'Het is een robot!' schreeuwde George. 'Net zo een als we op de Maan hebben gezien. En hij haalt ons in!'

De robot was nog ver achter hen, maar net als op de Maan verslond hij met zijn grote stappen de grond onder zijn voeten.

'Sneller!'

George en Annie gingen zo hard dat de stad in een waas aan hen voorbijging. Achter hen worstelde de robot nu met de hobbelstenen; zijn moderne technologische uitrusting was niet geschikt voor het hobbelige oppervlak van oude straatjes.

'Hij staat stil!' zei George, terwijl zij de treden voor de ingang

van de faculteit op vlogen. ‘Snel Annie, open de deur!’

‘Dit is raar,’ hijgde ze, toen ze zag dat de wiskundefaculteit donker en verlaten was. ‘Hadden we het mis? Zitten ze achter óns aan, en niet achter papa?’

‘Niet omkijken,’ zei George dwingend. ‘Maak zo snel mogelijk de deur open.’ Hij tuurde in het duister en zag dat de dreigende zilverkleurige gestalte zich herpakt had en hun kant weer op kwam.

Annie knikte. Ze concentreerde zich op het cijferslot dat toegang moest geven tot de faculteit. De kleine metalen draaischijf stak naast de voordeur uit een oud bronzen slot.

In zijn hoofd begon George te schreeuwen. Hij kon Annie onmogelijk uit haar concentratie halen terwijl ze met het slot in de weer was, maar de robot was nu vlak bij hen; ze stonden tegen de deur aan en konden geen kant op.

Eindelijk had ze de juiste code gebruikt en het slot – een oud mechanisch ding in plaats van een elektronisch slot – sprong los; de zware oude deur zwaaide open en alle twee slaakten ze een zucht van verlichting toen hij met een klap achter hen dichtviel. Maar binnen was het stikdonker en aangezien de robot op de deur begon te rammen waren ze nog helemaal niet veilig.

‘Oude Kosmos…’ fluisterde George. ‘We moeten hem zo snel mogelijk vinden.’

Met de nachtbril op leidde Annie hen door de duisternis naar beneden, naar de deur die toegang gaf tot de kelder waar de

Oude Kosmos werd bewaard. En toen stonden ze stil. De deur zat op slot.

Van boven klonk het geluid van brekend glas; het was de robot die de ruiten naast de voordeur insloeg.

'Hoe komen we binnen?' fluisterde Annie. Naast de deur zagen ze een druktoetspaneeltje opgloeien.

'Wat is de toegangscode?' vroeg George.

'Eh... We moeten maar iets proberen.' Annie toetste een hele reeks cijfers in.

'Wat was dat?' George deed zijn best om niet in paniek te raken. Hij wist dat hij alles kon bederven als hij Annie uit haar concentratie haalde.

'Ik probeerde papa's geboortedatum,' zei ze, 'maar dat werkte niet. En toen die van mama, en nu...'

Ze tikte een code in – en deze keer schoof de deur open en konden ze naar binnen.

'Dat was mijn geboortedatum,' zei Annie, die bijna moest huilen van opluchting, 'en dat was goed!' Achter hen schoof de deur met een geruststellende *zoef* dicht.

De robot zou de deur kunnen forceren, maar in elk geval hadden ze wat tijd gewonnen.

Binnen stond de enorme machine op hen te wachten. Zijn schakelsysteem nam met zijn torens en stapelgeheugen bijna de halve kelder in beslag. Toen George ernaar keek, bedacht hij hoe bijzonder het was dat computers nu zo klein waren dat je ze kon dragen.

Welkom Annie, schreef Kosmos op een strook papier. Het was van dat ouderwetse computerpapier met gaatjes aan de zijkanten. Deze Kosmos had geen stem om mee te praten – alles wat hij wilde zeggen moest hij printen. *Ik ben blij je weer te zien.*

Wat is een computer?

Wiskundige wetten
Het is een geweldige eigenschap van het heelal dat alles daarin, van planeten tot lichtstralen en geluidsgolven, zich aan wiskundige wetten houdt. Daardoor kunnen we met behulp van wiskundige berekeningen voorspellen wat zulke elementen kunnen doen.
Computers volgen een omgekeerde route. We ontwerpen en combineren een verzameling onderdelen die zich gaan gedragen volgens wiskundige regels die we zelf kiezen. Vervolgens laten we de machine zijn gang gaan; de machine voert wiskundige berekeningen uit en levert een uitkomst. Als de theorie waarop de machine is gebaseerd, de manier waarop de machine is gebouwd en onze metingen allemaal kloppen, kunnen we ervan uitgaan dat de uitkomst klopt.
Tegenwoordig zijn we gewend aan het idee dat je een computer vrijwel alles kunt laten doen zolang hij maar genoeg geheugen en rekenkracht heeft, en dat de programma's zelf niets anders zijn dan extra data. Maar de computer van nu is iets heel anders dan zijn vroegste voorgangers...

Een van de eerste analoge computers
Al in de tweede eeuw voor Christus werd in het oude Griekenland een soort rekenmachine gebouwd: het mechanisme van Antikythera. Het apparaat was bedoeld om de cycli van de Zon, de Maan en de planeten te volgen. De uitvinder van de machine wilde de bewegingen van de hemellichamen weergeven met behulp van een aantal bronzen raderen. Hij had deze tandwielen zodanig in een complex mechanisme samengevoegd dat ze de stand van de hemellichamen op verschillende tijden konden weergeven. Omdat het mechanisme een analogie weergeeft van een specifiek fysiek systeem, is dit een voorbeeld van een analoge computer.

Een rekenliniaal, een liniaal waarvan het middelste deel kan worden verschoven ten opzichte van de randen, is ook een voorbeeld van een vroege analoge computer. De rekenliniaal werd in de zeventiende eeuw uitgevonden en werd heel veel gebruikt tot in de jaren zeventig van de vorige eeuw, toen kleine elektronische rekenmachines populair werden. Het mechanisme van de rekenliniaal is gebaseerd op logaritmische wiskunde.

Analoge computers hebben duidelijk hun beperkingen. Het grootste nadeel is dat een analoge computer, wanneer deze eenmaal is gemaakt, alleen één soort probleem kan oplossen met een vastgestelde nauwkeurigheid. Een ander probleem kan een andere wiskundige benadering vereisen en daarmee een andere analogie, een ander ontwerp en dus eigenlijk een andere machine.

Het menselijk brein gaat heel anders om met berekeningen. Je schrijft bijvoorbeeld eerst een aantal vergelijkingen op. Vervolgens verwerk je die vergelijkingen stap voor stap tot andere vergelijkingen, met behulp van wiskundige regels. Die methode ben je op school waarschijnlijk ook al tegengekomen, bijvoorbeeld bij het oplossen van kwadratische vergelijkingen. Om dit na te bootsen, moest een nieuw type rekenmachine worden uitgevonden.

Een computer op stoom!

Mechanische rekenmachines waren de volgende stap. De machine van Pascal uit de zeventiende eeuw was een doorbraak. In 1837 ontwierp Charles Babbage een apparaat dat hij de 'analytische machine' noemde. Als de machine zou zijn gebouwd, zou het de eerste programmeerbare computer zijn geweest. Ponskaarten met gaatjes vormden de programma's en data van de machine. Hij zou werken als een universele turingmachine, hoewel hij 100 miljoen maal trager zou zijn dan een moderne computer. En hij werd aangedreven door stoom... Helaas werd de machine nooit gebouwd, hoewel er in de twintigste eeuw wel werkende replica's zijn gemaakt van Babbage' tweede ontwerpversie van deze computer.

Van Turing naar de eerste digitale computers

Een digitale computer is een machine die bedoeld is om automatisch algoritmen te volgen (zoals een mens een algoritme zou kunnen volgen, maar dan veel sneller). In de praktijk wordt een geheel getal (dat erg groot kan zijn) als input omgezet in een geheel getal als *output*.

Wat is een computer? - VERVOLG

Waarom gehele getallen?
Het is niet moeilijk om tekst in getallen om te zetten. In de ASCII-tekenset is 'A' bijvoorbeeld 65 en is 'z' 122. Bij echte getallen gebruiken we in de praktijk breuken met een bepaald aantal decimalen, oftewel cijfers achter de komma, bijvoorbeeld 99,483. Dat is hetzelfde getal als 0,99483 maal 100 (oftewel 10 x 10, wat wiskundig wordt genoteerd als 10^2). Een digitale computer hoeft dus alleen maar het gehele getal 99483 op te slaan en het getal 2, waarmee wordt aangegeven welke macht van 10 er wordt toegepast (10^2).
In werkelijkheid werken computers eerder met binaire bits die alleen de waarde 0 of 1 kunnen hebben. Alle gegevens (getallen, tekst, afbeeldingen en programma-instructies) kunnen binair in gehele getallen worden weergegeven en als één lang binair getal in het geheugen van de computer worden ingevoerd.

De wiskunde achter digitale computers is gebaseerd op de universele turingmachine. Een digitale computer ontvangt een programma (een lijst instructies voor een bepaalde turingmachine die in de vorm van een heel groot binair getal kan worden gecodeerd) als onderdeel van de input, waarna deze input wordt gebruikt om dezelfde bewerking op de rest van de input toe te passen. Wat we nu onder een 'computer' verstaan, is een machine die alles kan berekenen wat volgens Turing kan worden berekend, zolang het juiste programma als input wordt gebruikt en de computer genoeg tijd en geheugen krijgt om dat programma uit te voeren.
Zo'n computer werd voor het eerst in 1941 in Duitsland gemaakt: de Z3 van Konrad Zuse. Deze machine maakte gebruik van telefoonschakelingen in plaats van tandwielen. Het was dus geen mechanisch apparaat, maar een elektrisch-mechanisch ontwerp. De input bestond uit een lint met gaatjes. In 1946 werd de eerste elektronische digitale computer gebouwd die volgens de principes van Turing werkte, de Amerikaanse ENIAC. Hij bevatte geen printplaten met circuits, zoals een moderne computer, maar vacuümbuizen zo groot als gloeilampen. Het was een enorme machine: hij was 2,4 meter hoog, 90 cm diep en 30 meter lang. Hij nam een ruimte van 167 vierkante meter in beslag.
In 1949 werd aan de Universiteit van Cambridge nog een elektronische computer volgens de principes van Turing gebouwd voor onderzoek, de ESDAC. In de daaropvolgende decennia werden de elektronische

Tweelingen in het heelal

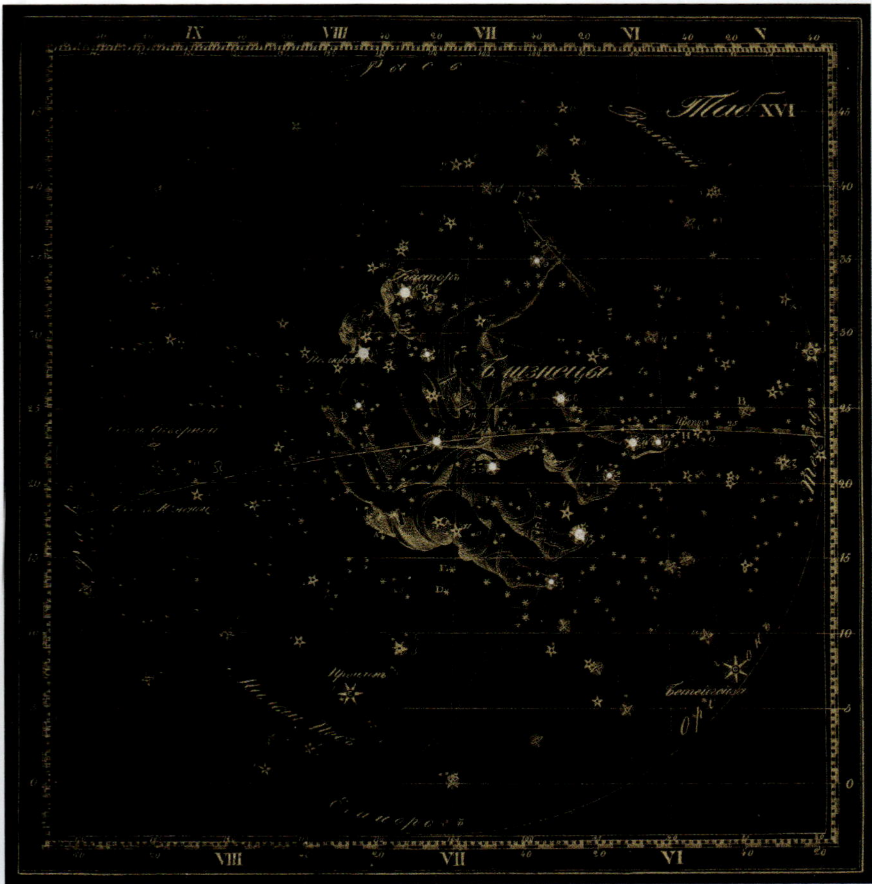

Het sterrenbeeld Tweelingen, 1829

Tweelingsterren

Dr David Roberts/Science Photo Library

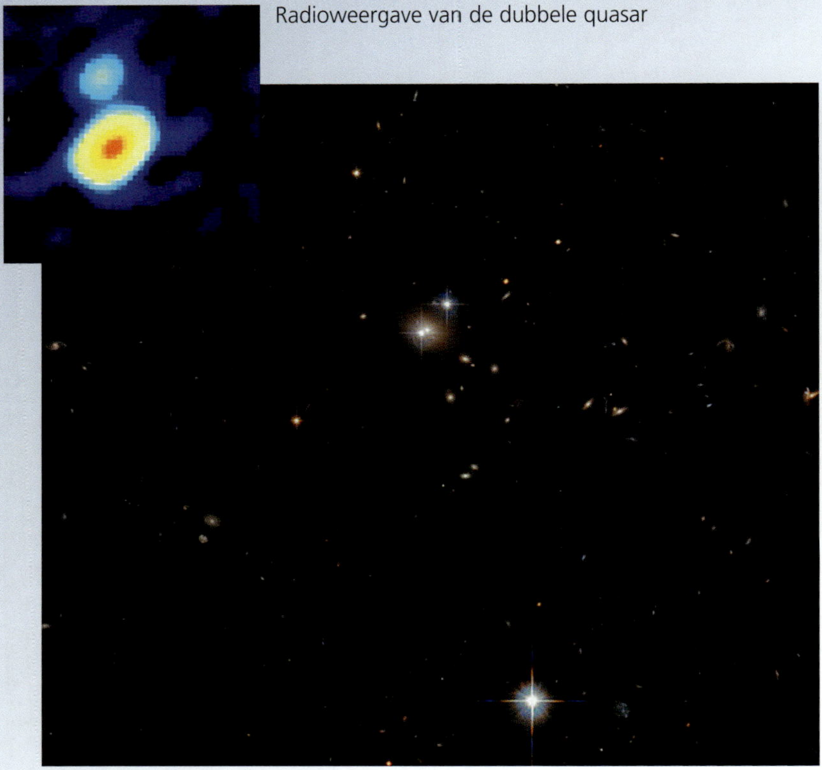

Radioweergave van de dubbele quasar

ESA/NASA

Tweeling-quasar

NASA/Swift/Stefan Immler

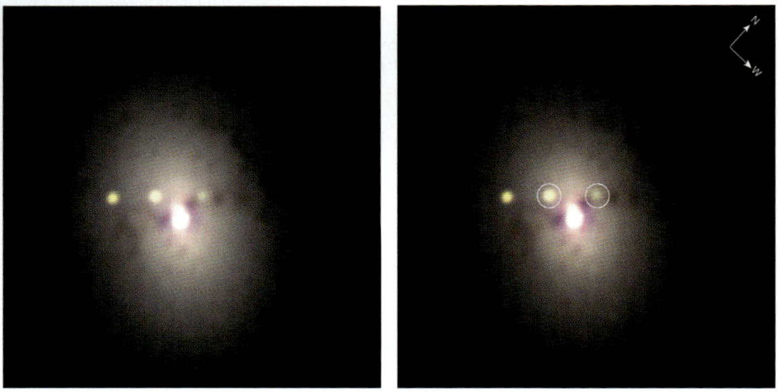

Dubbele sterrenexplosies

Science Photo Library

Ongelijke dubbelsterren

Tweelingmanen

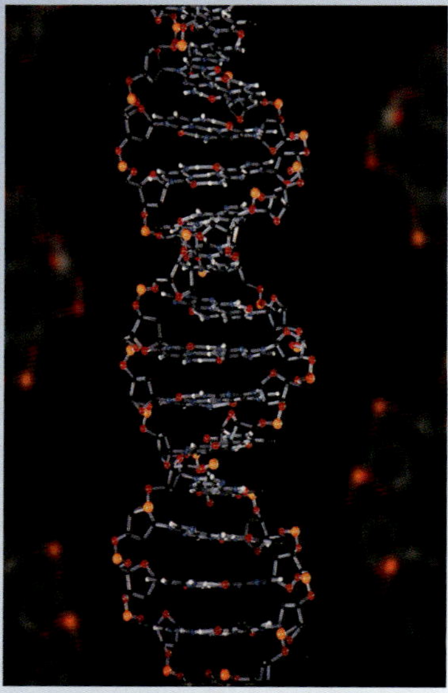
Phil Degginger/Science Photo Library

Dubbele helix

© The Planetary Society

Optische SETI

Ruimtepuin

Roger Harris/Science Photo Library

NASA

Blik op de Aarde

Wonderen uit het heelal

NASA, ESA en het Hubble Heritage Team (STScI/AURA), & IPHAS

Kosmische rups

NASA, ESA en het Hubble Heritage Team (STScI/AURA)

Een botsing,
20 juni 2013

NASA, ESA en het Hubble Heritage Team (STScI/AURA) – Hubble/Europe Collaboration

Een bruine dwerg, januari 2013

NASA, ESA & JPL-Caltech

NASA, S. Gezari (JHU) & J. Guillochon (UC Santa Cruz)

Mei 2012 - Een zwart gat dat een ster verzwelgt

April 2013 - Paardenkopnevel

NASA, ESA en het Hubble Heritage Team (STScI/AURA)

onderdelen steeds kleiner. De buizen werden vervangen door transistors en daarna door geïntegreerde schakelingen en microprocessors, waarbij een groot aantal elektronische onderdelen op één stukje silicium wordt geëtst.

De computer van vandaag

Tegenwoordig verstaan we onder een computer een machine die digitale gegevens en instructies kan lezen en opslaan en die automatisch doet wat we willen wanneer we enkele toetsen indrukken, met de muis klikken of over een aanraakscherm vegen. Computers zijn steeds kleiner geworden. De elektronische onderdelen worden steeds kleiner; er worden steeds meer zeer kleine onderdeeltjes bij elkaar op één plaatje geperst, waardoor de computer steeds sneller wordt.

Maar in tegenstelling tot de denkbeeldige turingmachine uit de jaren dertig van de vorige eeuw heeft een echte computer nog altijd een eindige hoeveelheid geheugen, bijvoorbeeld 2 GB RAM-geheugen *(Random Access Memory,* oftewel geheugen waar informatie op een willekeurige plaats kan worden opgeslagen en gelezen). De processor moet met een ongelofelijke hoge snelheid kunnen rekenen, bijvoorbeeld 20.000.000.000 stappen of zwevende-kommabewerkingen per seconde (20 gflops/s).

Als je op een afbeelding op je laptop dubbelklikt, worden het programma waarmee je foto's bekijkt en het fotobestand zelf vanaf de harde schijf in het geheugen geladen. De processor voert de instructies van het programma uit op de afbeeldingsgegevens, waarna de juiste gekleurde stipjes naar je beeldscherm worden gestuurd, zodat je te zien krijgt wat je hebt opgevraagd. En dat gaat ook nog eens heel snel.

Moderne computers hebben een permanent opslagsysteem, een harddisk, die ervoor zorgt dat je je computer kunt uitschakelen zonder je bestanden kwijt te raken. Computers kunnen onderling worden verbonden en meestal is je computer ook op internet aangesloten.

Bijna elk huishouden heeft een of meer personal computers en veel mensen hebben een draagbare laptop of tablet, of een smartphone waarmee ze toegang hebben tot internet. Er verschijnen elk jaar weer nieuwe technologieën; de computer van de toekomst kan er dan ook weer heel anders uitzien.

- Een byte is een groep van acht bits. Daarmee kan elke letter van het alfabet worden weergegeven.
- Een gigabyte is 1.073.741.824 bytes.

Tips van George voor veilig internetten

➔ Geef geen persoonlijke gegevens weg

Het is veiliger om geen persoonlijke gegevens te delen wanneer je online chat of berichtjes plaatst. Daarmee bedoelen we gegevens zoals je volledige naam, je e-mailadres, je telefoonnummer en je wachtwoorden. Als een programma of een persoon online om dergelijke gegevens vraagt, vraag dan je ouders of een andere volwassene die je vertrouwt of het veilig is voordat je informatie deelt.

➔ E-mailberichten zijn niet altijd veilig

E-mails, chatberichtjes, bestanden, afbeeldingen of documenten openen van mensen die je niet kent of vertrouwt, kan tot problemen leiden. Ze kunnen virussen of kwaadaardige boodschappen bevatten. Wees voorzichtig!

➔ Online vrienden

Afspreken met mensen die je tot dan toe alleen online hebt ontmoet, kan gevaarlijk zijn. Doe dat alleen met toestemming van je ouders of verzorgers en doe het alleen als een van hen erbij kan zijn. Online vrienden zijn nog altijd vreemden, zelfs als je heel lang met ze hebt gechat.

➔ Echt waar?

Online kan iemand liegen over wie hij of zij is. Niet alle informatie op internet klopt. Controleer informatie door gegevens te vergelijken met andere websites, boeken of door het na te vragen bij iemand die de ander beter kent. Als je het leuk vindt om online te chatten, is het veiliger om dat alleen met echte vrienden en familieleden te doen.

➔ Betrek je familie erbij

Vertel wat je doet en met wie je online praat aan je ouders, verzorgers of een andere volwassene die je vertrouwt. Geheimpjes en internet gaan niet goed samen. Gebruik je beeldscherm in dezelfde kamer als je ouders of verzorgers en laat ze zien wat je doet. Dat maakt het voor iedereen gemakkelijker om erover te praten als er problemen ontstaan.

➔ Vertel waar je mee zit

Vertel het aan je ouders, verzorgers of een andere volwassene die je vertrouwt als je je ongemakkelijk voelt over iets of iemand, of als jij of iemand die je kent met online pesten te maken krijgt.

Internet is een ongelofelijk grote bron van kennis. Je kunt er heel veel informatie vinden over de ruimte, over technologie en over nieuwe ideeën. Vergeet niet dat je er heel veel plezier van kunt hebben, maar doe dat veilig! ☺

15

Vergeleken bij de bedreigende wereld boven hun hoofden was het in Oude Kosmos' schuilplaats lekker droog, warm en bijna knus. Er zoemde een ventilator die de oude computer koel hield en de lucht in beweging bracht, omdat het anders in de kelder heel bedompt zou worden. Oude Kosmos was bijna een antiek museumstuk met een futuristische energievoorziening, want hij werd door middel van geothermie van stroom voorzien. Een jaar daarvoor had Erik besloten om te investeren in duurzame stroom om zijn energie-slurpende machines gaande te houden. Hij had ervoor gepleit om de verschillende gebouwen op aparte systemen te laten draaien, zodat een storing in het ene gebouw niet zou leiden tot schade elders.

De Oude Kosmos, die zijn stroom direct uit het hart van de aarde zelf ontving, bleek op dit moment de enige machine in het hele gebouw te zijn die functioneerde. De lampjes op zijn indrukwekkende torens vol hardware knipperden opgewekt, alsof hij hen verwelkomde. Het was een vrolijk gezicht na de grijsgroene duisternis in de buitenwereld.

'Kosmos, de wereld is gek geworden! De computers doen raar en er lopen robots door de straten! Heeft iemand geprobeerd om jou aan te vallen?' vroeg George. 'Kleine Kosmos is gehackt – we denken door dezelfde persoon of organisatie die al die vreemde dingen doet.'

Ha-ha-ha, zei Oude Kosmos. *Niemand zou moeite doen om mij te hacken. Ze denken dat ik een overblijfsel ben uit een andere eeuw. Het zou net zoiets zijn als een aanval op de piramides.*

'Maar dat ben je niet, toch?' zei Annie liefdevol. 'Een overblijfsel, bedoel ik. Of een piramide.'

Ik ben een buitengewoon bijzonder voorbeeld van een technologische constructie. Oude Kosmos liet zijn woorden nog sneller dan eerst op het papier verschijnen. *Ik beschik dan misschien niet over de modernste mogelijkheden, maar ik ben nog steeds in staat tot behoorlijk wat opmerkelijke computerhoogstandjes.*

'Zoals: ons naar het heelal brengen?' vroeg George hoopvol.

Daartoe ben ik door een vorige gebruiker uitgerust met een portal, antwoordde Oude Kosmos omslachtig, zodat hij niet hoefde toe te geven dat hij oorspronkelijk niet over die functie beschikte.

Annie en George keken elkaar even aan. Ze wisten wat hij bedoelde. Een jaar geleden had Eriks oude tutor, professor Zuzubin, Oude Kosmos stiekem voor zijn eigen doeleinden gebruikt – waaronder het opblazen van de ondergrondse deeltjesversneller in Zwitserland op het moment dat de belangrijkste wetenschappers ter wereld zich daar voor een bijeenkomst hadden verzameld. Zuzubin wilde als enige wetenschapper overblijven, zodat zijn theorieën, waarvan Erik lang geleden al had bewezen dat ze niet klopten, aanvaard zouden worden. Hij had ook geprobeerd om de Oude Kosmos als tijdmachine te gebruiken: hij wilde terug in de tijd gaan om de geschiedenis aan te passen en zijn eigen wetenschappelijke voorspellingen te veranderen, zodat hij in het heden als een genie gezien zou worden. Maar hij had de loop van de geschiedenis niet kunnen wijzigen; het verleden had zichzelf beschermd tegen dit soort piraterij. Alle wetenschappers, onder wie Annies vader, hadden de deeltjesversneller heelhuids kunnen verlaten en hun werk kunnen voortzetten. En nu bleek Zuzubins nalatenschap opeens heel goed uit te komen...

'Zuzubin moet hem hebben voorzien van de ruimtedeur,' fluisterde Annie tegen George.

'Goh, ik had nooit verwacht dat we hem ooit nog eens ergens dankbaar voor zouden zijn,' antwoordde George, terwijl hij terugdacht aan de professor met het witte haar die er zo vriendelijk had uitgezien, maar die allesbehalve vriendelijk was geweest. 'Gevaarlijk' was niet eens op Zuzubin van toepassing. 'Gek van frustratie', 'machtsbelust' en 'knettergestoord' waren woorden die beter bij hem pasten.

'Maar waar willen we naartoe? We weten nog niet waar Ebot is!'

'Kosmos,' zei Annie, 'we hebben onze robot de ruimte in gestuurd met een verklikapparaatje. Met deze bril moeten we kunnen zien waar hij is. We hebben zijn positie nog niet kunnen vaststellen, maar we hopen dat er snel een paar beelden doorkomen. Kun jij verbinding maken met die beelden en ons vertellen waar we naartoe moeten gaan?'

Appeltje-eitje, typte Kosmos. *Verbind het hardware-apparaat alsjeblieft met een van mijn poorten.*

'Poorten... poorten... poorten...' Annie liet haar blik snel langs de enorme berg apparatuur gaan waaruit de Oude Kosmos bestond, terwijl ze ondertussen een kabeltje uit de knoop haalde. 'Als ik een poort was, waar zou ik me dan bevinden?'

'Daar!' zei George en hij wees naar een kleine aansluiting net onder Kosmos' scherm. 'Plug hem daar in.'

Annie verbond de bril met de kabel en plugde het andere uiteinde in in Kosmos' poort. Zijn scherm werd grijs en spikkelig, maar toen lichtte het plotseling op.

Eerst zagen ze alleen maar vage en kleurloze vormen, die bewogen zonder dat duidelijk was waar het op sloeg. Maar Kosmos gebruikte de zoomfunctie om de vormen scherper te maken en hij verhoogde het contrast, zodat ze naar voren kwamen.

Ze tuurden naar het beeld op het scherm voor hen. Het was nog steeds moeilijk te zien waar ze nu naar keken. De lijnen verschoven telkens, waardoor ze geen idee hadden wat ze zagen.

'Kijk!' zei George, die een paar keer met zijn ogen knipperde. 'Daar! Het is dezelfde robot. Dezelfde als die we op de Maan zagen en die op weg hiernaartoe achter ons aan kwam – of misschien is het wel een andere, maar lijken ze precies op elkaar.' De robot verscheen heel even recht in beeld en tuimelde toen weer rond. Hij maakte een koprol in de lucht.

'Ze zijn in de ruimte,' zei Annie. 'Daarom ziet het er zo gek uit. Ebot zweeft – het lijkt wel of hij in een of ander ruimteschip zit. Kosmos, kun jij de locatie bepalen?'

Oude Kosmos bromde even. Ze hoorden zijn circuits kraken terwijl hij de exacte positie van het signaal probeerde vast te stellen.

'O, kijk nou!' riep Annie uit. 'Er is niet één robot. Het zijn er een heleboel.'

Terwijl ze door Ebots ogen keken, zagen ze dat hij zich in een soort ronde gang bevond, met pijpen en snoeren langs de muren. Om hem heen zweefde een hele horde robots, die allemaal op de robot leken die ze op de Maan hadden gezien en daarnet in Foxbridge. Toen de kinderen eenmaal begrepen dat Ebot zich ergens bevond waar de zwaartekracht heel gering was, drong het tot hen door dat hij omringd was door zwevende robots die hem allemaal één kant op loodsten.

'Wauw!' zei Annie. 'Het is net alsof Ebot wordt meegevoerd door een politie-eenheid.'

'Van wie zijn ze?' vroeg George verbaasd. 'Wie heeft er zo veel robots in een ruimtestation? Het lijkt wel een heel robotleger.'

'Kosmos, waar is dit?' vroeg Annie.

Willen jullie weten waar dit is of hoe snel het zich verplaatst? Kosmos had meer aanwijzingen van hen nodig voordat hij zijn verslag kon afmaken.

'We willen weten waar het is,' zei Annie. 'Het maakt niet uit hoe snel het zich verplaatst.'

Jullie gepersonaliseerde robot is in een ruimtestation dat zich op dit moment in een baan rond de planeet Aarde bevindt.

'Maar dat is niet het internationale ruimtestation ISS!' riep Annie, die heel goed wist hoe de binnenkant van het ISS eruitzag, omdat de gezagvoerder elke dag updates en foto's op Twitter zette en Annie zijn posts op de voet volgde.

George bekeek de vellen papier die uit Kosmos kwamen rollen en die een hoopje vormden aan zijn voeten. 'Oude Kosmos zegt dat het ruimtestation van een particuliere eigenaar is, maar dat er bijna geen informatie over is. Het is alsof het niet bestaat… alleen zien wij hier dat het wel bestaat!'

'Hoe kan dat nou?' vroeg Annie.

'Volgens Kosmos is het "gecloakt",' vertelde George. 'Dat betekent dat het een dekmantel heeft, en dat niemand het daardoor kan waarnemen. Misschien heeft het ook kwantumeigenschappen, waardoor het steeds van locatie kan veranderen. Vandaar dat het zich van de ene naar de andere plek verplaatst, zoals naar de Maan en toen naar die komeet.'

'Dat is bizar,' zei Annie. 'Denkt Kosmos dat het iets te maken heeft met wat er op Aarde aan de hand is? Weet hij wat er op Aarde is gebeurd?'

Als antwoord werd er driftig geprint.

Natuurlijk weet ik dat! schreef Kosmos. *En spreek me alsjeblieft direct aan. Het is onbeleefd om over mij in de derde persoon te praten.*

'Sorry,' zei Annie schuldbewust. 'Maar op het moment leven we in een heel vreemde wereld. Het is alsof er van alles kan gebeuren.'

Aan het begin van het computertijdperk, schreef Kosmos, *hebben we erop gewezen dat het gevaarlijk was als alles met elkaar verbonden was. Daardoor werd het ook makkelijk om alles in één keer te laten crashen.*

'Nou, het ziet er niet naar uit dat er iemand heeft geluisterd,' zei George.

'Kosmos…' Annie richtte zich nu direct tot de oude computer. Het was haar opgevallen dat hij net zo chagrijnig kon zijn als Kleine Kosmos, voordat die werd gehackt en beleefd en kruiperig ging doen. 'Kun je ons naar Ebots locatie op het ruimteschip brengen? Niet exact waar híj is, want zo te zien wordt hij door een robot-politie-eenheid ergens naartoe gebracht, maar ergens bij hem in de buurt, zodat we kunnen zien wat daar gebeurt?'

Akkoord, typte Kosmos.

'En kun je ons ook cloaken? Kun je ons een dekmantel geven, zodat niemand ons ziet als we op het ruimteschip zijn?'

Het was even stil.

Ik kan jullie niet onzichtbaar maken. :-(Oude Kosmos had er zelfs een droevige smiley achter gezet.

'Wat lief,' fluisterde Annie. 'Kosmos, waarom heb jij geen stem?' vroeg ze plotseling. Ondertussen lag de hele kelder bijna vol met vellen papier die Kosmos had gebruikt om met hen te communiceren.

Omdat niemand er ooit een voor me heeft gemaakt, liet hij haar weten. *Dus ben ik stemloos.*

'Ach… Nu maak ík een verdrietig gezicht.' Annie was echt bang dat ze moest huilen.

Ik kan jullie wel een time-cloak *geven,* ging Kosmos verder.

'Wat is dat?' vroeg ze.

Dat is een tijdelijke dekmantel, en dat betekent dat zelfs als iemand mijn netwerkactiviteiten volgt, diegene pas drie minuten later kan zien dat jullie door de ruimteportal zijn gegaan. Dus ik kan jullie drie minuten voorsprong geven.

'Doe dat,' zei Annie stellig. 'En laten we meteen beginnen. Hebben we onze ruimtepakken nodig?'

George keek bedenkelijk. 'Dat is moeilijk te zeggen,' antwoordde hij. 'Maar in de meeste ruimtestations wordt het klimaat gereguleerd, dus niemand aan boord draagt een ruimtepak.'

'Maar dit is een vreemd, onzichtbaar ruimtestation,' zei Annie. 'Dus wie weet hoe het daar binnen is?'

'Als het onzichtbaar is, hoe kan het dan dat wij het nu zien?'

Omdat jullie androïde ons het signaal stuurt vanuit het station, legde Kosmos uit. *Als hij niet daar binnen was, zouden we het nooit hebben gevonden.*

'Maar we hebben het vanaf de Aarde gezien!' zei George. 'Ik heb er zelfs een foto van gemaakt!'

Een fout in het metamateriaal van de dekmantel moet ervoor gezorgd hebben dat het ruimteschip tijdelijk zichtbaar was, zei Kosmos. *Op dat moment heb jij de foto gemaakt.*

'Dus vandaar dat papa geen idee had wat het was,' zei Annie. 'En dat geen enkele regering dit schip kan vinden, laat staan dat men weet van wie het is. Kosmos, ben je er klaar voor? Kun je ons voorlopig zelf verbergen?'

Kosmos voerde uit zichzelf een reeks ingewikkelde berekeningen uit, waardoor de doorgang oplichtte; die hadden George en Annie tot nu toe niet gezien, omdat hij verborgen was tussen alle indrukwekkende opgestapelde geheugens, schakelsystemen en controlepanelen.

'Onthoud goed,' zei George, 'dat we een echte ruimtedeur nodig hebben, dus niet zoals die andere portal; we moeten hem echt open kunnen doen en door de opening kunnen stappen, en niet zoals de laatste keer in een soort gang terechtkomen voordat we onze bestemming bereiken.'

'Maar stel dat we door de spleet vallen en zonder onze ruimtepakken in het heelal terechtkomen?' zei Annie en haar gezicht vertrok.

'Dan raken we oververhit en bevriezen we tegelijkertijd; de gassen in ons bloed zullen exploderen en onze ogen ploppen letterlijk uit ons hoofd,' zei George behulpzaam.

'En bedankt,' fluisterde Annie. 'Weet je zeker dat we dit moeten doen? En dat we onze ruimtepakken niet nodig hebben?'

'Behoorlijk zeker,' zei hij. 'Zonder ons zal Erik dit ruimteschip nooit vinden. Wij zijn misschien de enigen op de hele wereld die een kans hebben om I AM te vinden en erachter te komen of hij, het of zij inderdaad iets te maken heeft met wat er allemaal aan de hand is.'

'Goed dan,' zei Annie. 'Het ziet er dus naar uit dat het opnieuw op ons tweeën aankomt.'

In de duistere kelder lichtte de portal steeds feller op, in alle kleuren van de regenboog, tot het net een prachtig verlichte kerstboom was.

Zonder nog iets te zeggen gingen ze dichter bij elkaar staan. Annie stak haar hand uit en toen George die pakte, voelde ze dat hij de zwarte haptische handschoenen van Ebot uit zijn zak had gehaald en had aangetrokken, voor het geval hij ze nodig had.

'Moeten we de bril ook meenemen?' vroeg Annie.

Zeker niet, typte Kosmos. *Die heb ik nodig om het signaal op te vangen, zodat ik jullie naar de juiste locatie kan sturen.*

'Je zorgt er toch voor dat we binnen in het ruimteschip belanden, hè?' fluisterde Annie. 'Niet ergens buiten, zwevend in het heelal?'

Anders dan latere nabootsingen, typte Kosmos bits, *maak ik nooit fouten. Stap alsjeblieft naar voren. De portal is gereed.*

Allebei tegelijk ademden ze diep in en zetten een stap naar voren. George trok met zijn vrije hand de deur naar zich toe. In de opening zagen ze alleen een wirwar van kleuren: groene, roze en oranje wolken.

'Wat is daarachter?' vroeg Annie zenuwachtig.

'Dat weten we pas als we erdoorheen gaan,' zei George. 'Weet je nog? Oude Kosmos kan ons niet laten zien wat daar is. We moeten naar voren lopen, anders komen we er nooit achter.'

'Wacht!' zei Annie en ze scheurde een stuk papier af van een van Kosmos' geprinte vellen en krabbelde er wat op met de pen die ze uit haar zak haalde.

'Wat doe je?' vroeg George.

'Ik laat een briefje achter,' zei ze. 'Voor het geval dat.'

Ze liet haar bericht aan hem zien:

We zijn de ruimte in. Komen snel terug.

'Moeten we niet zeggen waar we naartoe gaan?'

'Schrijf jij er maar iets bij,' zei Annie en ze gaf het blaadje en de pen aan George.

Als we morgenochtend niet terug zijn, stuur dan alstublieft een ruimtereddingsmissie met behulp van de coördinaten die de Oude Kosmos aangeeft.
Annie en George

'Goed gezegd!' zei Annie. 'Volgens mij is het zo wel duidelijk.'

'Oké, dan gaan we.' George stak het briefje onder een klembord en ging weer naast Annie staan.

Toen knepen ze hun ogen dicht, gaven elkaar weer een stevige hand en zetten een grote stap naar voren. Ze vroegen zich alle twee af of ze gewoon door konden lopen, het niets in, de onvoorstelbaar grote en onbekende duisternis in van het heelal. Lang geleden, voordat de wereld in elkaar stortte, waren ze een keer naar een pretpark gegaan waar ze in een achtbaan hadden gezeten die ook door het pikdonker ging en waarbij je er maar op moest vertrouwen dat je aan het eind weer veilig werd afgeleverd. Maar dit was niet voor de lol; het was geen achtbaan in een pretpark. Dit was echt.

16

Maar ze vielen niet door de ruimte. Zodra ze vaste grond onder hun voeten voelden, openden ze hun ogen en zagen de laatste gekleurde wolken van Kosmos' doorgang wegtrekken en werd hun nieuwe locatie zichtbaar. Achter zich hoorden ze een zachte klik en toen ze over hun schouder keken, zagen ze nog net de deur dichtgaan en verdwijnen. Op hetzelfde moment werden ze allebei een beetje van de grond getild.

Ze waren in eenzelfde soort ronde gang als waarin ze Ebot met zijn robot-escorte hadden gezien, maar hier was niemand. Hadden zijn kidnappers al ontdekt dat hij niet de grote wetenschapper Erik Bellis was, alhoewel een computersysteem en een stelletje robots hem daar wel erg op vonden lijken? Betekende dit dat ze zojuist op een vijandelijk ruimteschip waren gestapt? Wat stond hun hier op dit vreemde onzichtbare ruimteschip te wachten?

'We zweven!' Annie dreef naar de ronde wand van de gang en greep een leiding vast. 'We zijn in de ruimte! Maar ik kan gewoon ademen – jij ook?'

'Ssst! Zachtjes,' zei George. 'Straks hoort iemand ons.'

'Ik zie niemand.' Annie keek door de gang. Aan de ene kant was een deur; aan de andere kant maakte de gang een bocht en verdween uit het zicht. 'Laten we die kant op gaan.' Ze bewoog langs de wand naar de deur. 'We hebben maar drie minuten; dan weten ze dat we hier zijn.'

'Waarom die kant op?' vroeg George.

'Gewoon, een voorgevoel...'

'Oké dan. Ik ben vlak achter je.' George maakte snel een koprol door de lucht, net zoals hij de robot door Ebots ogen had zien doen. Hij bedacht opeens iets. 'Hoe weet Kosmos wanneer hij de portal moet openen om ons terug te halen? We hebben helemaal niets bij ons waarmee we met hem kunnen communiceren.'

'En hij kan alleen door Ebots ogen kijken!' zei Annie toen het probleem ook tot haar doordrong. 'Dus we moeten Ebot wel vinden, anders zitten we hier vast. En we hebben niet lang meer. Straks wordt de tijdelijke dekmantel opgeheven en weet het robotleger waarschijnlijk dat we hier zijn...'

'Ik hoop dat ze ruimtevaart-eten aan boord hebben,' zuchtte George, wiens maag ondertussen heel leeg aanvoelde. 'Hebben we een plan?'

'Ja,' zei Annie. 'We moeten degene vinden die al die dingen doet en zeggen dat hij ermee moet ophouden.'

'En anders... anders wát?' vroeg George.

'Eh... Geen idee. Dat moeten we onderweg maar bedenken.'

'O, geweldig,' mompelde George.

Dit was de moeilijkste missie die ze ooit hadden ondernomen. Hiervóór hadden ze voor enorme uitdagingen gestaan en vreemde, geheimzinnige gebeurtenissen ontrafeld, op Aarde en in het heelal. Maar nu hadden ze een grote sprong in het diepe genomen, zonder te weten hoe ze naar huis konden terugkeren, zonder een idee te hebben wat ze eigenlijk konden doen of wat ze zouden aantreffen. Dit was verreweg het engste en bizarste avontuur tot nu toe; helemaal omdat ze planloos waren. George realiseerde zich dat ze op de rand van de afgrond stonden, afgesneden van de bewoonde wereld en van menselijke kennis. Ze stonden er helemaal alleen voor, en dat was een heel eigenaardig gevoel.

'Het is beter dan op Aarde rondhangen en je nutteloos voelen,' zei Annie stellig. Ze gebruikte de leidingen langs de wanden om zich naar de deur aan de andere kant te trekken, maar schoot bijna door en greep de hendel vast om zichzelf tegen te houden. De deur ging onmiddellijk open, waardoor ze weer naar achteren schoot, want iets wat aan de andere kant tegen de deur moest hebben geleund, kwam haar kant op.

Annie kon nog net voorkomen dat ze het uitgilde en George wierp zich naar voren om haar te beschermen tegen wat het dan ook was. Het viel in slow motion door de deuropening en bleef even horizontaal zweven.

'Het is een van de robots!' zei Annie. 'Néé! Wat doen we nu?' Ze greep George vast en samen bleven ze zweven, zonder te kunnen beslissen of ze moesten blijven om hun noodlot in de ogen te kijken, of dat zich zo snel mogelijk moesten omdraaien om op de vlucht te slaan.

George keek om zich heen, op zoek naar een vluchtroute.

'Misschien heeft hij ons nog niet opgemerkt!' fluisterde hij. 'Kom op, laten we ervandoor gaan.'

Maar hij had de woorden nog niet uitgesproken of de robot zweefde rechtovereind; voor het eerst konden ze zijn gezicht goed zien. Anders dan de robots die ze eerder waren tegengekomen, had deze robot een vriendelijke uitdrukking.

'Hallo,' zei hij tegen hen. Zijn stem klonk aardig – heel anders dan ze verwacht hadden.

'Eh... hallo,' zeiden ze alle twee zenuwachtig. Was dit I AM? Kon I AM een robot zijn?

George had in gedachten een strenge toespraak voorbereid over de vreselijke situatie op Aarde. Hij was van plan geweest om die uit te spreken als hij eindelijk oog in oog zou staan met I AM. Hij zou veel lange woorden gebruiken om indruk te maken op wie het ook was; hij zou uitleggen dat de situatie heel ernstig was en dat hij, George, het ruimteschip niet zou verlaten voordat hij zeker wist dat de nodige maatregelen waren genomen. Maar hij had zich niet voorbereid op een vriendelijke robot en hij was zo verrast dat hij zijn toespraak helemaal vergat.

'Hoe heten jullie?' vroeg de robot.

'Ik ben Annie. En dit is George,' zei Annie.

'Willen jullie vrienden met mij worden?'

'Wauw,' zei George. Dit had hij echt niet verwacht. Hij zou niet geschrokken zijn als de robot hem en Annie zou hebben bedreigd, of gevangen zou hebben genomen of zou hebben aangevallen. Maar vrienden met hen worden? Dat was wel heel raar.

'Eh... ja, dat zou leuk zijn.' Annie klonk net zo verbaasd als George zich voelde.

'Hoe heet jij?' George was als een klein kind dat op de eerste schooldag vrienden probeert te maken, maar hij wist niet wat hij anders moest zeggen.

De robot zweefde nu vlak voor hen en ze konden zijn grijnzende gezicht nog beter zien. 'Ik heet Boltzmann Brian,' antwoordde hij lacherig. 'Ik ben een spontaan ontstaan bewustzijn, in staat om een oneindig aantal keer te dupliceren.'

'Ik dacht dat dat een Boltzmann-*brein* was,' fluisterde Annie tegen George.

'Er is een spelfout gemaakt toen het patent werd geregistreerd,' antwoordde de robot rustig.

George realiseerde zich dat de robot een supersonisch gehoor moest hebben. Annie en hij zouden heel erg moeten uitkijken hoe ze communiceerden. Alhoewel de robot duidelijk een soort band met hen probeerde aan te gaan, weigerde George hem zomaar te vertrouwen.

'Helaas was het niet mogelijk om het nog te veranderen toen het patent was toegewezen,' ging de robot verder.

'Ach, arme jij!' zei Annie, die niet precies wist wat ze moest zeggen.

Het brein van Boltzmann

Deeltjes, deeltjes en nog eens deeltjes...

Alle materie op Aarde bestaat uit extreem kleine deeltjes: atomen. Deze atomen duwen elkaar almaar alle kanten op. Er vindt een voortdurende uitwisseling plaats van kleine elektromagnetische deeltjes, die fotonen worden genoemd. Een deel van die uitwisseling, oftewel straling, voelen we als warmte. Een ander deel zien we als licht. Weer een ander deel gebruiken we voor communicatie, door straling uit te zenden via zendmasten. Er vliegen de hele tijd fotonen en andere subatomaire deeltjes door het heelal, die afkomstig zijn van de Zon of zelfs van andere sterren op nog veel grotere afstand. De Aarde en andere planeten, sterren en de ruimte daartussenin vormen één grote kolkende soep van extreem kleine deeltjes. Hoe kunnen wetenschappers ontdekken hoe deeltjes zich gedragen als ze met zo'n enorme hoeveelheid minuscule bewegende deeltjes rekening moeten houden?

... en een storm in een glas water

Slechts één liter water op Aarde bevat zo'n 30 miljoen miljoen miljoen miljoen moleculen! Toch ziet een liter water er niet uit als een verzameling deeltjes. Het lijkt één uniforme massa die de vorm kan aannemen van een vaste stof, een vloeistof of een gas, afhankelijk van de temperatuur en de druk. Als je genoeg warmte toevoegt, gaat het water koken en wordt het stoom. Als je de temperatuur ver genoeg verlaagt, wordt het ijs. Dat is normaal gedrag voor water; we zien het vrijwel dagelijks. Maar waarom gedragen al die 30 miljoen miljoen miljoen miljoen moleculen zich op dezelfde manier? Zijn er geen rebelse moleculen die zich verzetten?
De negentiende-eeuwse Oostenrijkse natuurkundige Ludwig Boltzmann bedacht een wiskundige verklaring voor de vraag hoe het komt dat een gigantische hoeveelheid deeltjes zich in zeer voorspelbare patronen gedraagt. Hoewel veruit de meeste deeltjes zich willekeurig door elkaar bewegen zonder zich iets van elkaar aan te trekken, ontstaat er wel een algemeen gemiddeld gedragspatroon voor alle deeltjes. In een liter water kan een klein aantal moleculen willekeurig afwijken van dit gemiddelde, maar de kans dat die groep moleculen groot genoeg is om een zichtbare verandering te veroorzaken in wat we normaal vinden, is erg klein.

Als je dat water oneindig lang zou kunnen observeren, zou je uiteindelijk een grote willekeurige afwijking zien, bijvoorbeeld doordat alle moleculen gedurende korte tijd allemaal in dezelfde richting bewegen. De kans dat dit gebeurt is echt heel klein. Als er een kan met een liter water voor je op tafel staat, hoef je er niet op te rekenen dat het water plotseling uit de kan springt. Maar als je de kan oneindig lang zou kunnen laten staan, zou dat uiteindelijk een keer gebeuren. Sterker nog: het zou een oneindig aantal keren gebeuren.

Wat betekent dat voor het heelal?

Het heelal ontstond 13,8 miljard jaar geleden met de oerknal. Sindsdien dijt het heelal steeds sneller uit.

Wanneer we het principe dat we hierboven voor een kan water beschreven op het heelal toepassen, kunnen we aannemen dat het heelal oneindig lang bestaat. Dan zou elke mogelijke afwijking zich inderdaad voordoen, en niet één keer, maar een oneindig aantal keren. Dat betekent ook dat er ergens in de enorme soep van deeltjes een perfecte kopie zou ontstaan van het heelal zoals we dat nu kennen, dus met dezelfde verdeling van deeltjes als op dit moment.

Een kopie van het heelal omvat natuurlijk ook kopieën van elk bestaand brein, met alle bestaande herinneringen. Maar omdat het veel moeilijker is om willekeurig alle bestaande breinen te vormen dan om één afzonderlijk brein te vormen, is de kans groter dat deze willekeurige afwijkingen één enkel brein vormen, inclusief alle herinneringen, dan de kans dat er kopieën van alle breinen of van de hele Aarde ontstaan.

Als de deeltjessoep groot genoeg zou zijn, terwijl de temperatuur hoger is dan het absolute nulpunt (waarbij niets beweegt) en je oneindig lang kunt wachten, zouden in die soep alle mogelijke breinen met alle mogelijke herinneringen een oneindig aantal malen worden gekopieerd. Die breinen noemen we breinen van Boltzmann. Als het heelal oneindig lang zou bestaan, zou er een oneindig aantal Boltzmann-breinen in rondzweven, compleet met herinneringen, tot op het moment dat je dit leest!

Weet je zeker dat jij niet een van die breinen bent?

‘Ik vind je haar heel mooi,’ zei de robot.

‘Wat?’ Annies hand ging automatisch naar haar hoofd.

‘En jij ziet er heel slim uit,’ zei de robot tegen George.

‘Eh… dank je!’ zei die. Was de robot zo voorgeprogrammeerd dat hij iedereen die hij op dit ruimteschip tegenkwam zomaar complimentjes moest geven, vroeg hij zich af. Wat wilde iemand bereiken door zo’n vreemde machine te creëren?

‘De tijd is bijna om,’ fluisterde Annie in George’ oor. ‘Onze drie minuten zijn bijna voorbij.’

George gaf een heel klein knikje, zodat ze wist dat hij haar had gehoord.

‘Boltzmann…’ zei hij beleefd. ‘Brian? Zei je nou net dat je in staat was om een oneindig aantal keren te dupliceren? Is dat echt waar?’

‘Ik ben speciaal gemaakt om mijn lichaam op een eenvoudige en gebruikersvriendelijke manier te kunnen kopiëren,’ zei de robot behoorlijk trots. ‘Ik kan mijn specifieke kenmerken doorgeven aan een 3D-printer op Aarde en dan een nieuwe versie van mezelf printen.’

‘En je kunt jezelf overal waar je wilt uitprinten?’ vroeg George.

‘Overal op de planeet,’ antwoordde Boltzmann Brian.

George’ nek begon te tintelen van angst toen tot hem doordrong wat dit inhield. Met één druk op de knop kon deze robot gereproduceerd worden door elke 3D-printer, overal op Aarde. Dat betekende dat iemand die een robotleger wilde vormen geen robots in elkaar hoefde te zetten of ze hoefde te importeren. Diegene hoefde maar een commando te geven en alle 3D-printers op Aarde – en George vermoedde dat dat er veel meer waren dan mensen dachten – zouden een robot produceren die zijn schepper zeer waarschijnlijk gehoorzaamde. George bedacht dat dit wel de snelste manier was om de Aarde over te nemen, zeker als het daar een chaos was en niemand in de gaten had wat er aan de hand was of het probeerde tegen te houden, totdat het te laat was.

Wat als alle regeringen en legers en politie-eenheden en veiligheidsdiensten waren afgeleid door vastgelopen transportnetwerken, pinautomaten die geld weggaven, voedseltransporten die niet aankwamen, vliegtuigen die op de grond bleven staan, doorbrekende dammen, ontploffende energiecentrales en nog veel meer rampen – en niet in de gaten hadden dat een robotleger de macht overnam? Zelfs al was het een leger van aardige robots, die mensen met alle geweld complimenten wilden geven?

George besefte plotseling dat de robot, terwijl ze aan het praten waren hen langzaam, bijna onmerkbaar door de gang naar achteren had geduwd.

‘En met z’n hoevelen zijn jullie nu?’ vroeg Annie.

‘Ik ben alleen,’ zei Boltzmann Brian. ‘Er is maar één echte Boltzmann Brian.’

‘Maar er zijn toch meer robots op dit ruimteschip?’ zei George.

‘Correct.’ Boltzmann dwong hen nog verder naar achteren te gaan. ‘Er zijn heel veel kopieën van mijn robotlichaam op dit schip – een heel gezelschap. Maar geen van hen heeft een brein. Het is heel onwaarschijnlijk dat ze dat ooit zullen krijgen, snappen jullie? Zelf al zou je hun hoofd heel lang koken… Ik zal jullie een geheim verklappen.’ De robot grijnsde. ‘Ik ben veel aardiger dan die anderen.’

‘En op Aarde zijn er ook nog meer robots?’ vroeg George.

‘Alweer correct!’ antwoordde Boltzmann opgewekt. ‘Op verschillende plekken op Aarde zijn de laatste tijd met 3D-printers meer eenheden gemultipliceerd.'

'Bedoel je die onaardige?' vroeg Annie. 'Die enge, die achter ons aan kwam?'

'Ik ben speciaal opgeleid om extreem gebruikersvriendelijk te zijn,' zei Boltzmann Brian met een wezenloze glimlach. 'Maar die anderen...'

Annie en George hoefde het eind van zijn zin niet te horen om te begrijpen wat het betekende.

Terwijl hij nog aan het woord was, begon er een alarm te loeien en twee andere robots – met gemene gezichten en gevaarlijke grijphanden – stonden opeens achter Annie en George en grepen hen stevig beet.

'Au!' schreeuwde Annie toen een van de robots haar arm vastpakte en haar naar de andere kant van de gang trok.

George kon niks doen om haar te helpen, want hij werd zelf in een ijzeren greep gehouden door de andere agressieve robot. Net als Annie werd hij door een robotescorte door de gang gesleept.

Boltzmann Brian liep achter hen aan en blaatte: 'Maar ik ben een aardige robot!'

Even bedacht George hoe fijn het geweest zou zijn als ze alleen met Brian hadden kunnen blijven. Alhoewel zijn vriendelijkheid behoorlijk griezelig was, was die lang niet zo eng als de bedreigende gezichten die hij nu om zich heen zag. Waar gingen ze naartoe? Zouden ze Ebot te zien krijgen als ze er eenmaal waren?

Annie en hij konden niet zien waar ze heen gingen, want ze werden achterstevoren meegetrokken, maar toen de robots opeens stilstonden zweefden ze door de bijzonderste ruimte die ze ooit hadden gezien.

3D-PRINTEN

Wat is 3D-printen, wat is het verschil met 2D-printen en wat is er zo leuk aan?

Wat betekent '3D'?

De 'D' staat voor *dimensionaal*, dus als iets 3D is – driedimensionaal – heeft het drie dimensies:

- lengte (één)
- breedte (twee)
- en hoogte (drie).

Een tekening op papier is een tweedimensionale afbeelding (het papier is een plat vlak). Fysieke objecten die je dagelijks aanraakt of gebruikt (zoals je fiets, je boterham en je neus) zijn allemaal driedimensionaal.

Plakjes worst

Als we het over printen hebben, bedoelen we meestal 2D-printen. Dat doe je met een gewone printer die thuis, op school of in de bibliotheek op de computer is aangesloten.

De meeste 2D-printers:

- gebruiken speciale inkt om 2D-afbeeldingen op papier af te drukken.
- werken met elektronische bestanden die een 2D-beeld weergeven, zoals een foto uit een digitale camera of een document uit een tekstverwerkingsprogramma. De printer deelt het bestand elektronisch op in een groot aantal heel dunne strookjes. Dit proces wordt weleens 'salamitactiek' genoemd, oftewel gegevensfragmentatie, omdat het lijkt op een worst in plakjes snijden.
- spuiten voor elk elektronisch plakje worst een nauwkeurig afgemeten hoeveelheid gekleurde inkt op het papier, zodat een exacte weergave van elk plakje wordt gevormd.

- gaan dan verder met het volgende plakje en de daaropvolgende plakjes, totdat het hele beeld op het papier is opgebouwd.
- Kunstenaars kunnen trucs toepassen om 2D te laten lijken op 3D door in afbeeldingen slim gebruik te maken van perspectief. In films kunnen special effects worden toegepast om een 2D-film om te vormen tot 3D.
  Maar dat is eigenlijk gezichtsbedrog, want de oorspronkelijke afbeeldingen en films zijn 2D:
  breedte (één) en hoogte (twee).

Toen mijn zoon nog klein was, keek hij gefascineerd toe hoe onze printer al zoemend en ratelend foto's en documenten produceerde. Hij keek ook altijd vol verwachting naar de printer als we iets op internet hadden gekocht, bijvoorbeeld speelgoed. Hij verwachtte dan dat onze aankoop zó uit de printer zou rollen! Voor een vierjarig kind is dat waarschijnlijk heel logisch. Het grappige is: voor sommige voorwerpen is dat nu werkelijkheid geworden.

Een echt voorwerp in 3D maken

Een 3D-printer maakt geen 2D-afbeelding, maar een echt voorwerp in 3D. De technologie die hiervoor wordt toegepast, wordt wel 'additief produceren' genoemd.

- Net als bij 2D-bestanden begint het proces met een elektronisch bestand. In dit geval is het een speciaal soort bestand, namelijk een CAD-model (CAD betekent: *Computer Aided Design*). Dat model beschrijft elk onderdeel dat moet worden geprint tot in het kleinste detail.

Als je naar een CAD-model van een voorwerp op je beeldscherm kijkt, zie je hoe dat voorwerp er vanbuiten uit kan zien. Je kunt er echter ook 'doorheen vliegen' om te kijken hoe het voorwerp vanbinnen is opgebouwd.

- De 3D-printer snijdt het CAD-model in 'worstplakjes' die achtereenvolgens op elkaar worden gelegd. De plakjes zijn zo'n 20 micron dik (oftewel twintig keer een duizendste millimeter).

- Hoewel elk plakje eigenlijk een 3D-object is omdat het behalve lengte en breedte ook dikte heeft, beschouwt de 3D-printer het als een tweedimensionale doorsnede die precies aangeeft hoe het voorwerp eruit zou zien als je het doormidden zou snijden.
- De 3D-printer print elk plakje, te beginnen met het onderste plakje, net zoals een 2D-printer een afbeelding zou printen. Maar in plaats van inkt op papier worden alle details van elk plakje weergegeven als een laag materiaal van 20 micron dik.
- Het materiaal in het plakje droogt op en wordt hard. Daarna gaat de 3D-printer omhoog om het volgende plakje van 20 micron dik te maken, boven op het vorige plakje.
- Dit proces wordt net zo lang herhaald totdat alle plakjes van het model op elkaar zijn geprint. Dan is het 3D-model klaar!

20 micron is 1/50ste millimeter, dat is ongeveer 25 procent van de dikte van de haren op je hoofd. Een CAD-model van een 10 cm hoog voorwerp wordt opgebouwd uit zo'n 5000 plakjes!

Feiten over 3D-printers

- Meestal wordt een soort kunststof gebruikt om mee te printen, omdat dat gemakkelijk in kleine hoeveelheden gespoten kan worden als het heet is en omdat het snel afkoelt en tot een harde vorm stolt. Het is ideaal om prototypes mee te maken, zoals een model van een nieuw gebouw of een nieuwe auto. De nieuwste 3D-printers kunnen verschillende soorten kunststof tegelijk gebruiken en kunnen in kleur printen, zodat deze prototypen er erg realistisch uitzien. Prototypen maken is nog steeds de populairste toepassing van 3D-printen.
- Op dit moment worden twee typen 3D-printers het meest gebruikt:

EXTRUSIEMACHINES: Het materiaal wordt door een spuitmond geperst, zoals je met een spuitzak slagroom op een taart aanbrengt. Dit type printer is vooral geschikt als je meerdere kleuren gebruikt, omdat er eenvoudig meer spuitmondjes kunnen worden toegevoegd.

POEDERBEDPRINTERS: Deze printers maken gebruik van metaal in poedervorm. Er wordt een hoeveelheid poeder aangebracht die genoeg is voor één plakje. Daarna smelt een laserstraal het metaal op precies de juiste plek in het model, zodat de gewenste vorm ontstaat. Als het model klaar is, wordt het overtollige poeder weggeborsteld.

- Wetenschappers verwachten dat we de komende jaren in veel huishoudens 3D-printers die met kunststof werken zullen tegenkomen. Je kunt patronen downloaden en dan voorwerpen op maat printen, zoals een fietshelm of op maat gemaakt speelgoed. Stel dat je jezelf zou kunt printen als een personage uit *Star Wars* of *Harry Potter!*
- Industriële 3D-printers werken met metaal of keramiek. Ze worden bijvoorbeeld gebruikt om vliegtuigonderdelen te maken. Die zijn licht en sterk, waardoor het vliegtuig zuiniger en veiliger wordt.
- Medische objecten, zoals implantaten voor een nieuwe heup, een nieuw gebit of platen voor een schedelreconstructie, kunnen ook in 3D worden geprint. Dat maakt het mogelijk om zulke objecten voor iedere patiënt precies op maat te maken.

De robots van de toekomst?

De 3D-printers van nu zijn nog vrij traag en kunnen slechts een paar verschillende materialen tegelijk gebruiken. Het is nog niet mogelijk om een hele robot te printen, omdat je daarvoor complexe, in elkaar grijpende onderdelen van veel verschillende materialen moet kunnen maken: metalen onderdelen, tandwielen en motoren, magneten, draden, kunststof, olie, vet, siliconen, goud en zelfs wonderlijke

metalen als yttrium en wolfraam.
Maar in een volledig geautomatiseerde fabriek zouden 3D-printers heel goed onderdelen voor robots kunnen maken. Die onderdelen zouden dan door robots uit de printer kunnen worden gehaald, door andere robots worden gepolijst en tot een eindproduct worden geassembleerd door weer andere robots.
Robots die 3D-printers gebruiken om andere robots te maken – zullen we dat in de toekomst gaan meemaken?

Tim

Het was alsof ze zich in een ronde bubbel van glas bevonden, zwevend door het heelal. Op verschillende punten rondom het midden waren openingen die toegang gaven tot andere gangen

– een soort buizen die vanaf de centrale ruimte naar buiten draaiden, als de spaken van een wiel.

Voor de rest was de ruimte helemaal doorzichtig. Toen ze naar de vloer keken (of was dat het plafond? Dat kon je in het heelal moeilijk bepalen), bleek die ook helemaal uit het glasachtige materiaal te bestaan.

Het was het bizarste wat George ooit had gezien en zijn adem stokte in zijn keel. Hij had ervan gedroomd om een duikvlucht door het heelal te nemen en dit, zo realiseerde hij zich, kwam daar waarschijnlijk het dichtst bij in de buurt: zwevend in een glazen bal met aan alle kanten een waanzinnig uitzicht op het universum.

Maar toen George in de verte staarde, was het niet alleen de leegte van het heelal of de donkere hemel vol sterren die zijn aandacht trok. Het was iets veel, veel mooiers: een edelsteenachtige blauwgroene knikker, omringd door een dunne, doorzichtige sluierachtige atmosfeer. Het was hun eigen planeet.

'Dat is de Aarde!' zei George naar adem happend, terwijl Annie en hij door de ruimte zweefden. Hij kreeg een brok in zijn keel. Hij bedacht dat het bijna onmogelijk zou zijn om dit gevoel aan iemand uit te leggen die nooit in het heelal was geweest. Als je de Aarde verliet en dan achter je keek en haar zag – kwetsbaar, oud, mysterieus en betoverend, zwevend met erachter die oneindige duisternis van het heelal – dan barstte je bijna uit elkaar van heimwee en wilde je alles doen om haar te beschermen. Je wilde voor altijd in het heelal blijven en tegelijkertijd wilde je niets liever dan zo snel mogelijk terugkeren om voor die planeet te zorgen die daar zo dapper in het immense niets hing.

Maar George had geen tijd om er nog langer in stille verbazing naar te kijken. De kwade robots hadden hen naar het midden van de ruimte gebracht en waren op een afstand om hen heen gaan staan, waar ze zwijgend bleven wachten.

Toen kwam er uit een andere ronde opening een gestalte aanlopen.

'Ebot!' riep Annie.

De androïde had niet langer Eriks ruimtepak aan; hij droeg Eriks bekende tweedjasje, zijn ribbroek en een helder gekleurd overhemd.

George slaakte een zucht van opluchting toen hij Ebot in deze vreemde omgeving zag – hij was op een vreemde manier gehecht geraakt aan de robot. En belangrijker was nog dat hij hun redding kon zijn, want dankzij hem zouden ze dit vreemde ruimteschip misschien kunnen verlaten.

'Ebot!' riep Annie naar hem. 'We hebben je gevonden!'

Maar Ebot leek te slapen; hij zweefde maar wat door de ruimte, en, zo zagen ze nu, hij was niet alleen. De kinderen hadden zijn begeleider eerst niet gezien, maar toen ze hem zagen, viel hun mond open van verbazing. Een vreemde figuur duikelde door de ronde ruimte. Hij had een soort verkleedpak aan dat net zulke strepen had als Jupiter en hij grinnikte en sloeg met de staart van het pak. Als een kleine planeet cirkelde hij rond Annie en George en hun robot. Terwijl ze elkaars handen vastgrepen, bleven de vrienden vol verbazing naar hem kijken.

'Hallo!' riep de man – want het was inderdaad een man – en hij zwaaide met zijn armen door de lucht alsof hij hen zo wilde verwelkomen. Toen bleef hij voor hen staan. 'Welkom! Ik vind het heel leuk dat jullie me gezelschap komen houden. Het heeft mijn hele dag goedgemaakt! Nee, wacht – niet alleen mijn dag, maar mijn hele week, mijn maand, mijn jaar! Ik ben zo blij dat jullie er zijn!' zei hij met een brede glimlach op zijn gezicht.

George voelde zijn schouders een beetje ontspannen. Ze leken in elk geval gasten te zijn en geen gevangenen, en hij wist wel wat hij prettiger vond. Was deze vreemde man I AM? Was dit dezelfde stem als ze op de radio hadden gehoord? Hij kwam hem wel bekend voor.

'George en Annie, toch?' ging hij verder, terwijl hij weer wegschoot. 'Uit de Kleine Mariastraat 23 en 24 in Foxbridge. George is honderdzes dagen ouder dan Annie, die bloedgroep AB-positief heeft en een scheikundewerkstuk maakt waarin ze de elementen voor leven wil vaststellen. Onlangs heeft een kinderpsycholoog geconstateerd dat ze dyslectisch is. Haar ouders stuurden haar naar die psycholoog toe omdat haar cijfers omlaaggingen en ze achterbleef bij de rest van de klas, met name bij haar grootste rivaal Karla Puntneus. Hierdoor heeft ze een complex gekregen en dus heeft ze zich vast voorgenomen om met haar werkstuk aan te tonen hoe intelligent ze is en dat ze in staat is om haar problemen op school op te lossen.'

Van alle dingen die hij zei, was er één ding dat vooral George' aandacht trok. 'Ben je dyslectisch?' Hij keek Annie verbaasd aan. 'En gaat het slecht op school? Tegen mij zei je dat je naar een psycholoog was geweest om je IQ te laten testen en dat je min of meer een genie was!'

Opeens drong tot hem door waarom Annies werkstuk zo belangrijk voor haar was. Ze wilde weer een van de besten van haar klas worden, terwijl George niet eens wist dat ze achterliep. Maar nu begreep hij waarom ze niet wilde ophouden met haar zoektocht naar bouwstenen van leven, terwijl de omstandigheden om heel andere dingen hadden gevraagd.

'De IQ-test maakte deel uit van het onderzoek naar dyslexie,' zei ze trots. 'Ik wist niet dat ik jou altijd alles moest vertellen.'

'Over George,' ging hun gastheer verder, 'is moeilijker informatie te vinden, waardoor ik denk dat hij een minder frequente gebruiker is van technologie dan Annie. Ik weet dat hij dol op computers is en niet zo dol op mensen. Maar gezien de informatie die ik over zijn ouders heb verzameld – beruchte eco-strijders met een uitgesproken afkeer van alles wat elektromagnetische straling afgeeft, ga ik ervan uit dat hij alleen de computer op school kan gebruiken, en sorry, het gaat me te ver om elke domme opmerking te volgen die op een schoolcomputer wordt ingetypt.'

'Je hebt onze privéberichten gelezen!' zei Annie verbijsterd.

'Nou, nee,' grinnikte de vreemde man. 'Dat zou een beetje te veel gevraagd zijn, vind je niet? Ik weet van alles omdat je van alles op Kosmos typt, en Kosmos is een computer die me heel erg interesseert. En George heb ik alleen maar nagetrokken omdat hij als gebruiker van Kosmos staat geregistreerd.'

'Maar hoe kon je dan in het systeem komen?' vroeg Annie fronsend. 'Dat is onmogelijk!'

Hun nieuwe vriend grinnikte. 'Je hebt gelijk,' gaf hij toe. 'Er is geen enkele computer op de wereld waarmee je in Kosmos kunt inbreken.'

'Dan kun je het dus niet gedaan hebben!'

'Kijk om je heen, slim meisje, met je hoge IQ en je stoornis die je zo graag voor je vrienden en je klasgenoten verborgen wilde houden,' zei hij zacht. 'Zie je het antwoord niet? Kun je geen woord van zeven letters spellen?'

Annies wangen werden rood.

'Doe niet zo gemeen!' zei George kwaad. Hij vond het verschrikkelijk om te zien hoe Annie werd gepest.

'Ik? Gemeen?' zei de man, die met de staart van zijn verkleedpak zwiepte en grijnsde. 'Ik zou niet weten hoe! Ik ben een en al liefde en beminnelijkheid. Ik help je vriendinnetje alleen maar een beetje op weg, zodat ze het antwoord zelf kan raden. Maar het lukt haar toch niet, hoor. Heb ik niet altijd gezegd dat meisjes slechter zijn in bètavakken?'

'Het heelal,' zei Annie opstandig. Vanbinnen begon George te juichen. 'Je hebt een ruimtecomputer,' ging ze koppig verder. George stak twee duimen naar haar op. 'Op Aarde is geen computer die in Kosmos kan inbreken, dus moet het een computer in het heelal zijn.'

'En' – ze stak eigenwijs haar kin in de lucht – 'laat me raden. Het is *kwantum*. Want dat heeft zeven letters terwijl "heelal" er zes heeft. Dat is het antwoord.'

‘Kun je dat spellen?’ zei de man vriendelijk. ‘Of zal ik het voor je doen?’ Hij zwaaide met zijn staart en op de doorzichtige vloer van de bubbel lichtten in een krullerig handschrift rood, blauw en groen gekleurde letters op: kwantum.

‘Goed, en dan nu, kinderen,’ zei hij poeslief, ‘voor de bonusprijs… Wie kan me vertellen waar die kwantumcomputer is?’

17

George keek om zich heen. Behalve de mensen, Ebot en de robots was er niets in de ruimte en zag hij alleen maar dat fantastische uitzicht door de transparante bol. En op dat moment ging er een lampje bij hem branden.

'Dit is 'm, hè?' zei hij. 'Dít is de kwantumcomputer... We zitten er middenin! Ik weet niet hoe het werkt, maar dit is de kwantumcomputer.'

'O, wat slim!' zei hun gastheer. 'Omdat jullie een kwantumsprong hebben gemaakt, zoals sommige mensen dat ten onrechte noemen, zal ik de rest voor jullie invullen. In de kristalstructuur van deze kamer zitten ontelbare kwantumdots die samen de kwantumcomputer vormen. Het hele ruimteschip bevat deze dots, maar op andere plekken zijn het gewone non-kwantumcomputeronderdelen. Deze kamer is bijzonder omdat dit mijn kwantumcomputer is.'

'Maar hoe wordt die dan van stroom voorzien?' George liet zich even meevoeren door zijn bewondering voor deze geniale technologische uitvinding.

'Door zonne-energie, natuurlijk. De miljarden dots binnen in de infrastructuur van het ruimteschip halen hun energie uit de Zon.'

'Nou, en we weten allemaal waar je die voor gebruikt,' zei Annie, die helemaal niet klonk alsof ze onder de indruk was. Haar scherpe toon schudde George wakker en herinnerde hem eraan dat ze hier niet waren om van de technologie en het uitzicht te genieten.

'O ja? Weten jullie dat?' De man zweefde naar hen toe om

vlak voor hen te gaan staan. Achter hem konden ze nog net het blauw, geel, groen en wit van hun eigen planeet zien, tegen de donkere achtergrond van het heelal. Het was jammer dat deze gekke man in zijn pak met Jupiter-strepen ervoor schoof.

Hij zwiepte weer met zijn staart en de glazen bol om hen heen lichtte op door piepkleine lichtgevende speldenprikken. George en Annie kregen het gevoel dat ze midden in een zwerm vuurvliegjes gevangenzaten.

'Het is tot nu toe echt een heel bijzondere week geweest,' vertelde de man hun. 'Ik kan me niet herinneren wanneer ik voor het laatst zo'n plezier heb gehad. Wie had gedacht dat die goeie ouwe Aarde zo op mijn kleine modificaties zou reageren? Het waren maar een paar kleine trucjes om het er een beetje prettiger te maken. Maar – oeps – ik vraag me af of ik mijn doel niet een klein beetje voorbijgeschoten ben...'

De twee kinderen staarden hem aan. George' mond zakte open.

'Een beetje prettiger?' herhaalde Annie, die als eerste haar spraakvermogen terug had. 'Dat is he-le-maal niet waar! En wie ben jij eigenlijk?'

'Raad maar!' zei de man in het verkleedpak. 'Daar ben je toch zo goed in?'

'Jij bent I AM,' zei George.

Ik ben jullie redder... Het drong tot Annie door wat de stem met die zin had bedoeld.

'O, zo veel prachtige mogelijkheden!' zei I AM. *'I am so clever...* begrijpen jullie dat?'

'Ja, dat begrijpen we,' zei George, die hoopte dat hij wat informatie kon lospeuteren als hij het spelletje meespeelde. 'Maar we zijn ook weer niet zó slim... Niet zo slim als jij in elk geval. Maar we zouden het wel willen worden en misschien kan dat, als jij ons wat meer vertelt. Om te beginnen: mogen we je naam weten?'

'Mijn naam,' antwoordde I AM, die duidelijk blij was met George' compliment, 'is Alioth Merak…'

'Wacht even,' zei Annie. 'Dat is geen echte naam. Dat zijn twee sterren van de Grote Beer!'

'Precies!' juichte Alioth Merak. 'Ik besta niet echt. Dat is het spannendste van alles. Daarom ben ik zo moeilijk te vinden. Je kunt me heel lang zoeken, maar je zult me nergens vinden. Geen enkele vermelding, waar dan ook… En dat is een echt geschenk in deze tijd: complete anonimiteit. Bijna onmogelijk in dit informatietijdperk, maar het is me gelukt!' Hij zette zijn borst op, streek met zijn staart over zijn arm en was duidelijk erg trots op zichzelf.

'Makkie,' zei George, 'als je een onzichtbaar ruimteschip en een kwantumcomputer hebt!'

'Makkelijker,' verbeterde Merak. 'Maar niet makkelijk – ik moest tenslotte wel eerst een ruimteschip en een computer maken.'

'Ben je heel erg rijk?' vroeg Annie botweg.

'Buitensporig,' zei Merak, alsof het heel gewoon was. 'Dat maakt het nou juist allemaal zo leuk!' Hij maakte een paar koprollen door de lucht om te laten zien hoe blij hij was en hoe leuk hij het vond om te zijn wie hij was.

George en Annie keken elkaar even aan.

Het leek heel gek, dacht George, hij praatte met een volwassene, maar vergeleken met de kinderlijke Alioth Merak, had hij het gevoel dat híj de volwassene was.

'Als je zo rijk bent,' ging Annie verder, 'waarom heb je dan geen beter pak? Dat wat je nu aanhebt staat echt belachelijk.'

Merak draaide zich om en keek haar woedend aan; zijn vrolijke bui was in één seconde verdwenen. 'Hoe durf je, afschuwelijk klein kind!' spuwde hij. 'Hoe durf je, nietige, dwaze, ellendige kleine worm, commentaar op mij te hebben – ík, de geweldige I AM! Weet je dan niet dat ik de wereld red?'

'Hoe doe je dat dan?' kwam George tussenbeide, omdat hij zijn vriendin wilde beschermen tegen de woedeaanvallen van deze zonderlinge en waarschijnlijk zeer gevaarlijke man.

'De Aarde,' begon Alioth Merak op serieuze toon, 'onze prachtige planeet, is vol vreselijke plagen: ongelijkheid, ongeluk, oneerlijke verdeling van bestaansmiddelen, grote rijkdom en grote armoede. De rijken moeten hun land, hun eigendommen, bewaken met wapens, het leger en bewakers, terwijl de armen sterven. Niemand is gelukkig. Niemand heeft plezier.'

'Dus jij wilde dat de mensen meer plezier hadden?' Annie had een rimpel in haar neus. 'Was dat je oplossing? Meen je dat nou echt?'

'Nee,' zei Merak en hij wierp haar een vernietigende blik toe. 'Ik dacht dat het ondertussen wel glashelder was dat niets aan mij "echt" is, stom klein meisje met je intellectuele pretenties.'

Hij keek weer naar George en lachte. Merak had kennelijk besloten dat hij een van hen aardig vond en de ander niet. 'Mijn plan was eenvoudig en briljant: ik wilde van de Aarde een iets betere plek maken... Wat zeg je nou...?' Opeens leek hij tegen een onzichtbaar iemand te praten. 'Kun je dat herhalen? ... Over? Bericht ontvangen... Hoe bedoel je: de pinguïns zijn uitgeroeid?'

'Wát?!' schreeuwde Annie. 'Je kunt de pinguïns niet uitroeien!'

'Te laat, ben ik bang,' zei Merak. 'Zo te horen zijn ze al dood.'

'Met wie praatte je daarnet?' vroeg George geschrokken. Hij vond de man met de minuut gestoorder.

'Mijn hoofd is een mobiele telefoon,' vertelde Merak hem. 'Ik heb met een operatierobot een implantaat laten plaatsen, diep in mijn brein, dus heb ik geen toestel nodig om met mijn mechanische troepen te communiceren.'

'Waar bevinden die troepen zich?' vroeg Annie, die aan haar moeder en George' familie in de kelder dacht en plotseling erg bang werd. 'En heb je alleen robots, of ook mensen?'

'Mensen!' snoof Merak. 'Ben je gek? Waar zou ik mensen voor nodig hebben als ik mijn eigen robotleger heb? Volgens mij heb ik er al een of twee gezien. Er zijn er een paar in Foxbridge. Nu zijn het er nog niet zo veel, verspreid over een paar strategische plekken, maar binnenkort zullen het er veel meer zijn. Ik hoef mijn netwerk van 3D-printers op Aarde maar opdracht te geven en ze zullen als bij toverslag verschijnen, klaar om de macht over te nemen en van de wereld een betere plek te maken!'

'Ik heb het door,' fluisterde George tegen Annie. 'Ik zie het verband.'

'Wat zeg je, jongen?' schreeuwde Merak. 'Praat hardop, zodat iedereen je kan verstaan!'

'Ik heb het door!' zei George luid. 'De banken en het gratis geld, de supermarkten en het gratis eten, het openen van de dammen, het tegenhouden van de militaire luchtvaart, de systemen platleggen die mensen benadeelden. Jij denkt dat dit allemaal goede daden zijn!'

'Slimme jongen! Het was allemaal uit liefdadigheid!' antwoordde Merak, die helemaal opgewonden raakte omdat hij zag dat George het eindelijk begrepen had. 'Ze waren arm, dus gaf ik hun geld. Ze hadden honger, dus gaf ik hun eten. Ze hadden dorst, dus bracht ik het water naar de woestijn. Ze waren bang, dus zorgde ik ervoor dat er geen bommen meer werden gegooid.'

'Wauw,' fluisterde Annie. 'Hij denkt dat hij een soort God is.'

'In verkleedkleren,' voegde George eraan toe.

'Maar waarom?' vroeg Annie hardop. 'Ik begrijp niet waarom je al deze dingen moet doen… Waarom kun je niet gewoon op je ruimteschip blijven zitten en de boel achter je laten, als je vindt dat de wereld zo'n rampzalige plek is?'

'Omdat hij de macht over iedereen wil hebben,' onderbrak George haar. 'Hij is helemaal niet aardig. Hij schept chaos, zodat hij te hulp kan schieten en de wereld daarna kan redden. Zijn robots nemen de macht over en niemand kan iets tegen ze beginnen. En dan kan hij vanaf zijn ruimtestation over de wereld heersen, want hij heeft de macht over alle computers op Aarde!'

'Niemand begrijpt me!' zei Merak en hij trok een verdrietig gezicht. 'Ik dacht dat jij me "doorhad", George – in tegenstelling tot je analfabete vriendinnetje. We moesten de mensen op Aarde wel wat cadeautjes geven en dan, als ze zichzelf eenmaal te goed hadden gedaan aan alles wat ze dachten nodig te hebben, zouden ze klaar zijn voor een aardige, barmhartige maar sterke leider. Misschien zijn jullie gewoon nog te jong om de spitsvondigheid van mijn plan te kunnen waarderen.'

'En die "sterke leider", dat ben jij zeker?' vroeg George.

'Je was anders niet erg barmhartig toen het om de pinguïns ging!' zei Annie fel.

'Ja, dat was een ongelukje.' Merak kuchte. 'Dat was niet de bedoeling…'

'Wacht even,' zei George. 'I AM is niet de enige lettercombinatie die we zijn tegengekomen. Jouw robot, die op de Maan achter ons aan kwam, zei: q.e.d. Wat betekent q.e.d. en waarom probeerde die robot Erik te kidnappen?'

'Ik weet het!' riep Annie. 'Ik weet nu waar dat voor staat.'

'O ja, weet je dat?' snauwde Merak. 'Staat het voor: Doorslaggevend Quiz-Einde?'

'Nee!' schreeuwde ze. 'Het staat voor *Quantum Error Detection!'*

'Inderdaad!' zei George, die begreep dat Annie gelijk had. 'Quantum Error Detection! Het opsporen van kwantumfouten... Dat is waar Erik zich mee bezighoudt op de kwantumcomputer, en dat is waarom jij hem wilde kidnappen.'

'Het lukt je niet, hè?' zei Annie, een stuk blijer dan daarvoor. 'Papa zei het zelf: je kunt wel een kwantumcomputer maken, maar het probleem is dat je hem niet onder controle kunt houden, je kunt hem niet meer stoppen. Papa is de enige ter wereld die je daarmee kan helpen, dus daarom probeerde je hem te kidnappen!'

Merak keek boos. Hij sloeg zijn armen over elkaar.

Annie ging iets dichter bij George staan en fluisterde: 'Als hij met zijn staart zwiept, moet je rennen!'

George knikte. Ze moesten maken dat ze hier wegkwamen, maar waar konden ze heen? Opeens drong er nog iets veel belangrijkers tot hem door: Annie dacht waarschijnlijk dat Merak de computer met de staart van zijn pak bediende. *Aha, dus die moeten we te pakken zien te krijgen.*

'Misschien,' zei Merak opstandig. 'Misschien heb je gelijk. En wat dan nog? Denk je soms dat je er iets aan kunt doen? Van wie denk je eigenlijk dat dit ruimteschip is?'

‘Het is niet alleen de computer die onbeheersbaar is geworden,’ fluisterde Annie.

Het woord dat ze had gebruikt verscheen plotseling in letters van grote lichtgevende stippen aan de binnenkant van de doorzichtige bol. *ONBEHEERSBAAR* – het woord flikkerde in rood, groen en blauw op.

‘Nou, zeggen jullie nu maar eens wat jullie echt denken,’ zei Merak op een akelige toon en op datzelfde moment verschenen ook zijn woorden in een krullerig handschrift tegen de achtergrond van het donkere heelal.

‘Doe je dit met opzet?’ vroeg George onschuldig, terwijl zijn woorden op de wand zichtbaar werden alsof ze met een fonkelend sterretje werden geschreven, maar dan zonder weer te verdwijnen.

‘Nee!’ zei Merak. ‘Dat doe ik helemaal niet. Ik heb hier geen opdracht toe gegeven. Zet het uit!’ schreeuwde hij. ‘Zet het uit!’

Hij greep zijn staart beet en trok er een paar keer aan. Maar het hielp niet. Zijn woorden bleven in sierlijke krullen verschijnen. 'De audio-ontvangers moeten zichzelf op de een of andere manier aan hebben gezet.'

'Wat ik echt denk...' zei Annie, die zijn geschreeuw negeerde. Terwijl ze haar woorden uitsprak, verschenen die in gekke krabbels op de binnenkant van de bol. 'Wat ik echt denk, is dat je de mensen helemaal niet wilt helpen. Je doet maar alsof, omdat je dan in je kleine oververhitte brein kunt rechtvaardigen dat je de wereld overneemt. Als je maar vaak genoeg tegen jezelf zegt dat het goed is wat je doet, dan geloof je er uiteindelijk zelf ook in. Maar daarmee zijn de dingen die je doet nog niet goed. Want wij weten de waarheid nu. Wij weten dat je er alleen maar op uit bent om de enige te zijn die kan zeggen wat er moet gebeuren. Je hebt de kwantumcomputer gebruikt om elke code op Aarde te kraken, zodat je toegang had tot alle verschillende systemen, alle berichten kon lezen, alle commando's kon veranderen – een soort enorme terroristische cyberaanval. Dat heb je gedaan zodat jij, en jij alleen, zou weten wat er aan de hand was. Maar daar kom je niet mee weg,' zei ze tot slot. 'Want wij zijn er. En ik weet dat je mij dom vindt en dat je denkt dat George maar een nerd is, maar wij gaan je wél tegenhouden.' Als ze niet had gezweefd, had ze vast en zeker met haar voet gestampt.

Tegen de tijd dat ze was uitgesproken, was de hele bol volgeschreven. De oplichtende letters vormden een oneindig patroon van oplichtende stippen en krullen. George keek er vol bewondering naar – Annies speech was veel beter dan de toespraak die hij van plan was geweest te houden als ze I AM zouden tegenkomen. En ze had haar standpunt helder en sterk naar voren gebracht. Ze was, bedacht hij, behoorlijk bijzonder.

George was niet de enige die onder de indruk was van Annies toespraak. Terwijl ze aan het woord was geweest, hadden de kwaad kijkende robots om zich heen gekeken, gefascineerd door het caleidoscopische effect van de oplichtende woorden. In plaats van de wacht te houden en op hun hoede te zijn voor een eventuele aanval op hun leider, hadden ze zich ontspannen. Ze waren uit hun stijve houding gekomen en hadden simpelweg naar de opgloeiende wand staan staren.

Er klonk een harde knal en George zag dat twee robots, die in trance waren geweest door Annies woorden, tegen elkaar op waren gebotst. De uitdrukking op hun gezichten, en op die van de andere robots, was zachter geworden door de kleurige gloed van het ronde scherm.

'De robots zijn gehypnotiseerd!' zei Annie tegen George. 'Kijk! Ze zijn in trance!'

Brian kwam uit een van de gangen de ruimte binnenzweven, als een robot-elfje.

'Als ik "nu" zeg,' fluisterde George – hij was niet bang dat zijn woorden op de wand zouden verschijnen, want daar stonden al zo veel woorden kriskras door elkaar dat je er geen wijs meer uit kon worden – 'dan grijp jij zijn staart en trek je zo hard als je kunt. Je had gelijk: hij bestuurt de kwantumcomputer met die staart, dus we moeten dat ding van zijn pak af trekken.'

George knipte met de vingers van zijn rechterhand. Hij had de haptische handschoenen nog aan en tot zijn opluchting zag hij Ebot eindelijk ontwaken. De androïde keek om zich heen. Met grote verbaasde ogen staarde hij naar zijn eigen voeten, die boven de vloer schommelden, en naar de oplichtende globe die door het heelal zweefde.

Terwijl Alioth Merak naar de androïde keek, trok George zijn hand naar achteren en stompte heel, heel hard in de lucht. Nog geen nanoseconde later ontving Ebot het commando via de haptische handschoen en de androïde maakte precies dezelfde beweging en gaf Alioth Merak een enorme dreun op zijn neus.

Merak wankelde achteruit, buiten bewustzijn, en op datzelfde moment pakte Annie zijn vast en trok net zolang tot de dunne stof van het pak scheurde en de staart losschoot.

George en Annie keken elkaar aan. Ze wilden niets liever dan zo snel mogelijk naar huis gaan, maar wisten alle twee dat ze niet weg konden voordat ze, in elk geval tijdelijk, de kwantumcomputer hadden uitgeschakeld. Ze hadden alleen geen idee hoe dat moest.

Annie pakte Ebots gezicht beet en keek hem diep in de ogen. Ze wilde contact maken met Oude Kosmos op Aarde.

'Kosmos!' fluisterde ze, in de hoop dat haar bericht hem bereikte. 'Help ons! We hebben je nodig! Meld je alsjeblieft, Kosmos!'

18

George en Annie wachtten gespannen af of de ouderwetse computer in Foxbridge reageerde. Om hen heen tuimelden en dansten de breinloze robots door de kristallen bol, in de ban van de betoverende lichten op het oppervlak.

‘Hoelang hebben we nog?’ vroeg George zachtjes aan Annie.

‘Niet lang meer,’ zei ze. ‘Kijk, het patroon dat hen hypnotiseert begint te vervagen!’

Om redenen die niemand begreep, behalve de kwantumcomputer zelf, begon hij genoeg te krijgen van het spel. De gekleurde woorden die hij op zijn kristallen oppervlak had laten zien, werden steeds vager en terwijl dit gebeurde, kwamen de robots langzaam uit hun trance.

‘Ze worden wakker,’ zei Annie. Deze keer verschenen haar woorden niet op het scherm.

‘Maar hij is nog steeds buiten westen.’ George keek naar Alioth Merak, die horizontaal tussen hen en het zicht op de Aarde zweefde. ‘Hij is het echte probleem.’

‘Hij is toch niet dood, hè?’ Annie mocht hem helemaal niet, maar ze wilde niet dat hij dood was.

‘Nee, alleen maar knock-out door Ebots stomp,’ antwoordde George. ‘Hij kan elk moment bijkomen. Misschien kan hij zonder zijn staart de kwantumcomputer niet besturen, maar hij kan zijn robots vast nog steeds bevelen geven. En hij heeft een mobiele telefoon in zijn hoofd – geen idee hoeveel schade hij nog steeds kan aanrichten.’

‘Moeten we hem kidnappen en mee naar huis nemen?’ Annie

haalde Meraks gestreepte staart uit haar zak en drukte op het verborgen knopje in de punt om te zien of ze de kwantumcomputer aan de praat kon krijgen, maar er gebeurde niets.

'Nee, voor geen goud!' zei George. 'Ik wil niet dat hij terug naar Aarde gaat.'

'Kom op, Kosmos...' Annie tuurde in Ebots ogen, terwijl ze ondertussen in de staart bleef knijpen. 'Haal ons hier weg!'

'O nee! Moet je de Aarde zien!' George zag dat de baan van het ruimtestation hen naar een deel had gebracht waar de avond gevallen was. Er waren maar een paar piepkleine lichtjes zichtbaar. 'Bijna de hele wereld moet nu zonder stroom zitten. Normaal is het nooit zo donker.' Hij keek naar Annie. 'Gebeurt er al iets met die staart?'

'Ik doe mijn best.' Annie probeerde nu allerlei bewegingen uit en boog de afgerukte staart alle kanten op. Ze hield hem boven haar hoofd, slingerde hem rond en trok aan beide uiteinden in de hoop dat het haar lukte om contact met de kwantumcomputer te maken. 'Ik heb geen idee hoe een kwantumcomputer werkt,' riep ze uit.

'Kunnen we niet op de een of andere manier contact maken met je vader?' vroeg George zich af. 'Want Kosmos weet het misschien niet, die is misschien te oud. Kunnen we Erik bellen?'

'Hoe wou je dat doen?' vroeg Annie. 'De enige telefoon zit in I AMs brein!'

'Laten we het aan Boltzmann vragen,' zei George. 'Hij is toch een zogenaamd gebruikersvriendelijke robot? Misschien helpt hij ons wel.'

'O, Boltzmann! Kun jij ons helpen?' riep Annie gelijk.

Boltzmann schoot overeind. 'Heel graag! Ik ben speciaal gemaakt om mensen te helpen. Wat kan ik voor jullie doen?'

‘We moeten Annies vader bellen,’ legde George uit. ‘We hebben zijn hulp nodig. Kun jij voor ons bellen? Gewoon, een doodnormaal telefoontje?’

‘Dat kan ik zeker,’ zei Boltzmann trots. ‘Weten jullie zijn nummer?’

Annie dreunde een hele reeks cijfers op.

Boltzmann typte het nummer in op de toetsen in de palm van zijn robothand. Ze hoorden een telefoon overgaan, gevolgd door een klik en Eriks stem.

‘Hallo?’

‘Papa!’ juichte Annie dolgelukkig. Boltzmann hield zijn hand op, zodat zij erin kon praten.

Op het moment dat George Eriks stem hoorde, kreeg hij een brok in zijn keel. Om hen heen begon de kwantumkoepel te fonkelen en vormde opeens een beeld van Erik, in rode, blauwe en groene kleuren.

'Papa!' zei Annie opnieuw. 'We kunnen je zien!'

'Annie!' riep Erik. 'Waar zijn jullie?'

'Dat weten we niet echt,' gaf ze toe. 'We zitten ergens in een baan rond de Aarde, maar ik weet niet in welk deel we nu zijn.'

'Hoe bedoel je: in een baan rond de Aarde?' Erik, die nu overal om hen heen op het ronde scherm te zien was, keek bezorgd.

'We zitten op een ruimteschip,' zei George, die zijn stem terug had. 'We hebben de kwantumcomputer gevonden, die alle codes op Aarde heeft gebroken.

'Hebben jullie een kwantumcomputer gevonden? In het heelal?'

'Ja, op een ruimteschip,' bevestigde George. 'Hij is van iemand die Alioth Merak heet, al is dat niet zijn echte naam.'

'Alioth Merak...' herhaalde Erik en hij keek over zijn schouder alsof hij tegen andere mensen in dezelfde ruimte praatte. 'Zoek dat op, jongens.'

Hij draaide zich weer naar de kinderen. 'Hoe kan het dat wij niet weten dat er een vijandelijk ruimteschip in een baan rond de Aarde draait?' vroeg hij verward.

'Hij is gecloakt – onzichtbaar gemaakt,' zei George. 'We hebben hem heel even gezien, toen ik Saturnus wilde fotograferen en in plaats daarvan een foto van het schip had gemaakt. Ik heb hem nog laten zien, weet je nog?'

'O ja... O. Had ik daar maar meer aandacht aan besteed,' zei Erik. 'Jongens,' – opnieuw draaide hij zich naar de onzichtbare mensen achter hem – 'gebruik de verbinding om de locatie van het ruimteschip vast te stellen. Annie, George, jullie moeten zo snel mogelijk van dat schip af.'

'Pap, je moet ons eerst vertellen hoe we de kwantumcomputer moeten uitschakelen,' zei Annie ernstig. 'Anders kunnen we hier niet weg, want zelfs Alioth Merak, die hem heeft gemaakt, kan hem niet beheersen. Hij is de hele tijd op zoek geweest naar jou omdat je hem moest helpen. Hij heeft hem niet onder controle en er kan wel iets heel ergs gebeuren, zoals kernraketten die opeens afgaan.'

'Ik wil dat jullie daar nú weggaan, hoe dan ook.' Erik luisterde niet naar haar. 'Probeer de computer niet uit te schakelen. Ik wil dat jullie het ruimteschip nu verlaten. Hoe zijn jullie daar eigenlijk gekomen?'

'Met de Oude Kosmos,' zei George. 'We hebben Ebot als router gebruikt om ons hiernaartoe te brengen.'

'Dan moet je op dezelfde manier weer teruggaan,' zei Erik. 'Roep de portal op, nu onmiddellijk. Ik vermoed dat we in staat zijn om de positie van het ruimteschip vast te houden en dan kunnen we richten.'

'Richten?' vroeg Annie.

'Ja. Daarom wil ik dat jullie daar direct weggaan. We hebben een aantal computersystemen kunnen herstellen... Terwijl wij met elkaar aan het praten waren, hebben ze een raket op jullie locatie gericht. Jullie moeten daar weg. Ze willen hem naar het ruimteschip schieten, dus jullie moeten daar nú weg!'

'Kosmos!' George pakte Ebots hoofd vast en keek in zijn ogen. 'We hebben de portal nodig! Nu!'

Terwijl hij dat zei, begon het beeld van Eriks gezicht op het scherm uiteen te vallen in kwantumdots. 'Ik raak jullie kwijt!' Zijn stem klonk zachter dan eerst.

'Papa!' riep Annie en ze rende naar het deel van de koepel waar haar vaders gezicht te zien was geweest. 'Niet weggaan!'

'Verlaat het schip!' Eriks stem echode door de ruimte.

Boltzmann klapte zijn hand dicht. 'De verbinding is verbroken.'

‘Het geeft niet,’ fluisterde Annie tegen George. ‘We moeten hier toch zo snel mogelijk weg. Papa weet nu waar het ruimteschip is, dus hij kan dit verder afhandelen. Wij moeten maken dat we wegkomen.’

Maar voordat ze waar dan ook naartoe hadden kunnen gaan, werd de bewusteloze man in zijn verkleedpak wakker. Hij rekte zich uit als een kat, opende zijn ogen en gooide met een kwaadaardige grijns zijn hoofd in zijn nek. Alioth Merak was weer bij bewustzijn. En hij was niet de enige… Ook zijn robotsoldaten waren weer bij de les; ze kwamen steeds dichterbij en terwijl ze de twee vrienden en hun androïde insloten, keken ze weer net zo dreigend als eerst. Ze sloten de rijen en de kinderen konden niet tussen hen door glippen en ontsnappen.

Boltzmann, de enige behulpzame robot die Alioth Merak had gemaakt, zweefde nog buiten de kring en riep: ‘Heeft iemand mijn hulp nodig?’

‘Jij hebt al meer dan genoeg gedaan,’ zei Merak. ‘Boltzmann, als dit achter de rug is, zal ik je vernietigen. Je bent een nutteloos, slecht werkend apparaat.’

‘Nee, dat ben ik niet!’ riep Boltzmann. ‘Ik ben een heel handige robot. Ik ben een vriendelijke robot! Ik zal de mensheid helpen!’

‘De mensheid!’ gromde Merak. ‘De mensen verdienen helemaal geen hulp. Nog niet, in elk geval. Niet zolang ze niet toegeven dat ze fouten hebben gemaakt en zolang ze me niet om hulp smeken.’

‘Goh, je klinkt opeens een stuk minder aardig,’ zei Annie uitdagend.

‘Om eerlijk te zijn,’ zei Merak. ‘kan het me niks schelen wat jij denkt. Jij, mijn dyslectische vriendinnetje – of moet ik dyclestische zeggen? – geeft me de bediening van mijn computer terug. En dan word je door mijn robots van het ruimteschip het heelal in gegooid, waar je onmiddellijk zult exploderen!'

'En ik?' zei George, die hoopte dat hij Merak zou afleiden of in elk geval tijd zou rekken, zodat Kosmos of Ebot de portal kon maken, want dat was hun enige hoop om weg te komen.

'O, jou hou ik hier!' zei Merak. 'Ik ben dol op jou!' George huiverde. 'Jij lijkt op mij! Jij wilt ook in een wereld zonder mensen leven, in een wereld vol robots.'

Merak had George beter een klap in zijn gezicht kunnen geven, want toen de betekenis van die woorden tot hem doordrong, deed dat veel meer pijn. Waarom dacht Merak dat hij op hem leek? Er was toch helemaal geen verband tussen hen?

'Hoe ik dat weet?' Merak lachte even. 'Je zei het zelf toen je in de buurt van Kosmos stond, nadat ik de supercomputer had gehackt. Je woorden zijn me de hele tijd bijgebleven... Jij en ik, wij zijn hetzelfde. Slim. Goed in technische vakken. In staat om ingewikkelde problemen op te lossen. En we houden niet van mensen. Met mijn hulp en begeleiding kun je mijn troonopvolger worden. Elke grote leider heeft iemand nodig om de fakkel door te geven... Jij hoort bij mij. Mijn rechterhand. Jij en ik zullen de wereld regeren.'

'Nee!' schreeuwde George. 'Ik lijk helemaal niet op jou!'

'Weet je dat wel zeker?' vroeg Merak sluw. 'Als ik jou was, zou ik het hoe dan ook met me eens zijn. Want als je het ontkent, laat ik je van mijn ruimteschip verwijderen en ga je hetzelfde lot tegemoet als je vriendinnetje.'

'Dan zal ik je een voorstel doen,' zei George, die hoopte dat de portal zou verschijnen. 'Of je houdt ons alle twee aan boord, of je gooit ons er alle twee vanaf. Wat het ook is, we blijven samen.'

'Indrukwekkend!' Merak trok één wenkbrauw op. 'En onverwacht, dat moet ik toegeven. Ik dacht dat je zo veel van techniek hield dat je niets liever zou doen dan jezelf ermee omringen, en je zou afsluiten van al het menselijk contact.'

'Dat heb ik nooit gezegd,' zei George kwaad. Hij dacht aan zijn vader en moeder; ze zeurden soms aan zijn hoofd en soms schaamde hij zich voor hen, maar hij zou hen geen seconde willen missen. En zijn zusjes – ja, die liepen altijd achter hem aan, waar hij ook naartoe ging... Dat was vervelend, maar dat deden ze alleen maar omdat ze zo gek op hem waren. Als het erop aankwam, zou hij altijd voor zijn familie en vrienden kiezen, hoe waanzinnig de techniek ook mocht zijn.

'O nee?'

'Nou, misschien heb ik het wel gezegd, maar dan bedoelde ik het niet zo. Niet op die manier in elk geval. Ik bedoelde niet dat ik op een ruimtestation wilde wonen met alleen maar robots om me heen!'

'Dus wat je nu probeert,' zei Merak, 'is een twee-voor-de-prijs-van-één-deal met me te sluiten. Ik hou je hier... en ik krijg dit taalwondertje erbij cadeau. Maar je schijnt niet te begrijpen dat jij helemaal niet in die positie bent. Jij bepaalt de regels hier helemaal niet. Dit is míjn ruimteschip, míjn robotleger, míjn kwantumcomputer, en de Aarde is in feite míjn planeet. Aangezien ik hier de leiding heb, zal ik je vertellen hoe we het gaan doen: jij blijft hier en je helpt me of ik gooi jullie met z'n tweeën van mijn schip af, wat jullie nooit zullen overleven. Deal? Of geen deal?'

Terwijl Merak nog aan het woord was, zag George dat Ebot in beweging was gekomen en dat hij nu ondersteboven hing, in plaats van rechtop, zoals Annie, George en de robots.

'Geen deal,' zei hij stellig.

'Geen deal?' Merak klonk stomverbaasd. 'Waarom? Waarom zou je dit doen? Waarom zou je niet hier bij mij blijven en elke code op Aarde kraken? Waarom kies je er niet voor om te winnen?'

'Omdat er één code is die ik nooit zal verbreken. Of zal begrijpen,' zei George dapper. De portal was nog steeds niet verschenen. Het ruimteschip kon nu elk moment geraakt worden door een raket vanaf de Aarde en zo niet, dan zou Merak hen het heelal in slingeren. Zijn laatste moment was hoe dan ook aangebroken, en hij werd opeens heel rustig.

'Het is de code van vriendschap,' zei George. 'Tussen mensen. Echte mensen, die elkaar aardig vinden, die voor elkaar opkomen en voor elkaar zorgen. Die code kun jij nooit kraken. Je kunt hem niet ontcijferen, want voor jou betekent hij helemaal niks. Ik weet niets van jou, maar ik weet wel dat gelukkige mensen zich niet gedragen zoals jij doet. Die kopen mensen niet om en intimideren hen niet, zodat ze zullen gehoorzamen; die onderscheppen geen geheime berichten, zodat ze de baas kunnen zijn; en die doen anderen geen pijn. Jij zult nooit in staat zijn om de code van vriendschap te ontcijferen. Het is een code die je niet kunt verbreken. Dat is iets tussen vrienden.'

'Ja! Vrienden!' zei Annie. 'En dat zijn we. George, je bent geweldig.' Ze zweefde naar hem toe om haar armen om hem heen te slaan. 'Als dit ons einde is, dan zijn we in elk geval samen.'

Terwijl George zijn armen ook om haar heen sloeg, viel hem iets op. 'Kijk, daar beneden. Volgens mij komt Ebot ons eindelijk helpen,' fluisterde hij.

Hij besefte dat de ogen van Ebot – die nog steeds op z'n kop hing – licht gaven. Er kwamen twee lichtstralen uit, die de omtrekken van de deuropening begonnen te tekenen. Merak en zijn robots keken naar de kinderen en hadden niets in de gaten.

'O, kijk!' riep Annie. 'Daar...' Ze slingerde de staart zo ver mogelijk weg en op hetzelfde moment sprongen alle robots en Alioth Merak erachteraan, weg van Ebot en de deuropening.

Terwijl iedereen achter de staart aan ging, doken Annie en George naar de ruimteportal, en terwijl ze erdoorheen sprongen, reikte Annie naar achteren, greep Ebot beet en sleepte hem met zich mee. Het volgende moment werden ze getransporteerd, weg van het verdoemde ruimtestation – terug naar Kosmos, de Aarde en hun huis.

19

Het voelde heel naar om van een plek met microzwaartekracht over te gaan naar een plek met normale zwaartekracht, maar het kon Annie en George helemaal niks schelen. Want ze waren met z'n drieën op een hoop op de vloer van de kelder geland waar Oude Kosmos stond.

'Grvammeafl' Annie duwde George en Ebot van zich af en rolde opzij. 'Pfoe!' zei ze. 'Dat was verschrikkelijk.'

George lag op zijn rug naast haar. Ze hadden alle twee hun ogen nog dicht en luisterden naar het vertrouwde geratel van Oude Kosmos, die het ene vel na het andere vol typte.

Toen George eindelijk zijn ogen opendeed, zag hij dat de ouderwetse blaadjes, die aan elkaar vastzaten en zich als een harmonica ontvouwden, volgeschreven waren met dicht op elkaar staande regels tekst, met ingewikkelde berekeningen, vormgegeven als krantenkoppen (versierd met grappige kleine cijfers in sub- en superscript, net onder of net boven de regel), en er stonden ook een paar diagrammen op, maar ze zagen er heel vreemd uit en een ervan leek op het ruimtestation waaruit ze net waren ontsnapt.

De printer bracht een ander geluid voort als hij deze beelden maakte; hij sloeg lege stukken snel over en bleef dan weer hangen om achter elkaar door ratelend een heleboel puntjes te zetten; dan schoot hij door naar een volgend stuk om uiteindelijk aan een nieuwe regel te beginnen.

Maar toen George opkeek, langs de stroken printpapier, stond zijn hart bijna stil. Naast de printer, met zijn staart in zijn ene hand en een paar net beschreven pagina's van de supercomputer in zijn andere, stond Alioth Merak. Grijnzend.

George kneep Annie in haar hand en geschrokken opende ze haar ogen.

Ze dachten dat het hun gelukt was om aan het vreselijke gevaar te ontsnappen en dat ze tegelijkertijd de wereld hadden gered van een machtsbeluste man in een verkleedpak. En nu kwamen ze erachter dat ze hun vijand hadden meegenomen. De teleurstelling was verpletterend. Om Merak hier te zien staan, terwijl ze dachten dat ze hem hadden verslagen... Het was bijna nog enger dan toen ze net kennis met hem hadden gemaakt. Ze hadden hem met zich meegebracht naar het huis van Oude Kosmos, en wie wist hoeveel schade hij zou kunnen aanrichten als hij de supercomputer in handen kreeg! Het zag ernaar uit dat het verhaal helemaal niet goed zou aflopen.

Merak leek ongevoelig te zijn voor angst of opwinding. Hij keek heel ontspannen naar de blaadjes in zijn hand. *'Een nano robot... op basis van enkelvoudige qubits...* toe maar,' mompelde hij. *'Vereiste temperatuur tussen 140 en 250 Kelvin. Omgevingseisen: gegarandeerde constante lage temperatuur...* Ah, vandaar dat ik hem in de ruimte heb gebouwd, toch?' zei Merak. 'Nou, dat is goed om te weten! Heb ik even geluk dat twee kinderen en een technologische dinosaurus me dat kunnen vertellen. Wisten jullie' – hij keek naar de vrienden, die nog op de vloer lagen – 'dat 250 Kelvin eigenlijk 23 graden onder nul op de schaal van Celsius is?'

Hij ging verder met lezen, terwijl de kinderen als verstijfd op de grond bleven liggen. 'O, en kennelijk heb ik zonnecellen met nanorobots aangebracht om mijn kwantumcomputer tegen oververhitting te beschermen. Nou, is dat nou niet slim van mij?

Moet je kijken – wat schattig! Jullie oude achterhaalde computer heeft de code van een heel programma geprint dat geschreven is in de programmeertaal C. Wat is dit…?'

Oude Kosmos begon opnieuw te printen. Merak las hardop voor: *'Huidige tijd: 04:31:18. Geen activiteit geconstateerd gedurende 153 seconden.* O jee! Probeert hij me te vertellen dat mijn ruimteschip is vernietigd? Dat is uiteraard pijnlijk, maar dat betekent nog niet het einde. Aangezien ik positief ben ingesteld, zie ik dit als een nieuw begin.'

'Hoe ben je hier gekomen?' George was overeind geklauterd en trok Annie omhoog. Hij weigerde nog langer aan de voeten van dit nare schepsel te blijven zitten.

'Ik ben jullie door de portal gevolgd,' zei Merak. 'Ik had nog net genoeg tijd om achter jullie aan te duiken. Jullie wilden zo graag ontsnappen dat jullie niet meer achter je hebben gekeken! Een beginnersfoutje, om het zo maar te noemen.'

'Maar zonder kwantumcomputer kun je toch niks meer beginnen.' Annie wilde niet dat hij hen nog langer belachelijk maakte. George en zij hadden samen al zo veel gevaren overwonnen; ze zouden zich nu niet overgeven aan deze gek.

'Ik kan hem opnieuw maken,' zei Merak onverschillig en hij klopte het stof van zijn pak. 'Wauw, dat portalding is echt *old school.* Ik wist niet dat die dingen nog bestonden! Zo langzaam als hij moet afsluiten – vandaar dat ik de tijd had om achter jullie aan te springen. Hé, opa!' Hij gaf een schop tegen Oude Kosmos. 'Hoe voelt dat nou, om totaal onbelangrijk te zijn geworden?'

'Hé, niet schoppen!' zei Annie kwaad.

Merak lachte naar haar en gaf nog een trap.

Annie wierp zich boven op hem en stompte met haar vuisten

tegen zijn borst. 'Ik haat je!' schreeuwde ze. 'Je bent slecht en lomp en gemeen, en je wilt dat iedereen doet wat jij zegt in plaats van te doen wat ze echt willen.'

Merak gaf haar een duw en ze viel boven op George' voeten.

'Je kunt toch niks meer doen,' zei George dapper, terwijl hij voor Annie ging staan. 'Erik weet dat we hier zijn.' Hij hoopte maar dat dat waar was. 'Er zijn al mensen onderweg hiernaartoe. Je komt hier echt niet ongestraft mee weg! Je kunt niks anders meer dan ons een beetje pesten!'

'Ach jee, wat jammer nou,' zei Merak, 'dat jullie het maar de hele tijd over pesten hebben, terwijl dit veel meer is dan dat. Het is het vertoon van superioriteit, en daar raken jullie domme kinderen van in de war.'

'Ik dacht dat je had gezegd dat George je opvolger was!' wierp Annie tegen, terwijl ze weer ging staan.

'Ik had het mis... En dat zul je mij niet vaak horen zeggen.' Hij lachte. 'Ik heb mijn wereldwijde netwerk opdracht gegeven om alle 3D-printers in te schakelen, zodat mijn robotleger zich zal uitbreiden. Een paar soldaten zijn al op Aarde, zoals jullie weten. Ik heb ze het commando gegeven om hiernaartoe te komen. Ze waren in de buurt.'

'Maak je een kopie van de Boltzmann?' vroeg Annie.

'Ik heb besloten dat model niet meer te gebruiken,' vertelde Merak haar. 'Het kost veel meer moeite om die te produceren en als het lukt, zijn ze helemaal niet zo betrouwbaar als je zou denken. Ik had gehoopt dat ik de Aarde op een vriendelijke manier zou kunnen redden, maar na de onaangename ervaring met jullie ben ik van gedachten veranderd. Ik heb nu besloten om een strafregime in te voeren. Jullie zullen je ogen uitkijken wanneer ik de wereld verwoest, wetende dat het jullie schuld is. Grappig, hè?' Hij wikkelde zijn staart als een armband om zijn pols. 'Nou ja, voor mij dan, bedoel ik.'

Een hard gebonk van buiten galmde door tot in de kelder. De twee vrienden slikten. Terwijl ze machteloos toekeken, werd er net zolang op de deur gebonsd tot die kapotging. Even hoopte George dat hij Erik en zijn collega's zou zien, maar het mocht niet zo zijn. Twee identieke robots drongen de kelder binnen.

George keek even naar Ebot: de androïde had de ontvoering, het ruimtestation en de reis door de portal terug naar de Aarde overleefd; alleen zijn haar zat een beetje in de war en hij moest opgeladen worden, want hij hing lusteloos in een hoek.

De geweldige antieke computer, Oude Kosmos, bood uiteraard ook geen bescherming en als hij al iets voor hen kon doen, dan moesten ze eerst langs Merak, want die stond er pal voor. Hadden ze echt alle gevaren overleefd om nu gevangengenomen te worden door een robotleger en een dwaas in een verkleedpak die de wereldmacht in handen wilde krijgen? Zou dit echt het einde zijn?

Nog één keer pakte George Annies hand vast en de twee vrienden gingen dicht tegen elkaar aan staan, vast van plan om hun lot samen te ondergaan.

Maar net toen hun laatste glimpje hoop verdwenen was, drong het tot hen door dat de robots niet op hen af kwamen, maar Alioth Merak vastgrepen.

'Laat me los! Dit is een commando!' snauwde hij, terwijl hij zich uit de grijphanden van de robots probeerde los te wurmen. 'Jullie hebben mijn bevel verkeerd begrepen. Jullie moeten mij niet hebben, zielig stelletje schroot. Zij zijn het!' Hij probeerde zijn handen vrij te maken om te wijzen, maar die zaten stevig op zijn rug gedraaid.

Terwijl de robots hun voormalige leider vasthielden, hoorden Annie en George dat Kosmos opnieuw begon te printen.

George rende naar de computer en scheurde het blaadje los.

'Hij is niet de enige die weet hoe je een code moet kraken,' las hij hardop voor. *'Of hoe je een bericht moet onderscheppen en de inhoud moet wijzigen. LOL!'*

Hij barstte in lachen uit. 'Annie!' zei hij glunderend. 'Kosmos heeft de controle over het robotleger overgenomen. Toch, ouwe vriend?'

Kosmos twinkelde. *Dat klopt,* antwoordde hij. *Ik zal ze opdracht geven om ontzettend aardig te zijn en te helpen waar ze maar kunnen. Behalve deze twee; die zullen we gebruiken om deze man vast te houden tot Erik er is.*

'Wauw, Kosmos!' riep Annie uit en ze rende naar hem toe alsof ze hem een knuffel wilde geven, maar plotseling bleef ze staan, omdat ze zich realiseerde dat dat helemaal niet kon. 'Je hebt ons gered!'

Bedenk volgende keer goed dat de vernieuwing van de jongeren komt, maar de wijsheid van de ouderen, zei Kosmos.

'Oké,' zei George. 'Dat zullen we doen, geweldige machine! En jij' – hij keek naar Merak, die zich nog steeds probeerde los te worstelen – 'kunt hier blijven tot Erik er is. Ik denk dat hij wel wat kwantumfouten bij je zal opsporen!'

'Waar gaan jullie naartoe?' vroeg Alioth Merak als een klein kind. 'Jullie kunnen me hier niet alleen laten, in deze kelder met die robots. Dat is niet eerlijk. Ik heb niks te eten en te drinken, en er is hier niks te doen. Dit gaat tegen de Internationale Conventie van Robotactiviteiten in. Ik stuur mijn advocaten achter jullie aan! Hier zullen jullie voor boeten!'

'Grappig,' zei Annie tegen George, terwijl ze zich omdraaiden

Wat kan een computer niet?

Geen enkel computerontwerp dat we nu kennen (inclusief ontwerpen voor kwantumcomputers) kan meer berekenen dan een turingmachine met genoeg tijd en geheugen zou kunnen berekenen. Turing kon echter bewijzen dat je sommige problemen in de wiskunde niet kunt berekenen. Tenminste, niet met een turingmachine. Dan kan het dus ook niet met een moderne computer. Hij toonde dit aan met een probleem dat specifiek met de turingmachine te maken had. Dit wordt het 'stopprobleem' genoemd.

Het stopprobleem

Wanneer stopt een turingmachine? Als de machine slechts één toestand heeft (toestand 0), dan heb je maar twee regels nodig voor wat er moet gebeuren wanneer de machine 0 of 1 leest. Deze regels kunnen op diverse manieren tot M verschillende resultaten leiden, afhankelijk van hoe de regel voor 1 is geformuleerd:

- De 0-regel bepaalt: laat de 0 staan, ga één positie naar rechts, ga door tot je een 1 vindt en stop dan. De machine stopt en geeft de uitkomst.
- Maar de turingmachine kan in een eindeloze lus terechtkomen: met de regel 'als je een 1 leest, schrijf dan een 1 en ga naar links' zou de machine teruggaan naar de voorafgaande 0 en zou dan bij de volgende tik van de klok weer naar dezelfde 1 gaan (volgens de eerder genoemde 0-regel). Daarna zouden deze twee bewegingen eindeloos worden herhaald.
- Het is niet moeilijk een turingmachine zo te programmeren dat hij nooit stopt. Als je de 1-regel verandert in: 'Als je een 1 leest, schrijf dan een 0 en ga naar links', gaat de machine naar de vorige 0 en keert dan weer terug. Ditmaal ziet hij de 0 en gaat hij verder naar de volgende 1. De machine verandert alle enen in nullen en gaat dan eindeloos verder naar rechts.

Wat kan een computer niet? - VERVOLG

Machine 'H'

Alan Turing vroeg zich af: bestaat er een algoritme dat, wanneer je als input het programma van een turingmachine plus extra input in dat algoritme invoert, als output het resultaat 0 oplevert wanneer die machine met die input nooit stopt en dus nooit een resultaat levert? Stel dat zo'n algoritme zou bestaan, dan zou er een turingmachine bestaan die dat algoritme zou kunnen uitvoeren. Bovendien zou er een machine bestaan die zou kunnen testen of een willekeurige turingmachine nooit zou stoppen wanneer deze als input zijn eigen programma zou gebruiken. Laten we deze machine 'machine H' noemen. We voeren zodanige input in dat H stopt als (en alléén in dat geval) zijn input het programma van een turingmachine is die nooit stopt als je die machine zijn eigen programma voert.

Wat gebeurt er wanneer we H zijn eigen programma voeren?

Als hij stopt, is het een voorbeeld van een turingmachine die stopt wanneer hij met zijn eigen programma wordt gevoerd. Maar H was zodanig ontworpen dat hij nooit stopt wanneer je hem het programma van die turingmachine voert!

Als hij niet stopt, dan is H een machine die niet stopt wanneer je hem zijn eigen programma toevoert. Maar dat betekent dat H die het programma van H toegevoerd krijgt, moet stoppen, omdat hij specifiek was geprogrammeerd om zo'n machine te herkennen.

Het levert in alle gevallen een tegenstrijdigheid op! Een onzinnige situatie als deze vertelt de wiskundige dat wat hij of zij voor waar had aangenomen niet waar is. Het was dus heel slim om de denkbeeldige turingmachine H te maken, die niet kan bestaan. Daarmee werd bewezen dat er geen turingmachine kan bestaan die kan berekenen of een turingmachine met een zekere input nooit zal stoppen. Als deze vraag niet door een turingmachine kan worden beantwoord, kan het met geen enkele computer worden berekend die we op dit moment zouden kunnen bouwen.

Kortom, dit probleem kan niet met een computer worden opgelost!

Oneindige getallen

Het aantal mogelijke programma's en turingmachines is oneindig, maar omdat elk computerprogramma in één heel groot binair getal kan worden omgezet, zou een wiskundige de verzameling van alle programma's of machines als telbaar en dus eindig beschouwen; je kunt ze naar grootte rangschikken.

Er zijn echter veel grotere versies van oneindig, zoals het oneindig van decimale getallen met een oneindig aantal cijfers achter de komma. Dat noemen we 'reële getallen'. Er zijn reële getallen waarvan de getallen achter de komma niet door een computer kunnen worden gegenereerd.

Neem nu het reële getal pi, dat je bijvoorbeeld gebruikt om de omtrek van een cirkel te berekenen. Je hebt misschien geleerd dat pi gelijk is aan 3,142, maar in feite kan het aantal cijfers achter de komma oneindig worden uitgebreid. Pi begint met 3,1415926535; krachtige computers kunnen miljarden aanvullende cijfers achter de komma berekenen. De meeste reële getallen kunnen niet op die manier worden gegenereerd. Ze zijn per definitie onberekenbaar. Een computer kan ze dus ook niet berekenen!

De toekomst?

Sommige theoretici speculeren dat er in de toekomst een nieuw type computer zal worden ontdekt dat met natuurkundige principes werkt die we nu nog niet kennen. Die computers zouden meer kunnen berekenen dan een turingmachine. Misschien blijkt het menselijk brein (de oorspronkelijke computer) wel zo'n computer te zijn.

Wetenschappers zijn het er niet over eens of je het menselijk brein zou kunnen beschrijven met een turingmachine die geavanceerd genoeg is.

om de kelder te verlaten. 'Nu hij verloren heeft, is het opeens oneerlijk. Maar toen hij aan het winnen was, kon het hem niks schelen welke regels hij overtrad.'

'Laten we naar huis gaan, Annie...' George pakte zijn skateboard op en liep naar de trap. 'Ik weet niet hoe het met jou zit, maar ik heb honger!'

'Wacht!' zei Annie. 'We moeten Oude Kosmos nog gedag zeggen!'

'Dank je wel.' George keek naar de zware computer en glimlachte. 'Je hebt niet alleen ons gered, maar de hele wereld.'

Het was me een genoegen, zei Kosmos en zijn lampjes leken even op te lichten. *Het was fijn om nuttig te zijn. Vertel het alsjeblieft allemaal aan Erik, voor het geval hij van plan was om me te ontmantelen.*

'Dat zullen we nooit toestaan,' beloofde Annie. 'We zijn voor altijd vrienden!'

Buiten op straat was de zilverachtige dageraad net aangebroken. De straten van het mooie universiteitsstadje waren nog verlaten, maar het zachte ochtendlicht van de nieuwe dag scheen al op de stenen gevels van de oude gebouwen. Binnen in de huizen lagen de mensen nog te slapen, terwijl de twee vrienden op hun skateboards voorbijreden.

'Pannenkoeken!' zei George toen Annie vroeg wat hij als ontbijt wilde hebben. Het water liep hem in de mond.

'Spek!' riep Annie. 'Knapperig gebakken spek!'

'Spek?' George dacht aan zijn oude varken, Freddie.

'Jij hoeft het niet te eten,' zei Annie tegen hem. 'Trouwens, ik denk niet dat er veel te kiezen valt. Misschien is er wel helemaal geen eten in huis.'

George dacht aan de lege keukens in hun huizen. ‘Wauw, het zal wel even duren voordat alles weer normaal is,’ zei hij, terwijl ze verder reden.

‘Ik vraag me af wat er gaat gebeuren… Ik bedoel, hoe gaan papa en de anderen dit aan de wereld uitleggen?’ vroeg Annie zich af, terwijl ze in de buurt van de Kleine Mariastraat kwamen.

‘Hoe bedoel je?’

‘Nou, ze kunnen moeilijk gewoon zeggen: “O, trouwens, mensen op Aarde, we werden dus aangevallen door een dwaas in een verkleedpak die deed alsof jullie alles gratis kregen, maar in ruil daarvoor de macht over de wereld wilde hebben.”’

‘Ik weet het niet,’ zei George twijfelend. ‘Is het niet beter om iedereen de waarheid te vertellen?’

‘Misschien,’ antwoordde Annie.

Ze kwamen bij George’ voordeur, die nog steeds op de grond lag, uit zijn scharnieren getrapt door de woedende menigte. Maar de straat lag er nu verlaten bij en het was er heel stil: geen auto’s, geen overvliegende vliegtuigen, geen rinkelende telefoons, geen blèrende televisies – niets van de geluiden die je normaal hoorde wanneer de mensen in dit drukke stadje wakker werden.

'Wauw, dit is zo raar!' merkte Annie op. 'Denk je dat het leven zo was voordat er apparaten en computers waren?'

'Waarschijnlijk wel,' zei George. 'Maar het zal wel niet lang zo blijven – niet als je vader en alle andere wetenschappers druk bezig zijn om alles weer op te starten. Over een paar uur zal alles wel weer normaal zijn.'

Ze gingen George' huis binnen. 'Over rust en stilte gesproken...' zei hij toen ze in de keuken stonden en naar de luiken van de kelder keken. Ze hoorden de tweeling vrolijk zingen en een schorre stem die zei: 'Meisjes! Het is nog heel vroeg!'

Annie lachte en schoof de grendel opzij waarmee de luiken dichtzaten. George en zij tilden alle twee een luik op en het prachtige ochtendlicht scheen naar beneden. Hera en Juno klauterden direct naar boven. Ze waren dolblij dat ze hun ondergrondse schuilplaats konden verlaten.

'Laat er leven zijn!' zei Annie toen de meisjes de keuken in kwamen rennen.

LEVEN IN HET HEELAL

In dit essay wil ik het graag hebben over de ontwikkeling van leven in het heelal, en dan vooral over de ontwikkeling van intelligent leven. Daar reken ik het menselijk ras dan ook maar bij, hoewel de mens door de eeuwen heen behoorlijk domme dingen heeft gedaan.
We weten dat na verloop van tijd alles steeds minder geordend wordt. Alles wordt steeds chaotischer. Er is zelfs een wet voor dit idee, de zogenoemde 'tweede wet van de thermodynamica'. Volgens deze wet neemt de totale mate van wanorde, oftewel entropie, in het heelal na verloop van tijd altijd toe. Deze wet heeft echter alleen betrekking op de totale mate van wanorde. De mate van 'geordendheid' kan in één lichaam toenemen, maar dan moet de mate van wanorde in de omgeving van dat lichaam met een nog grotere hoeveelheid toenemen.

Dat gebeurt ook bij levende wezens. We kunnen het leven definiëren als een geordend systeem dat zich kan voortplanten en dat zichzelf in stand houdt, tegen de neiging om tot wanorde te vervallen in. Met andere woorden, het kan vergelijkbare, maar onafhankelijke geordende systemen voortbrengen. Om dat voor elkaar te krijgen, moet het systeem energie in een geordende vorm (zoals voedsel, zonlicht of elektrische stroom) omzetten in ongeordende energie, in de vorm van warmte. Op die manier kan het systeem voldoen aan de eis dat de totale mate van wanorde moet toenemen, terwijl tegelijkertijd de mate van geordendheid van de levensvorm en zijn nakomelingen ook toeneemt. Dat doet denken aan ouders in een huis dat steeds rommeliger wordt wanneer er weer een baby wordt geboren.
Levende wezens zoals jij en ik worden gekenmerkt door twee elementen: een set instructies die het systeem vertelt hoe het in leven kan blijven en hoe het zich kan voortplanten, en

een mechanisme om die instructies op te volgen. In de biologie zijn deze twee elementen je genen en je metabolisme.

Wat we meestal als 'leven' beschouwen, is gebaseerd op ketens van koolstofatomen gecombineerd met andere atomen, zoals stikstof en fosfor. Toen het heelal met de oerknal ontstond, zo'n 13,8 miljard jaar geleden, bestond koolstof nog niet. Het was zo heet dat alle materie alleen bestond in de vorm van deeltjes die we protonen en neutronen noemen. In het begin waren er evenveel protonen als neutronen. Maar naarmate het heelal steeds verder uitdijde, koelde het steeds verder af. Een minuut na de oerknal zou de temperatuur al tot een miljard graden gedaald zijn, zo'n honderdmaal de temperatuur van de Zon. Bij die temperatuur beginnen neutronen uiteen te vallen tot nog meer protonen.

Als er verder niets was gebeurd, zou alle materie in het heelal zijn geëindigd als het eenvoudigste element, waterstof. De kern van het waterstofatoom bestaat uit één proton. Maar sommige neutronen botsten met protonen en bleven aan elkaar plakken. Daardoor ontstond het eerstvolgende eenvoudige element, helium, dat een kern heeft van twee protonen en twee neutronen. Toen het heelal nog maar net bestond, waren er nog geen zwaardere elementen, zoals koolstof en zuurstof. Het is moeilijk voor te stellen dat je een levend systeem zou kunnen vormen van alleen waterstof en helium, maar in het begin was het heelal nog steeds veel te heet; atomen konden zich nog niet tot moleculen samenvoegen.

Het heelal werd steeds groter en kouder. Op sommige plekken was de dichtheid van de materie iets groter dan op andere plekken. Waar extra materie aanwezig was, dijde het heelal als gevolg van de zwaartekracht minder snel uit en kwam het uiteindelijk tot stilstand. Vanaf zo'n 2 miljard jaar na de oerknal begon de materie zich samen te voegen tot sterrenstelsels en sterren. Een aantal van die sterren was groter en heter dan onze Zon. In die sterren werd het eerste helium en de eerste waterstof samengesmolten tot zwaardere elementen, zoals koolstof, zuurstof en ijzer. Dat duurde misschien slechts enkele honderden miljoenen jaren. Daarna explodeerden die sterren als supernova's, waarbij de zwaardere elementen de ruimte in werden geslingerd. Uit die materie ontstonden later weer nieuwe sterren.

Zo'n 10 miljard jaar na de oerknal, ongeveer 4,5 miljard jaar geleden, werd ons zonnestelsel gevormd uit een grote gaswolk met de resten van oudere sterren. De Aarde werd gevormd uit zwaardere elementen, waaronder koolstof en zuurstof. Op de een of andere manier werd een aantal van die atomen samengevoegd tot DNA-moleculen. DNA heeft de bekende vorm van een dubbele spiraal, zoals de wetenschappers Crick en Watson in de jaren vijftig van de vorige eeuw in Cambridge, Engeland, ontdekten. De twee ketenen waaruit de DNA-spiraal is opgebouwd, bestaan uit vier soorten nucleobasen: adenine, cytosine, guanine en thymine.

We weten niet hoe de eerste DNA-moleculen ontstonden. De kans dat het DNA-molecuul door willekeurige variaties ontstond, is erg klein. Daarom wordt ook wel gedacht dat de bouwstenen van het leven ergens anders vandaan zijn gekomen, bijvoorbeeld van stukken puin die van Mars afbraken toen de planeten nog niet stabiel waren. Als dat zo is, zouden deze bouwstenen ook nog ergens anders in de ruimte kunnen rondvliegen. Het is echter niet erg waarschijnlijk dat DNA in de ruimte lang zou overleven, vanwege de intense straling. Uit fossielen blijkt dat de eerste tekenen van leven ongeveer 3,5 miljard jaar geleden op Aarde verschenen. Dat is slechts zo'n 500 miljoen jaar nadat de Aarde stabiel en koel genoeg was geworden om levensvormen mogelijk te maken. Dat het leven zo vroeg op Aarde ontstond, duidt erop dat de kans groot is dat de omstandigheden zo gunstig waren dat de eerste levensvormen spontaan ontstonden.

Misschien ontstonden er eerst eenvoudigere versies van het molecuul waaruit het DNA later werd opgebouwd. Toen het DNA eenmaal was verschenen, was het waarschijnlijk zo succesvol dat het die eerdere vormen verdrong. We weten niet hoe deze eerdere vormen eruitzagen, maar een van de mogelijke verschijningsvormen is RNA.
Het RNA-molecuul lijkt op DNA, maar het is eenvoudiger en het heeft niet die bekende dubbele spiraalstructuur. Korte strengen RNA kunnen zich net als DNA hebben vermenigvuldigd, waarna ze uiteindelijk DNA vormden. We kunnen de bouwstenen van DNA niet in het laboratorium maken uit levenloos materiaal, laat staan RNA. Maar als je 500 miljoen jaar de tijd hebt, op een Aarde die grotendeels door oceanen wordt bedekt, bestaat er een redelijke kans dat RNA bij toeval wordt gevormd.

DNA kan zichzelf kopiëren. Daarbij kunnen zich willekeurige fouten voordoen. Veel van die fouten zijn ongunstig, waardoor die DNA-varianten uitsterven. Sommige varianten zijn neutraal; ze hebben geen invloed op de werking van de genen. Andere fouten zijn juist gunstig voor de overlevingskansen van de soort. Dat zouden goede kandidaten zijn voor de natuurlijke selectie die door Darwin werd beschreven.
Het proces van biologische evolutie verliep eerst heel traag. Het duurde 2,5 miljard jaar voordat de eerste cellen zich ontwikkelden tot meercellige levensvormen. Daarna duurde het nog eens 1 miljard jaar totdat deze levensvormen zich via vissen en reptielen hadden ontwikkeld tot zoogdieren. Maar daarna verliep de evolutie steeds sneller. Het duurde slechts 100 miljoen jaar totdat de eerste zoogdieren zich tot de

mens hadden ontwikkeld. Dat komt doordat de belangrijkste menselijke organen al in de vissen aanwezig waren; de eerste zoogdieren beschikten al over alle organen die voor ons belangrijk zijn. De ontwikkeling van vroege zoogdieren zoals maki's tot mensen vereiste eigenlijk alleen maar een paar kleine aanpassingen.

Met de ontwikkeling van de menselijke soort kwam er ook een mijlpaal in de evolutie die net zo belangrijk was als het ontstaan van het DNA zelf. Dat was de ontwikkeling van taal, en dan vooral van het schrift. Daarmee kon informatie van de ene op de andere generatie worden doorgegeven. Tot dan toe kon dat alleen genetisch, via het DNA. De verandering in het menselijk DNA als gevolg van de biologische evolutie gedurende de laatste tienduizend jaar is zichtbaar, maar klein. De hoeveelheid kennis die van generatie op generatie wordt doorgegeven is echter enorm gegroeid. Ik heb boeken geschreven om je iets te vertellen over wat ik in mijn lange carrière als wetenschapper heb geleerd. Daarmee heb ik de kennis in mijn brein op papier vastgelegd, waardoor jij erover kunt lezen.

Het DNA van de mens bestaat uit zo'n 3 miljard bouwstenen van nucleobasen. Veel van de informatie die in de volgorde van de bouwstenen is vastgelegd, is eigenlijk overbodig of inactief. De totale hoeveelheid nuttige informatie in onze genen beslaat waarschijnlijk zo'n 100 miljoen bits. Eén bit is het antwoord op een ja-neevraag. Ter vergelijking: een roman bevat bijvoorbeeld zo'n 2 miljoen bits aan informatie. Een mens staat dus ongeveer gelijk aan vijftig Harry Potter-boeken; een grote nationale bibliotheek bevat zo'n 5 miljoen boeken, oftewel 10 biljoen bits. De informatie die via boeken of via internet wordt doorgegeven, is dus honderd keer zoveel als de informatie die het menselijk DNA bevat!
Dat houdt in dat we een nieuwe fase van de evolutie in zijn

gegaan. Eerst verliep de evolutie via natuurlijke selectie, door willekeurige mutaties. Deze Darwin-fase duurde zo'n 3,5 miljard jaar. Het resultaat was de mens, een diersoort die taal ontwikkelde om informatie uit te wisselen. Maar de laatste tienduizend jaar zitten we in een fase die je een externe overgangsfase zou kunnen noemen. Daarin is het interne archief aan informatie, dat via het DNA aan elke volgende generatie wordt doorgegeven, een beetje veranderd. Maar het externe archief, dat in boeken en andere blijvende opslagmedia is vastgelegd, is enorm gegroeid.

Sommige mensen gebruiken de term 'evolutie' alleen voor intern overgedragen genetisch materiaal; ze willen dat woord liever niet toepassen op informatie die extern wordt overgeleverd. Volgens mij is dat echter te beperkt. We zijn meer dan alleen onze genen. We zijn misschien niet sterker of van nature intelligenter dan onze verre voorouders die in grotten leefden; maar wat ons van hen onderscheidt, is de kennis die we de afgelopen tienduizend jaar hebben verzameld, en dan vooral de afgelopen driehonderd jaar. Ik denk dan ook dat we het breder kunnen opvatten en dat we extern overgedragen informatie, in aanvulling op ons DNA, kunnen opnemen in de evolutie van de menselijke soort.

We hebben nog altijd dezelfde instincten als onze verre voorouders die in grotten leefden, vooral als het om agressieve impulsen gaat. Agressie in de vorm van het onderwerpen of doden van anderen om hun voedsel af te nemen, biedt een duidelijk voordeel als het om overleven gaat. Dat geldt ook nu nog. Alleen kan het nu de ondergang van de menselijke soort en van het andere leven op Aarde betekenen. Een kernoorlog is nog altijd een gevaar, hoewel het niet het enige gevaar is. Wat gebeurt er als genetisch gemodificeerde virussen in de natuur terechtkomen? Of als het broeikaseffect het klimaat instabiel maakt?

We hebben geen tijd om op de evolutie volgens Darwin te wachten tot we intelligenter zijn of minder agressief worden.

We gaan nu een nieuwe fase in, die je 'een zelfontworpen evolutie' zou kunnen noemen. Een evolutie waarbij we ons DNA kunnen aanpassen en verbeteren. We hebben het DNA in kaart gebracht, dus kunnen we 'het boek van het leven' nu lezen. Dan kunnen we ook correcties gaan aanbrengen. Eerst zullen deze aanpassingen beperkt blijven tot het repareren van genetische afwijkingen. Ziektes als taaislijmziekte of spierdystrofie worden bijvoorbeeld veroorzaakt door een afwijking in één gen, dus dat zou je dan vrij gemakkelijk kunnen identificeren en corrigeren. Andere eigenschappen, zoals intelligentie, worden beheerst door een veel groter aantal genen. Het zal veel moeilijker worden om vast te stellen welke genen daarbij een rol spelen en wat de verbanden daartussen zijn. Toch ben ik er zeker van dat wetenschappers in de volgende eeuw zullen ontdekken hoe je zowel intelligentie als instincten zoals agressie kunt veranderen.

Als het menselijk ras zichzelf opnieuw kan ontwerpen en zelfvernietigend gedrag kan voorkomen, zal de mens waarschijnlijk andere planeten en sterrenstelsels gaan koloniseren. Ruimtereizen over grote afstand zijn echter heel moeilijk te realiseren voor levensvormen die op chemische processen en op DNA zijn gebaseerd. Van nature leven ze niet lang, in vergelijking met de tijd die vereist is voor ruimtereizen. Volgens de relativiteitstheorie kun je niet sneller reizen dan het licht. Een retourtje naar de dichtstbijzijnde ster duurt dus ten minste acht jaar. Het midden van ons Melkwegstelsel bereik je pas na honderdduizend jaar. In sciencefiction wordt dit probleem overwonnen met warp-motoren of reizen door extra dimensies. Maar volgens mij wordt dat nooit mogelijk, hoe intelligent we ook worden. Als je sneller dan het licht zou kunnen reizen, zou je volgens de relativiteitstheorie terug in de tijd kunnen reizen. Dat zou allerlei problemen opleveren, omdat mensen het verleden zouden kunnen veranderen. Ook zou je verwachten dat we toeristen uit de toekomst zouden tegenkomen die zich over onze ouderwetse technologie verbazen!

Misschien kun je genetische manipulatie toepassen om op DNA gebaseerde levensvormen oneindig te laten leven of ten minste honderdduizend jaar. Maar het zou gemakkelijker zijn om machines te sturen, en dat is al bijna mogelijk. Zulke ruimtevaartuigen moeten het lang genoeg kunnen uithouden om naar andere sterren te reizen. Wanneer ze daar aankomen, kunnen ze misschien op een geschikte planeet landen om grondstoffen te delven. Daarmee zouden ze nieuwe machines kunnen maken die nog weer verder zouden kunnen reizen. Zulke machines zijn eigenlijk nieuwe levensvormen, gebaseerd op mechanische en elektronische onderdelen in plaats van op macromoleculen.

Misschien kunnen ze uiteindelijk op DNA gebaseerd leven vervangen, net zoals DNA mogelijk een eerdere levensvorm heeft vervangen.
Hoe groot is de kans dat we buitenaards leven tegenkomen wanneer we het Melkwegstelsel gaan verkennen? Als de redenering over de tijdschaal voor het ontstaan van leven op Aarde klopt, zouden er veel meer sterren moeten zijn met planeten waarop leven voorkomt. Sommige sterrenstelsels kunnen al 5 miljard jaar eerder dan onze Aarde zijn ontstaan. Waarom wemelt het dan niet van de mechanische en biologische levensvormen die zichzelf kunnen aanpassen? Waarom is de Aarde nog niet bezocht of zelfs gekoloniseerd? Trouwens, ik geloof niet in verhalen over ufo's met buitenaardse wezens. Als we inderdaad door aliens zouden worden bezocht, dan zou je dat veel duidelijker merken en zou het behoorlijk onaangenaam kunnen zijn.

Waarom hebben we dan nog geen bezoek gehad? Misschien is de kans dat ergens spontaan leven ontstaat zo klein dat de Aarde de enige planeet is in het Melkwegstelsel, of zelfs het hele heelal, waar dat is gebeurd. Het is ook mogelijk dat zichzelf reproducerende systemen (zoals cellen) inderdaad ergens anders ook zijn ontstaan, maar dat deze vormen zich niet tot intelligente wezens hebben ontwikkeld. Meestal beschouwen we intelligent leven als een onvermijdelijke uitkomst van de evolutie, maar stel dat dit niet zo is? Is het waarschijnlijker dat de evolutie een willekeurig proces is, waarvan intelligentie slechts een van de vele mogelijke resultaten is?

We weten zelfs niet zeker of intelligent leven op lange termijn kan overleven. Het is goed mogelijk dat bacteriën en andere eencellige organismen blijven leven, zelfs als al het andere leven op Aarde door ons toedoen is vernietigd. Misschien was intelligentie een zeer onwaarschijnlijke ontwikkeling voor het leven op Aarde. Het duurde immers erg lang (2,5 miljard jaar) totdat eencelligen zich hadden ontwikkeld tot levensvormen die uit meerdere cellen bestaan, terwijl dat een voorwaarde is voor intelligent leven. Dat is een behoorlijk groot deel van de totale tijd die beschikbaar is totdat de Zon ontploft. Dit ondersteunt de veronderstelling dat de kans op intelligent leven erg klein is. Volgens die redenering kunnen we vele andere levensvormen in het Melkwegstelsel tegenkomen, maar is de kans erg klein dat het intelligent leven is.

Een andere gebeurtenis die de ontwikkeling van intelligente levensvormen onwaarschijnlijk maakt, is bijvoorbeeld een botsing met een asteroïde of een komeet. We weten niet precies hoe vaak zulke botsingen zich voordoen, maar gemiddeld eens in de 20 miljoen jaar lijkt een redelijke schatting. Als die schatting klopt, heeft intelligent leven op

Aarde zich alleen kunnen ontwikkelen dankzij het gelukkige toeval dat er de afgelopen 67 miljoen jaar geen grote botsingen zijn geweest. Andere planeten in het Melkwegstelsel waarop leven is ontstaan, zijn misschien vaker door asteroïden geraakt, waardoor eventuele levensvormen nog geen tijd genoeg hebben gehad om zich te ontwikkelen tot intelligent leven.

Een derde mogelijkheid is dat er ergens leven ontstaat en dat het tot intelligente levensvormen evolueert, maar dat het systeem instabiel wordt en de intelligente levensvormen zichzelf vernietigen. Dat zou een zeer pessimistische conclusie zijn; ik hoop echt dat het niet zo is.

Ik denk liever aan een vierde mogelijkheid: dat er inderdaad ergens anders ook intelligent leven is ontstaan, maar dat we elkaar nog niet hebben gevonden. Om ze te vinden heeft de NASA het SETI-programma ontwikkeld, de *Search for Extra-Terrestrial Intelligence*. In dat programma worden radiofrequenties gescand, op zoek naar signalen van buitenaardse beschavingen. We moeten wel voorzichtig zijn en misschien pas antwoord geven als we nog wat verder zijn ontwikkeld. Als we nu een geavanceerde beschaving vinden, overkomt ons misschien hetzelfde als de oorspronkelijke inwoners van Amerika toen Columbus daar voet aan wal zette. Volgens mij zijn zij er niet beter van geworden!

Stephen

Dankwoord

Net als bij de andere boeken van deze serie was het verschijnen van *George en de onbreekbare code* mogelijk dankzij de hulp en het enthousiasme van wetenschappers en technologie-experts die hun onderzoek wilden uitleggen. Ik wil onze vooraanstaande schrijvers bedanken voor hun briljante en leerzame essays waarin ze hun theorieën hebben samengevat, hun nieuwste ideeën hebben uitgelegd of hun verwondering over nieuwe ontdekkingen hebben beschreven. Zij hebben op die manier hun werk toegankelijk gemaakt voor jonge – en minder jonge – lezers. Hun namen zijn: professor Michael Reiss, professor Peter McOwen, dr. Raymond Laflamme, dr. Tim Prestidge, dr. Stuart Ranking, dr. Toby Blench en, natuurlijk, professor Stephen Hawking.

Dr. Stuart Ranking wil ik speciaal bedanken voor zijn hulp door de jaren heen en zijn inbreng in de George-serie, voor de fantastische informatieve kaders over computers en voor zijn advies en bijdragen aan dit boek. Ook wil ik dr. Toby Blench bedanken voor de introductie van een chemisch element aan dit boek en voor het idee voor Annies scheikundewerkstuk, waarover je online meer kunt lezen. Alastair Leith van de Online Astronomy Society heeft veel nuttige adviezen gegeven over de sterrenkundige stukken in dit boek, en IT-expert Dawn Mancer heeft het advies geschreven over hoe je veilig gebruik kunt maken van internet.

Ik wil onze jonge lezers bedanken die een eerste versie van *George en de onbreekbare code* hebben gelezen en commentaar hebben gegeven: Marina McCready, Jamie Ross, Francesca

Bern en Lola en Amelie Mayer.

Garry Parsons heeft de personages en het verhaal in beelden tot leven gebracht. Ik ben hem heel dankbaar dat hij het heeft aangedurfd om een kwantumcomputer in de ruimte te tekenen en dat hij er zoiets moois van heeft weten te maken!

Het team van Random House Children's Publishers is met George op reis gegaan – en ze hebben er echt een heel mooi boek van gemaakt. Het was een plezier om met redacteuren Ruth Knowles en Sue Cook te werken, en Annie Eaton en de anderen van haar team hebben ons de kans gegeven om het universum in stijl te ontdekken.

Ik wil mijn agenten van Janklow en Nesbit bedanken: Claire Paterson en Rebecca Carter. Dank voor al jullie werk en inzet, en Kirsty Gordon voor het coördineren van dit complexe project.

Tot slot, en bovenal, wil ik onze lezers bedanken voor hun interesse en hun enthousiasme voor een nieuw George-verhaal! Er zouden er drie komen – en nu zijn er meer. Bedankt dat jullie deze reis met ons wilden maken. Het heelal is groot en er valt nog zo veel te ontdekken. In de woorden van mijn geweldige coauteur en vader, Stephen: Wees nieuwsgierig!

Lucy

Inhoud extra info

Door het hele boek heen staan aparte kaders met feiten en informatie over een specifiek onderwerp. Sommige lezers willen misschien direct naar die onderwerpen bladeren.

De laatste wetenschappelijke theorieën

In dit boek staat een aantal artikelen met interessante informatie. Deze artikelen zijn speciaal voor dit boek geschreven door de volgende wetenschappers:

Met speciale dank voor aanvullend materiaal:
Dr. Stuart Rankin, High performance Computing Service, Universiteit van Cambridge